No Dia do Seu Casamento

Thais Dourado

No Dia do Seu Casamento

1ª edição

Rio de Janeiro-RJ / São Paulo-SP, 2023

VERUS
EDITORA

ISBN: 978-65-5924-221-4

Copyright © Verus Editora, 2023
Todos os direitos reservados.

Direitos reservados em língua portuguesa, no Brasil, por Verus Editora. Nenhuma parte desta obra pode ser reproduzida ou transmitida por qualquer forma e/ou quaisquer meios (eletrônico ou mecânico, incluindo fotocópia e gravação) ou arquivada em qualquer sistema ou banco de dados sem permissão escrita da editora.

Verus Editora Ltda.
Rua Argentina, 171, São Cristóvão, Rio de Janeiro/RJ, 20921-380
www.veruseditora.com.br

CIP-BRASIL. CATALOGAÇÃO NA PUBLICAÇÃO
SINDICATO NACIONAL DOS EDITORES DE LIVROS, RJ

D771n

Dourado, Thaís
    No dia do seu casamento / Thaís Dourado. – 1. ed. – Rio de Janeiro : Verus, 2023.

    ISBN 978-65-5924-221-4

    1. Romance brasileiro. I. Título.

23-86103
CDD: 869.3
CDU: 82-31(81)

Meri Gleice Rodrigues de Souza – Bibliotecária – CRB-7/6439

Revisado conforme o novo acordo ortográfico.

Seja um leitor preferencial Record.
Cadastre-se no site www.record.com.br e receba informações sobre nossos lançamentos e nossas promoções.

Atendimento e venda direta ao leitor:
sac@record.com.br

*À pessoa que me incentivou, me animou
e me ergueu nos momentos difíceis: Ninis*

Ouça a playlist do livro!

Abra o Spotify, clique em "buscar", depois na câmera e capture a imagem abaixo.

*Ele era o cara mais doce, medroso e sensível
que já havia entrado na minha vida.
Seria egoísmo pedir que ele nunca mais saísse dela?*

1

Jae Hun

Nada mais no mundo parecia importar enquanto eu assistia a Bernardo e Julinha caminharem lentamente em direção ao altar. A garota de cabelos dourados revezava entre pisar na barra do vestido rosado e jogar flores pelo caminho, ao passo que Bê vinha confiante por trás de seus óculos escuros, segurando uma maleta na qual guardava a Bíblia para a cerimônia e fazendo um ótimo trabalho como segurança de mentirinha. Meu coração pulava ao ritmo do Carnaval ao mesmo tempo que eu contava os segundos até que a grande porta fosse aberta e o tapete vermelho vazio desse lugar a uma passarela de prestígio para a noiva mais linda de todos os tempos.

Quando a porta enfim se abriu, uma hora depois do horário previsto, o meu primeiro amor pisou vacilante sobre o tapete aveludado e, grudada aos braços de Vicente, veio até o altar com os olhos cheios de lágrimas.

Parecia um sonho.

E era triste que a realidade me acordasse de modo tão brusco com um chute na costela ao ver o padrasto de Malu entregá-la a Guilherme, e não a mim.

É isso, este casamento não é o meu. Sou apenas o padrinho idiota!, repeti mentalmente, de cabeça baixa, fitando meus sapatos. *Quem diria que meu primeiro amor se casaria com alguém que não fosse eu?*

Uma mão quente alcançou minhas costas, dando batidinhas de consolo. Cobri o rosto em humilhação ao sentir o olhar de pena do primo da Malu em mim.

— Sei que é emocionante, mas dá uma segurada aí, cara! — cochichou Mateus, cutucando meu braço. Sequei os olhos pela décima vez. — Sei que tá feliz por ver sua melhor amiga finalmente se casar, mas você tá chorando mais que a mãe da noiva.

Aos prantos dentro daquele terno apertado, era bem capaz que pensassem que eu estava mesmo prestes a morrer de orgulho, quando na verdade estava desamparado. Sem chão.

Eu me perguntava se seria muito exagero chamar uma ambulância por causa de um coração partido. É que meu órgão pulsante apertava a ponto de me fazer pensar que eu cairia duro no chão. E se isso acontecesse mesmo?

Amassei a camisa branca de botões na altura do peito, segurando um grunhido. Talvez eu acabasse de fato infartando.

Quanto eu deveria ser fadado ao fracasso para me tornar o maldito padrinho de casamento da minha melhor amiga? Ela não só era o meu primeiro amor desde que eu tinha sete anos, como ainda é agora, *mesmo tendo passado quinze anos desde então.*

— Estamos aqui hoje para celebrar a união de Guilherme Soares e... — O pastor velhinho tirou os óculos e olhou o papel mais de perto, com uma expressão confusa. — Eu preciso dizer o nome completo. É Maria Luísa, não?

A noiva fez uma careta esquisita, um misto de raiva e, sei lá, dor de barriga, talvez.

— Pelo amor de Deus, todo mundo sabe que ela odeia esse nome, só continua — intervim, mais alto do que gostaria, arrancando algumas risadas.

Mateus me deu outro cutucão e um pisão no pé. Malu me olhou de canto de olho, e Guilherme franziu o cenho.

— Bem... — O pastor pigarreou, ouvindo as risadinhas dos convidados, e colocou os óculos de volta, a careca brilhando logo abaixo da luz, reluzindo como um espelho. — Guilherme Soares e Malu Guimarães, esta união é de grande alegria para todos nós aqui presentes.

Ô se é!

— Aposto que o céu está em festa e que os anjos dançam alegres por este casamento abençoado.

Aposto que sim.

Não escutei o que veio depois disso. Me concentrei em não desmaiar, vomitar ou ter um infarto em público e, principalmente, em manter a pose para não sair verde nas fotos.

Quase meia hora de blá atrás de blá, e eles enfim deram as mãos para trocar os votos.

Guilherme começou, confiante, com um sorriso enorme no rosto, enquanto eu podia ler bem o rosto de Malu: ela estava *mesmo* prestes a ter uma crise de dor de barriga. Eu conhecia aquela expressão melhor do que gostaria de admitir. Em todos esses anos, aquela trocadinha de pernas e o cenho franzido causaram problemas demais em horas inadequadas.

Seu rosto se contorcia em caretas que seriam hilárias, ainda mais vistas na filmagem do casamento alguns anos mais tarde, quando eu não estivesse mais num humor tão deplorável ou sofrendo por um coração partido, quem sabe. Um tanto discreta, ela trocou o peso do corpo de uma perna para a outra. Fiz as contas e deduzi que, se a cerimônia não acabasse logo, teríamos um acidente épico para relembrar pelos oitenta anos seguintes.

— Srta. Malu? — chamou o pastor cabeça-de-espelho outra vez. — Sua vez de dizer os votos.

Ela tinha, no máximo, dez minutos.

— Eu... hmm, eu...

Notei quando ela se curvou um pouco e mordeu o lábio.

Tá legal, talvez cinco.

Seu rosto pingava suor, mesmo que a brisa do ar-condicionado fosse gelada o bastante para nos dar calafrios.

— É...

— Alguém salva essa garota, pelo amor de Deus — murmurei, batucando ansiosamente a ponta dos dedos na lateral da coxa.

— O quê? — perguntou Mateus.

— Ela vai explodir — avisei. — Alguém precisa fazer alguma coisa.

— Malu? — chamou Guilherme.

— Gui... Eu... É que...

No desespero, minha amiga me olhou com olhos suplicantes, e eu soube no mesmo instante o que fazer.

Passei na frente de todos os padrinhos e, sem pensar duas vezes, a agarrei pela mão e corri pelo tapete vermelho, esmagando as pétalas de rosas conforme os cochichos ressoavam pelo salão.

A multidão virou um alvoroço quando Malu ergueu a barra do vestido e me seguiu em silêncio. Tivemos que correr quase na velocidade da luz para não ser pegos por nenhum padrinho ou convidado. Os minutos estavam contados.

— Huni... valeu mesmo! — disse Malu, ofegante e feliz, assim que a deixei em frente ao banheiro mais próximo. Eu adorava a forma como meu apelido soava nos lábios dela. — Você é meu herói, mas... eu não consigo me virar sozinha com tudo isso de pano.

— Ah, você só pode estar brincando.

Ela não deveria ter pensado nisso antes de me pedir socorro?

— Claro que não tô! Anda, só tenho mais um minuto! — gritou.

— Tá — bufei —, vou chamar alguém.

— Chamar alguém? É sério? — Não tive tempo de fugir. Ela me agarrou pelo braço e me jogou para dentro daquele banheiro apertado antes de trancar a porta. — Jae, você é como um irmão para mim. Pelo amor de Deus, eu preciso de ajuda! Aguenta um cadim aí... *Ai! Tá batendo na porta, segura isso!*

NO DIA DO SEU CASAMENTO

A noiva jogou uma tonelada de pano para cima, me fazendo, no susto, segurar tudo no alto. Fechei os olhos na mesma hora e quase escorreguei num pedaço de papel higiênico molhado quando recuei um passo e dei com as costas na pia.

Em poucos segundos ouvi o barulho mais aterrorizante e traumático da minha vida, e foi então que eu soube: tudo estava bem outra vez.

2

Malu

Está tudo bem, Malu!, repeti para mim mesma uma centena de vezes depois de empurrar Jae para fora do banheiro. *Ele é seu melhor amigo, não é a primeira vez que temos uma dor de barriga e precisamos do socorro dele.*

Foi então que o diabinho no meu ombro esquerdo entrou em ação com um: "Mas é a primeira vez que você põe tudo para fora com ele de pé na sua frente".

Cracolhas!

Acabei dando atenção demais ao diabinho e não consegui sair do banheiro pelos dez minutos seguintes.

— Malu, tá tudo bem aí? — cochichou Jae, do outro lado da porta. — Deveríamos voltar como se nada tivesse acontecido?

Respirei fundo, lavei as mãos e abri uma fresta da porta. Meu melhor amigo torceu o nariz assim que o cheiro o atingiu, e eu diminuí um pouco a brecha, sem fechar totalmente a porta, na esperança de barrar um pouco do odor.

Sério, nem eu conseguia acreditar. Aquilo era demais até para mim.

— O quê? Voltar lá? Ficou maluco? — cochichei, brava, através do pequeno vão da porta. — Você voltaria pro seu casamento se fosse você a ter uma dor de barriga daquelas na frente de todos os convidados? Eu quase me sujei toda, Jae! Já pensou se alguém grava meu vestido branco ficando marrom, põe no Instagram, e eu fico conhecida nas redes sociais como "a noiva borrona"?

Sei que ele deu o melhor para se segurar, mas não durou nem dois segundos. Jae explodiu numa risada histérica que levou, pelo menos, um minuto inteiro para cessar, permitindo que ele me encarasse de novo sem rir.

— Tá, agora é sério — falou, nada sério. — O que você vai fazer? Cancelar o casamento com o homem da sua vida por causa de uma dor de barriga?

— Quanto a isso... — falei, abrindo um pouco mais a fresta. Que se dane o cheiro. — Eu não tenho mais tanta certeza de que ele é o homem da minha vida.

— Devia ter pensado nisso antes, uai!

— Eu pensei! E tenho pensado bastante nas últimas semanas... Eu e o Gui namoramos por três anos e decidimos nos casar e tal, foi tudo muito rápido. Ele estava feliz e animado com a ideia, então eu só meio que segui no embalo, mas... não sei se é isso que eu quero, sabe?

— Malu...

Jae estava estático e, arrisco dizer, aliviado.

— Eu pedi pra Deus me dar um sinal, mesmo que no último segundo, se não fosse pra eu me casar com ele, e, bom...

— Tá aí o seu sinal. — Ele riu, fazendo uma dancinha engraçada com os braços, antes de soprar um beijinho para o céu.

— Minha desgraça te alegra, é? — Dei risada, finalmente tomando coragem de sair daquele cubículo malcheiroso.

— Eu nunca fui muito com a cara do Guilherme, só suportava ele porque você era louca pelo cara — respondeu Jae, levantando a barra do meu vestido e fazendo um nó atrás.

— *Louca pelo cara* é uma expressão muito forte — resmunguei. — Eu não preciso voltar lá pra explicar nada, certo?

— Aposto que ninguém desconfia que o motivo da fuga foi uma oração por uma dor de barriga.

— Ah, caramba! — eu disse, choramingando baixo. — Meus pais vão me matar.

— Não, não vão. — Jae segurou minha mão, confiante, na esperança de me dar forças. — Eles querem o melhor pra você e vão respeitar sua decisão. Agora, acho que é com os pais do seu noivo que você deveria se preocupar.

Opa! Esse pequeno detalhe...

Como eu encararia as pessoas que pagaram uma fortuna pelo casamento que eu deixei para trás? E, pior, *meu noivo*... Não era como se eu pudesse fugir deles, já que moravam *literalmente* ao lado da casa da minha mãe.

— Certo. Eu nunca fugi de um casamento antes — murmurei, a voz trêmula, tentando pensar. — O que eu faço agora?

— Hã... Bom, essa também é minha primeira vez roubando a noiva borrona do altar — ele caçoou, e eu dei um tapa ardido em suas costas, fazendo-o rir com os ombros encolhidos. — Mas talvez eu tenha uma ideia.

Jae me puxou pela porta dos fundos, de onde eu podia ver os convidados procurando desesperadamente por mim na entrada da igreja.

— Você não vai me roubar no carro de recém-casados, vai? — reclamei.

— Você tem uma ideia melhor?

Ele só precisou arquear uma das sobrancelhas e o canto da boca para me fazer entender que qualquer ideia naquele momento seria uma péssima ideia.

— Droga de garoto que sempre tem razão.

Meu melhor amigo abriu a porta do carro e jogou a cauda do vestido de qualquer jeito sobre a minha cabeça quando viu Guilherme dobrar a esquina da igreja, correndo e gritando: "Seu desgraçado, volta aqui!"

— Ai, paizinho amado — exclamou meu amigo, entrando no carro e soltando o freio de mão. — Assim como você deu uma saída pra essa garota aqui, não me deixa ter uma sentença de morte pelo noivo abandonado.

Depois disso, tudo o que escutamos foi o *ploc, ploc, ploc* das latinhas amarradas no para-choque sendo arrastadas pelo chão e, de longe, a voz de Guilherme gritando "Mas que inferno!", antes de lançar um de seus sapatos na traseira do carro, como se fosse nos alcançar.

Tururu… Tururu… Tururu…, foi o barulho que me despertou do meu sonho de fuga, ainda dentro do carro.

— Ah, meu Deus! Jae, minha mãe tá me ligando — gritei, histérica.

Ele me olhou com uma cara de interrogação e coçou o nariz em resposta.

— Atende, uai.

— Não, ela vai me matar! — Acabei chorando, mais desesperada do que quando estava prestes a ter um incidente no altar. — Droga… O que eu fui fazer da minha vida?

— Me dá esse trem aqui. — O garoto então puxou o telefone da minha mão, rindo. — Fica quieta.

Ele respirou fundo antes de colocar no viva-voz e dizer, confiante:

— Bênção, tia Ana!

— *Deus te abençoe, meu filho* — respondeu minha mãe, como se a filha não tivesse acabado de abandonar uma igreja cheia de convidados. — *A Malu tá aí com você?*

— Hã… é, ela tá, sim. — Seus olhos escuros se voltaram para mim, preocupados, mas eu podia ver em seus lábios como ele lutava para segurar a risada. — Olha, tia, eu sei que…

— *Ai, glória a Deus! Não sei o que aconteceu, mas Deus ouviu minhas preces. Eu não aguentava mais aquele garoto, que criaturazinha insuportável. A Malu não ia aguentar três semanas casada com ele.*

— Mãe! — gritei, tomando o telefone da mão de Jae, que precisou parar o carro no acostamento para recuperar o fôlego. O garoto ria a ponto de chorar, batendo a palma de uma das mãos no volante e segurando a barriga com a outra. — Mãe, que papo é esse?

— *Ai, filha... eu orei tanto pra Deus te dar juízo e você não se casar com aquele garoto. Eu sei que ele é bonitinho, loirinho do olho azul, do jeitinho que você gosta, mas a personalidade dele é meio blé, sabe?*

— Meio... Meio o quê?

— *Meio blé. Você não sabe o que é? Pergunta pro Jae, foi ele que me ensinou isso, não sei explicar.* — Olhei feio para ele, que ainda nem tinha se recomposto e apenas disse um "meio paia" entre uma risada e outra. — *Enfim, não se preocupe... Pode ir em paz pro seu apartamento. Sobre os convidados... Bom, vai valer de qualquer jeito, já que tá todo mundo dançando e comendo por aqui. Quer dizer, menos a família do noivo, né? Ainda bem que mineiro não perde uma farra. Se recomponha, amanhã a gente conversa. Vamos curtir, porque a festa já tá paga.*

— Hã... o papai tá muito bravo?

— *Estava, até a terceira taça de vinho. Agora nem lembra mais o próprio nome, nem o que tá fazendo aqui.*

— Ótimo, mãe! Você é a melhor, te vejo amanhã.

Jae continuou o caminho até o meu apartamento ainda rindo, e eu acabei caindo na dele e ri da minha própria desgraça. Como era possível uma coisa daquelas? Talvez meu acidente intestinal fosse resultado de muita oração da minha mãe, e não minha.

— O pior de tudo é que consigo imaginar a sua mãe dizendo: meu Deus, eu te peço, em nome do seu filho amado, dá uma caganeira nessa menina na hora de dizer *sim*, pra que ela não se arrependa pelo resto da vida de ter subido naquele altar.

Eu não consegui parar de rir, até porque já peguei minha mãe orando para que uma dor de barriga recaísse sobre meu pai, que o impedisse de sair de casa quando eles brigavam e ele ameaçava ir embora.

O riso durou só até que eu me lembrasse de algo muito importante.

— Ah, droga, Jae! A lua de mel... E agora? — Cortei o riso no mesmo instante em que esse pensamento passou pela minha cabeça.

— Vai sozinha, uai! Ou chama uma amiga. — Eu não aguentava Jae usando gíria mineira. Mesmo que ele tenha sido meu vizinho por alguns anos em Belo Horizonte antes de virmos para São Paulo, era engraçado ver alguém, cuja primeira língua nem era o português, sendo tão mineiro.

— Não é má ideia... — Pensei. — Vai comigo?

— O quê? Tá doida? — Seus olhos se arregalaram e ele acabou rindo, descrente. — Eu sou "amiga", por acaso?

— Não existe companhia melhor que você.

— Maluzinha, querida. Eu tenho aula ainda, esqueceu?

— Eu ligo e adio pro fim do ano, depois da sua formatura.

— Você só pode estar brincando com a minha cara. — Riu.

— Huni-ah!

Fiz charme, chamando-o pelo apelido que eu usava em momentos especiais, como aqueles em que eu queria algo.

O que, no caso, era quase o tempo todo.

Depois da minha carinha de gato do *Shrek* — que nunca falhava —, ele mordeu o lábio inferior, parecendo considerar a proposta.

— De graça?

— No 0800 — confirmei.

— Ok, viagem de férias, então.

— Oba! — comemorei. — E aí, que tal um *cafézim* na casa nova?

— Depois que dermos um jeito nesse seu vestido, senhorita borrona.

Ah! Ele era, de longe, o melhor amigo de todos.

3

Jae Hun

Meu coração estava tão aliviado que eu não conseguia expressar em palavras o tamanho da felicidade que sentia com toda aquela situação.

Então eu não tinha perdido minha chance. *Ainda.*

Eu sabia que todo aquele alívio por uma desgraça tão grande soava meio egoísta, mas ela estava completamente bem com tudo. Mais que isso, ela parecia… feliz.

Tentei não demonstrar muito a minha alegria, apenas desci do carro primeiro e ajudei Malu a sair com toda aquela tonelada de pano.

— Você tá bem? — perguntei, só para me certificar de que tudo estava como deveria. — Quer dizer, você acabou de abandonar seu noivo no altar e tal… E você gostava dele pra caramba.

— Bom, não é como se tivéssemos terminado… — Mesmo que eu procurasse, não conseguia achar nem sequer um resquício de esperança em seu rosto. Malu não gostava dele, ela só tinha medo de um futuro incerto. — Eu só não estava preparada pra me casar... Vamos ficar bem, isso se ele não me der um pé na bunda.

— Eu te daria um pé na bunda sem pensar duas vezes se fosse ele — provoquei.

— Não amola, vai? Vou falar com ele quando a poeira baixar.

Como resposta, segui em silêncio, perdido em meus próprios pensamentos, enquanto nos espremíamos no elevador do prédio com aquele vestido enorme.

Eu não era nenhum expert em relacionamentos, mas de uma coisa eu tinha certeza: dali para frente, aquilo não daria mais certo.

Além do mais, era triste constatar que, para ela, não significava o fim.

— Tá viajando na maionese? — perguntou Malu, me dando um beliscão na orelha. — Segura a droga do vestido ou me ajuda a abrir a porta de casa.

Peguei a chave de sua mão assim que paramos em frente à porta com um adesivo de gatinho e, emburrado por conta do beliscão, entrei primeiro, deixando a noiva presa no batente ao tentar seguir logo depois de mim.

— Hã... hmm... acho que vou precisar de ajuda — falou Malu, fazendo força para se desentalar.

— Mas não é possível uma coisa dessas...

Tentei puxá-la pelos dois braços enquanto o amontoado de tecido permanecia preso em alguma coisa na porta.

— Cara... esse trem custou sete mil reais.

Sete mil reais? Era feito de quê? Ouro?

— E quem foi que pagou?

— O Gui...

Pressionei os lábios e franzi a testa, antes de tomar uma decisão muito sábia e satisfatória.

— Ótimo.

Sem pensar duas vezes, segurei sua cintura e encostei um dos pés na parede, fazendo o máximo de força possível para soltá-la.

Contei até três e fiz força outra vez. Ela se desprendeu da porta, caindo sobre mim no chão, apenas com a parte de cima do vestido e um short-legging cor da pele. Todo o amontoado de tecido que formava a saia ficou preso na dobradiça, pois os acessórios que deixavam o vestido rodado eram mais largos que a abertura da porta.

— Você não vai parar de tirar a roupa na minha frente hoje?

— Tô mais preocupada com como vou explicar pro Guilherme que, além de abandoná-lo no altar e fazer seus pais gastarem uma fortuna num casamento que não aconteceu, eu também acabei com o vestido alugado que ele fez questão de pagar.

— Veja pelo lado bom, pelo menos não tá marrom. — Óbvio que eu não poderia perder a piada.

— Por que você não cala essa boquinha linda? — ralhou ela. — Eu tô tão ferrada que só quero comer e esperar pra ver o que o dia de amanhã me traz.

— Antes disso, coloca alguma roupa que cubra essas... — gesticulei com as mãos, apontando para suas pernas de fora, tentando não olhar — ... isso aí.

— Você acabou de segurar o meu vestido enquanto eu usava o banheiro, Jae. Achei que já tínhamos passado dessa fase.

— Não sei como você chegou a essa conclusão idiota — resmunguei. — Anda, vai tomar um banho e tirar essa cara de destruição.

— E você? Vai continuar de terno?

Hum, a correria fora tanta que a calça apertada que Malu me obrigara a vestir nem teve vez na minha fila de preocupações.

— O Gui ainda não trouxe as coisas dele porque não teve tempo, mas ali no meu quarto tem um conjunto de moletom que dei pra ele ontem, você pode usar.

— Ele não vai ficar bravo? — perguntei, sapeca.

— Não.

— Então não tem por que eu usar.

— Anda logo, Jae — brigou Malu, me dando um tapinha no braço.
— Vou tomar banho.

Era engraçado como nos sentíamos tão à vontade um com o outro. O triste era saber que ela não me via como mais do que um irmão.

Troquei de roupa e liguei a televisão na Netflix. Procurei algum drama coreano legal da lista de Malu e peguei umas cervejas. Depois de alguns minutos, ela voltou com um conjunto velho de pijama com estampa de dinossauro, que me fez questionar sua maturidade, e tirou algumas coxas de frango empanadas da air fryer, que eu nem a vi ligar.

— Arreda pra lá — disse ela, a famosa frase que sempre vinha antes de uma bundada para me tirar do lugar em que eu insistia em me sentar, mesmo sabendo que era o favorito dela.

Malu e eu nos conhecemos na escola, depois de eu ter me mudado de Nova York para Belo Horizonte com minha família, e de termos tido a sorte de morar na casa ao lado da dela. No começo não éramos de conversar muito, já que ela era dois anos mais velha do que eu.

A garota sempre me encarava na escola, eu sentia como se ela estivesse me observando o tempo todo. No começo eu era meio excluído por não saber falar português muito bem e, quando Malu percebeu isso, começou a me chamar para brincar na rua. Como éramos as únicas crianças da rua, gastávamos horas brincando de qualquer coisa, até sermos obrigados a entrar para tomar banho. Depois disso, ela jogava pedriscos no vidro do meu quarto, e nós ficávamos conversando debruçados na janela, o que era engraçado, porque nossa casa era praticamente colada uma na outra. Assim como nossa casa daqui de São Paulo.

Era como se estivéssemos sempre no mesmo quarto.

Tentei não pensar muito em como seria diferente agora que ela havia se mudado para o apartamento.

Assim que completei treze anos, recebi a notícia de que minha melhor amiga e sua família teriam que se mudar para São Paulo por causa do trabalho do tio Vicente — o padrasto dela —, e isso fez com que meu mundo virasse de ponta-cabeça. Naquela época, além de ser meu primeiro amor, Malu era tudo para mim.

E nada havia mudado.

Quando eu mal conseguia me comunicar com as outras crianças, foi ela quem segurou minha mão e me ajudou. Foi ela quem me ensinou a maior parte do português que eu sei hoje, quem me ensinou a amar café, a falar "uai" e a chamar qualquer coisa de "trem". Além disso, foi ela quem me ensinou que, mesmo estando num país desconhecido, eu poderia me adaptar e encontrar a felicidade.

E foi nela que a encontrei.

Depois da tal notícia, não consegui me concentrar em mais nada e vivia implorando ao meu pai para nos mudarmos também. Todos os dias, Malu e eu chorávamos abraçados na frente de casa, contando um dia a menos no calendário da nossa amizade, porque, naquela época, quando celulares mal existiam, como duas crianças iam manter contato morando em estados diferentes?

Depois de muito chororô meu, da minha mãe, de Malu e até dos pais dela, dizendo que não queriam que a filha entrasse em depressão por minha causa, conseguimos convencer meu pai a nos mudarmos para São Paulo também. Eu tinha certeza de que todas as forças divinas sentiram pena de nós, já que conseguimos alugar uma casa exatamente ao lado da casa da família dela.

Ao longo da nossa amizade, eu me apaixonei por ela diversas vezes, e fui obrigado a esquecê-la — ou pelo menos tentar, até achar que deu certo — todas as vezes que ela me dizia que estava gostando de alguém.

Durante quinze anos, sempre fora ela para mim.

Mesmo que eu tentasse ao máximo não cair na dela vezes e mais vezes.

O problema era aquele sorriso e aquele carinho tão gostoso que ela sempre fazia na minha cabeça ao assistirmos à televisão. Talvez também fosse o abraço apertado que me dava sem motivo ou o modo como dizia "eu te amo tanto" quando eu menos esperava. Ela sempre foi o meu tudo e sempre cuidou de mim, pelo menos até que eu ganhasse idade e confiança o suficiente para decidir que seria minha vez de cuidar dela.

— Mas que droga é essa? — Uma voz grossa e carregada de raiva invadiu a sala de repente, como um trovão, fazendo nós dois nos virarmos com um pedaço enorme de frango na boca. — Você me abandonou no altar pra ver novela com esse... babaca? Ah, não!

Guilherme nos encarava, descrente. Me mediu da cabeça aos pés e, então, franziu a testa como quem chupou um limão inteiro de uma só vez.

— Ele tá com o meu moletom novo?

Olhei para o conjunto azul-escuro que eu vestia e segurei a risada.

— Gui... — Malu não sabia muito bem o que fazer ou dizer, já que concordamos em pensar sobre isso apenas no outro dia. — Hã... como você entrou aqui?

Guilherme balançou um molho de chaves, batendo um dos pés no chão.

— Esta casa é minha também.

— Tecnicamente não, já que está no nome dela e você não pagou um centavo — falei, com a boca cheia.

— Não paguei *ainda* — o noivo abandonado resmungou.

— Hm, olha, Gui... eu sinto muito por tudo o que aconteceu. Na verdade, é uma história bem engraçada, você não vai acreditar...

— Engraçada? Deixar seu noivo no altar com cara de tacho é engraçado? Quantos neurônios você tem nessa sua cabeça, caramba? Todo mundo ficou me olhando com cara de dó, dizendo que você fugiu porque tinha um caso com o Jae Hun!

— Ok, isso é ridículo. Eu só tive uma dor de barriga e...

— *Dor de barriga?* E você não podia ter voltado depois? Ou me dito que era uma emergência, ou pelo menos me mandado uma mensagem do banheiro?

— Você queria que eu voltasse como se nada tivesse acontecido depois de quase me cagar toda na frente de trezentas pessoas?

O negócio estava esquentando. Eu podia ver as veias no pescoço de Malu ficarem saltadas e o rosto de Guilherme, vermelho. Não fazia ideia do que dizer e não era parte daquele casal, então apenas pausei a televisão e continuei assistindo ao drama ao vivo à minha frente, mandando ver no frango.

Nada como o entretenimento da vida real.

— Você podia pelo menos ter me avisado, Maria Luísa!

Ih, ele disse o que eu acho que disse?

— Você me chamou de *Maria Luísa*?

Hum... aquilo não era bom.

— Mas que inferno, esse é o seu nome!

— Você sabe que eu odeio o meu primeiro nome — gritou ela em resposta.

— Que se dane, a questão não é essa! — gritou Guilherme, ainda mais alto.

E eu seguia comendo meu franguinho.

Dava para ver como ela estava nervosa por Guilherme trazer seu nome completo à tona, porém Malu respirou fundo e continuou, sua voz mais doce agora:

— Olha, Guilherme, me perdoa. Sei que não foi legal, mas ninguém pensa direito numa situação daquelas. Eu estava desesperada, essa é uma decisão muito importante e que afeta, literalmente, a minha vida inteira — disse Malu, séria, tentando deixar todos os seus motivos claros. — Eu não queria me casar sem a certeza de que estava fazendo a escolha certa, e não tenho dúvida de que, se não fosse a dor de barriga, eu teria uma crise de ansiedade e cairia dura no altar. Me desculpa, mas isso só me fez perceber que não estou pronta pra me casar... não agora.

— Então é assim que a gente acaba? Tenho certeza de que o Jae aqui é parte do motivo.

— Uai, o que foi que eu fiz? — Arqueei uma das sobrancelhas, chupando o óleo de frango do dedo indicador e do polegar.

— Roubou a minha noiva do altar!

— Talvez, se você fosse capaz de saber quando a sua noiva está prestes a explodir, eu não precisasse fazer isso — retruquei, louco para deixar uma marca de óleo em forma de mão bem na fuça dele.

— Ok, vamos nos acalmar! — Malu se colocou entre nós com as mãos espalmadas no ar assim que Guilherme ameaçou vir em minha direção. — O Huni não tem nada a ver com isso. Me desculpa por tudo, tá legal? Eu poderia ter feito diferente... Eu... Muita coisa aconteceu, minha cabeça tá uma bagunça agora. Preciso de um tempo pra pensar, Gui. Não sei se estou preparada nem se é isso que eu quero pra mim.

— E quando você vai estar preparada? — Os olhos azuis de Guilherme brilhavam ao transbordar, e Malu beirava o desespero. — Se não for agora, não vai ser nunca, Malu!

Um silêncio absoluto tomou a sala. Tudo o que eu podia ouvir era nossa respiração pesada. O noivo abandonado tinha dor evidente em suas feições.

— Ok, então vai ser desse jeito? — perguntou ele, sério, ao cruzar os braços. — Nesse caso, vamos esquecer tudo isso e recomeçar.

Uai, fácil assim?

— Ok, vamos com calma dessa v...

— Se você deixar o Jae Hun pra lá e focar apenas em mim — continuou. — Apenas eu e você, Guilherme e Malu, sem nenhum melhor amigo tentando ocupar o meu lugar!

Oi?

— *É o quê?* — Arregalei os olhos e quase me engasguei. Por que isso sempre acontecia comigo?

— Perdeu os miolos? — Malu bufou, sem acreditar.

— Não perdi miolo nenhum. Escolha agora: ou eu, ou esse pé no saco!

— Ei! — gritou ela, nervosa, apontando o indicador fino para o peito do rapaz, e eu me levantei, chegando perto, já que fui enfiado no meio da história. — Você não fala assim do *meu* Jae!

— É! — concordei, colocando a mão na cintura. — Não fala assim do Jae *dela*!

— Isso só pode ser piada! — Guilherme bufou.

— Qual é a chance de eu abandonar meu melhor amigo, que esteve comigo em *todos* os meus momentos difíceis e que sempre me deu força, só porque você quer? — Ela arqueou uma das sobrancelhas e cruzou os braços.

— Se você quiser continuar esse relacionamento, vai ter que ser assim. — Meu coração parou por um segundo, só de pensar numa vida sem Malu. — Eu não quero ter que me preocupar se tem outro homem ocupando seu coração.

Então era isso? Tudo o que eu representava na vida daqueles dois era uma pedra gigante no sapato? Uma ameaça?

— Olha, Guilherme — falei, sério —, me desculpa, a minha intenção nunca foi ficar entre vocês. — *Mais ou menos, né?* — Eu não quero ser um problema... Eu vou... Eu vou embora se vocês quiserem. Não quero ver vocês brigando por minha causa.

Se meu coração doía? Muito. Mas o que eu podia fazer? Ainda que eu desejasse mais que tudo o fim daquele noivado, estragar a vida dela era a última coisa que eu queria. Eu havia perdido a oportunidade de impedir aquele casamento quando...

— Ótimo! — Guilherme interrompeu meus pensamentos, apontando, confiante, para a saída. — A porta da rua é a serventia da casa.

— *É o quê?* — Malu gritou assim que ameacei pegar meu blazer em cima da mesa, então segurou minha mão. — Quem você acha que é pra mandar o Jae embora da *minha* casa? Que *eu* paguei e que está no *meu* nome? — Encarei o rapaz por um segundo, confuso, assim como ele, e olhei para ela, acenando um "não" com a cabeça, pedindo para que não fizesse cena. — Quer saber? Vai embora você! — gritou de novo, e eu tive que intervir quando ela tirou uma das pantufas do pé e jogou na cabeça dele. — Você não tem o direito de entrar na minha casa e falar com meu melhor amigo desse jeito! Ele é a coisa mais preciosa que eu tenho!

Precisei colocar a mão sobre o peito para acalmar o órgão pulsante, que deu uma pirueta perigosa.

— Você entende como isso é errado? *Eu* deveria ser a sua coisa mais preciosa, não *ele*!

— O Jae é minha família, seu idiota! Eu não o deixaria por ninguém! — rebateu ela, ainda gritando, e dessa vez precisei segurar seu braço antes que ela pulasse no pescoço de Guilherme.

— Calma, Maluzinha... — sussurrei.

Confesso que fiquei até com dó do coitado. Eu entendia o lado dele. Ô se entendia.

— Nunca mais fale dele assim! — gritou Malu. — Agora vai embora, some! — Ela pegou o saco preto em que havia guardado o vestido destruído e o jogou nele. — A porta da rua é a serventia da casa, não é? Então sai você por ela! — berrou. — E leve essa planta idiota que você colocou na entrada, ela fede que dói!

O coitado saiu batendo o pé, com o vaso de planta numa mão e, na outra, o saco preto. Quando a porta bateu, enfim me permiti respirar. Meu coração pulou como da primeira vez que ela disse que me amava, e eu senti meu peito se aquecer com aquele sentimento novamente. Era incrível a sensação de ser tão precioso para alguém.

— Ah, tá doido! Quem ele acha que é pra falar assim de você na minha frente? Tem base um trem desse, não, sô — resmungou Malu, ainda com os nervos à flor da pele, ao se sentar de volta em frente à televisão. — Me traz mais uma cerveja, vai... — Sua cabeça pendeu para trás, e vi lágrimas se acumularem no canto de seus olhos, ao que ela bufou: — Ou aproveita e já traz umas quatro.

4

Malu

Posso afirmar com toda a certeza do mundo que, se não fosse pela dor de cabeça idiota ou a vontade de botar todos os meus órgãos para fora, eu nem sequer teria me levantado da cama naquele dia.

Com a cabeça enfiada no vaso, refleti sobre o tamanho da minha burrice. Quer dizer, não era como se eu me arrependesse de não ter me casado, no entanto eu poderia ter feito diferente, não é? Poderia ter evitado toda a gritaria e briga. Poderia ter evitado que Guilherme ferisse os sentimentos de Huni daquela forma. Gui não era um cara ruim, ele tinha os defeitos dele, mas sempre foi bom comigo.

Eu odiava o jeito como ele mastigava de boca aberta? Sim. A voz dele às vezes me irritava? Com certeza. Quando ele me abraçava, eu sentia um negócio estranho e queria dar qualquer desculpa para ele me soltar? Bom, isso era verdade, só que ele não merecia que eu o largasse no altar daquela forma. Eu só havia percebido tarde demais que não o amava.

O problema é que todos à minha volta colocaram tanta expectativa no casamento que ele planejou sozinho, que eu não pude dizer não. Eu de fato achava que gostava dele, e só percebi que não era verdade quando pisei naquele tapete vermelho e caminhei em sua direção no altar, desejando ter um piripaque ou qualquer outra coisa que me provasse que eu não deveria cometer aquele erro.

E, bom, aconteceu.

Joguei um pouco de água fria no rosto, escovei os dentes e prendi meu cabelo ondulado num coque engraçado. A Malu que o espelho me mostrava era pálida e sem vida. Tinha olhos avermelhados, borrados de maquiagem, e a droga de um coração confuso e partido. Bufei antes de desmanchar o coque malfeito, prender o cabelo num rabo de cavalo decente e lavar o rosto mais uma vez.

Meu coração não estava partido por Guilherme. Existia algo sobre mim que ninguém entenderia, algo muito maior, que fazia meu peito doer. De alguma forma, me sentia como se eu mesma o tivesse partido havia muito tempo. Abri a cortina após um suspiro, na esperança de conseguir alguma coragem para enfrentar o dia.

Um barulho esquisito na sala me chamou a atenção, o que fez com que eu pensasse em um milhão de maneiras diferentes pelas quais uma solteirona esquisita poderia apunhalar um ladrão, forte o suficiente para ele sair correndo como se não houvesse amanhã.

Porém tudo o que eu tinha por perto era um desodorante.

Sem opções, agarrei o cilindro rosa com força e fui de fininho até a porta de entrada, de onde o barulho vinha. Com um mau humor matinal horrível, que poderia servir a meu favor, e um dos olhos fechado, dei um grito alto e bati o desodorante na parede, forte o bastante para assustar fosse lá quem estivesse tentando entrar na minha casa sem ser convidado.

— Ai, diacho! Tá maluca, garota? — gritou Jae, com alguma ferramenta barulhenta na mão. — Ia parafusando meu dedo na porta, sua marmota!

— Que diabos você está fazendo aqui às sete da manhã?

— Uai, você me obrigou a dormir aqui. Não lembra, não?

Encarei o teto por um segundo e recebi alguns flashbacks do além.

Huni-ah, eu vou morrer solteira.

Por que eu não dou certo com ninguém?

Eu deveria ter continuado o casamento mesmo com dor de barriga e ignorar a vergonha? Mesmo sem amar ele?

Huni-ah, minha casa tá fedendo por causa daquela planta idiota que ele trouxe, abre a janela!

Quem aquele idiota acha que é pra falar assim da coisinha mais preciosa da minha vida?

Será que um dia vou achar alguém que eu ame o tanto que eu te amo assim, para me casar? Ou deveria apenas me casar com você?

E por último, mas não menos humilhante: *Huni-ah, vamos adotar um cachorro? Podemos ter três filhos, mas um deles tem que ser menina para eu colocar o nome da minha vó.*

Droga.

— Hm... o que você tá fazendo? — perguntei, tentando afastar as lembranças com a mão como se fosse um pum.

— Se vamos ter três filhos e um cachorro, quero ter certeza de que todos estarão seguros nesta casa.

— Olha, sobre isso...

— Relaxa, não é a primeira vez que você me pede em casamento depois de beber. — Eu não entendia como ele ainda me aguentava. — Só tô arrumando a dobradiça e trocando a fechadura da porta, já que o Guilherme tem a chave daqui.

— Dei muito trabalho ontem? — Eu não tinha muita certeza de que queria ouvir a resposta.

Jae se levantou, estralou os joelhos, alongou as costas e abriu e fechou a porta algumas vezes antes de me entregar a chave, dizendo:

— Nada, só vomitou no sofá que eu te dei, quase arrancou um tufo de cabelo da minha cabeça quando me recusei a ser arrastado até o cartório pra assinar os papéis do nosso casamento, me obrigou a dormir aqui choramingando que estava com medo de morar sozinha, reclamou a noite toda e depois desmaiou de bêbada igual a uma pedra no chão.

— Então ele passou por mim e deu um tapinha nas minhas costas. — Eu já tô acostumado. Talvez, se você se casasse mesmo comigo, não tivesse mais esse problema.

— Eu tentei...?

— Me beijar? — Riu. — Não, dessa vez você desmaiou antes.

Qual era o meu problema? Sempre que o álcool percorria meu sangue, eu corria até Jae. Independentemente de onde estivesse, minhas pernas e meu coração sempre me levavam até ele, e eu acabava pedindo-o em casamento. Por que era tão difícil fazer meu subconsciente entender que aquilo era errado de diversas formas? Ele era como um irmão para mim e ainda era *dois anos mais novo*! Quando virei adulta, ele ainda estava aprendendo a fórmula de Bhaskara.

— Da próxima vez que você me beijar e me pedir em casamento, eu vou aceitar. Fique sabendo.

Meu coração deu um pulinho com a ideia, o que me fez esboçar uma careta e reclamar.

— Isso seria incesto.

— *Incesto?* — Ele fez uma careta, ultrajado. — A gente não tem o mesmo sangue, e não somos irmãos de nenhuma forma além da que você criou na sua cabeça.

— Jae...

— Fiz café e comprei pão de queijo. Se precisar de alguma coisa, me avise.

Eu não tinha o que dizer.

Tudo o que pude fazer foi assistir a ele passar pela porta, com um sorriso ensaiado e algo diferente no olhar.

Depois que Jae foi embora em pleno domingo, me deixando sozinha na minha nova casa, só consegui assistir à TV o dia todo, sem fazer o menor esforço para me levantar do sofá.

No dia seguinte, levantei depois que desisti de lutar contra meu subconsciente e minha insônia. Sempre que eu fechava os olhos, ouvia minha própria voz dizendo: *Você não tem jeito, Vai morrer sozinha.* Para não me sabotar outra vez, apenas concordei em me levantar e ir trabalhar, mesmo que, legalmente, eu estivesse de férias.

— Malu, por que você não atendeu às minhas ligações? Você sabe como eu estava preocupada? — Luna veio correndo em minha direção assim que passei pela porta automática do escritório.

— Esqueci de ligar o celular, amiga. — Fui embalada num abraço apertado antes mesmo de responder.

— Mas o que foi aquilo? O que aconteceu? Decidiu aceitar o Jae e se casar com ele de uma vez? — Luna desandou a falar, sem nem respirar entre as palavras. — Ah, finalmente, né? Coitado. E o Guilherme? Deve ter ficado boladão.

— O quê? — Franzi o cenho. — Do que você tá falando, garota? Eu não vou me casar com o Jae coisa nenhuma! É uma história longa, na verdade.

— Resumo do resumo? — pediu, piscando rápido seus olhinhos redondos.

Bufei, derrotada.

— Tive uma dor de barriga da revelação nos quarenta e cinco do segundo tempo e decidi que não ia me casar.

— Hm… e o que o bonitinho tem a ver com isso? — questionou Luna, com uma mão no queixo e a outra na cintura, se derretendo de curiosidade por mais detalhes.

Eu não queria pensar no que havia acontecido antes da cerimônia. No motivo de eu implorar por um sinal e na causa da minha crise de ansiedade — talvez, se eu não pensasse naquilo, meus sentimentos não se tornassem um problema.

— O Huni… você sabe, parece que ele sabe ler a minha mente — respondi, prestando atenção nos degraus antes de subir a escada. — Ele entendeu o que estava acontecendo, me roubou do altar, me levou pro banheiro e depois fugimos no carro de recém-casados, fim.

— É uma desculpa bem coerente — concordou. — Pode me contar com detalhes na hora do almoço. Agora, vou te devolver todos os seus projetos, já que você tá de volta.

Para a sorte da minha amiga, minhas curtas férias tinham ido descarga abaixo e eu seria responsável por todos os meus projetos novamente. Enfim, a vida de produtor editorial.

Me sentei na cadeira no cantinho da sala, liguei o computador e respirei fundo. Sim, minha vida estava passando por um momento de merda, mas, olhando pelo lado bom, eu estava de volta ao trabalho, o que era algo que eu amava. Eu me divertia cuidando da publicação de novos livros, mesmo que às vezes aquilo me deixasse estressada e me fizesse querer agredir alguém.

Comi meio pacote de miojo cru na hora do almoço e me encostei na primeira poltrona vazia que encontrei para tirar um cochilo. Meu estômago ainda não estava muito bem e minha cabeça doía horrores. A ressaca não parecia querer ir embora, e ter ido trabalhar já não me parecia uma ideia tão boa, apesar de eu *precisar* ocupar a mente. No fim das contas, ver Luna fazendo careta para mim todas as vezes que eu tirava os olhos da tela do computador e devaneava me ajudou a não pensar demais na droga da minha vida.

Na hora de ir embora, me levantei cansada, alonguei as costas e enfim peguei meu celular na bolsa.

Além da minha mãe me mandando um milhão de mensagens para perguntar se eu estava bem, havia duas ligações perdidas de Jae.

— Vai rolar aquela carona? — perguntou Luna, grudando em meu pescoço cansado, me fazendo curvar um bocado até chegar ao seu um metro e sessenta.

— Só se você me fizer o favor de dirigir até a casa da minha mãe — murmurei, sem forças, erguendo um molho de chaves com um pompom preto quando ela me deu um beijo estalado na bochecha. — Parece que um caminhão passou em cima de mim.

Minha amiga assumiu a direção, contente. Aliás, qualquer desculpa que tivesse para dirigir era válida, já que era algo que ela adorava fazer. No caminho, compramos o balde de frango que Jae tanto amava e seguimos para casa.

— Então... — Luna pigarreou casualmente, com os olhos na rua ao me perguntar: — O que vai fazer agora?

Fiz uma cara de interrogação, juntando as sobrancelhas.

— Você acabou de terminar um relacionamento, Malu! Vai fazer o que da vida agora? — perguntou, sem paciência.

— Vou continuar trabalhando pra pagar minhas contas e encher a cara de frango e cerveja no fim do dia até morrer, uai.

— Credo, que humor horroroso.

— E você esperava o quê? — Ergui os ombros, indignada. — Eu abandonei meu noivo no altar e descobri que nada daquilo que eu sentia era amor e, de novo, voltei à estaca zero. Estou triste e estressada, Lu! Sei que não é como se eu estivesse atrasada, já que só tenho vinte e quatro anos, mas eu achei que dessa vez ia, sabe?

Ela apenas apertou os lábios e assentiu.

— Quantos namorados eu já tive? Oito?

— Talvez dez? — Franziu a testa.

— Não, acho que tudo isso, não...

— Tenho certeza de que você não tá contando o Mário e o Noah.

— Eles não foram namorados, exatamente...

— Foram, sim, cala a boca.

— Ok, dez então, que seja. — Bufei. — E por que não deu certo com nenhum?

— Você mesma já respondeu a essa pergunta várias vezes, depois de bêbada.

Lá vinha ela com aquele papo de novo.

— E o que eu disse?

— Você nunca se lembra — riu —, e eu nunca vou contar, até que você possa assumir isso sóbria.

— Você é a pior!

— Que tal fazermos isso agora? Eu e você vamos beber até cair hoje — propôs, animada, e eu senti todos os meus órgãos revirarem só de pensar em álcool mais uma vez.

— E ir trabalhar amanhã com ressaca dupla? Tô fora — recusei. — Além disso, vou ver o Jae e meus pais hoje, eles devem estar preocupados.

Lu franziu o nariz e arqueou uma das sobrancelhas sem dizer mais nada, me gerando um desejo enorme de arrancar seus alongamentos de unha acrílica um por um.

— Mas e aí... — disse ela, depois de um longo silêncio, quando deitei o banco, tentando fingir que ela não estava ali. — Você...

— Eu o quê? — resmunguei, com os olhos fechados.

— Você beijou o Jae dessa vez? Depois que ficou... você sabe, bem louca de cerveja.

— Graças a Deus, não. — Respirei fundo.

— Já é um grande avanço. — É, ela tinha razão. — Mas aposto que você o pediu em casamento.

Cracolhas de garota que me conhecia tão bem.

— É... Acho que preciso voltar para a terapia — concluí.

— Eu acho que você precisa é assumir logo. — Bufei em desdém e me virei para a porta do carro. Eu não queria falar sobre aquilo. — Você é apaixonada pelo Jae desde sempre e não assume.

Eu odiava quando as pessoas achavam que sabiam mais sobre mim do que eu mesma. Quer dizer, eu tinha vivido mais tempo ao lado de Jae do que longe dele. Se gostasse mesmo do meu amigo... bom, *eu não teria dúvidas*, certo?

— O Jae é como um irmão pra mim. — Dei de ombros. — E ele é muito novo.

— Se liga, Malu! Ele é só dois anos mais novo que você!

— Pois é, quando ele saiu da barriga da mãe, eu já andava e amava café.

E aquilo era totalmente verdade.

— O dia em que você cair na real, vou fazer questão de soltar fogos. — Riu. — Ele gosta de você desde pequeno, que eu sei.

— Ele já gostou, mas não é mais o caso... Até parece que ele ficaria todo esse tempo esperando por mim.

Sem querer, me lembrei do motivo de ter torcido para que algo acontecesse enquanto andava até meu noivo no altar. Mesmo que estivesse tentando não pensar no assunto, eu... Bom, se ele gostasse mesmo de mim, ele não teria...

— Olha, sinceramente! — Luna interrompeu meus pensamentos, brava. — Mais tonta que você, só duas de você, Malu.

Quando estacionamos na rua da casa da minha mãe, Luna soltou uma risadinha enquanto descia do carro.

— Que dia de sorte! Olha só quem tá ali.

Não sei por que me assustei ao ver Guilherme e a família inteira sentados na calçada. Não deveria ser nenhuma surpresa, já que ele morava do lado esquerdo da minha antiga casa.

— Droga, volta aqui! — Puxei minha amiga de volta pelo colarinho e abaixei nossa cabeça até o volante. — Eu não posso sair com todo mundo ali.

— Eu não vou assistir a você arranjar mais um problema pra sua cabeça, garota. — Luna deu um puxão leve na minha orelha e se endireitou. — Desce desse carro agora e passa com toda a sua confiança na frente deles. Desistir de se casar não é pecado nenhum.

— Não é por nada, mas você sabe melhor do que ninguém que, mesmo se eu juntasse toda a confiança que tenho, ainda seria igual a nada. — Mordi o lábio, ansiosa.

Luna piscou algumas vezes, incrédula, e então, num surto, me empurrou para fora.

— Desce agora, Luísa!

Cambaleei, quase caindo no chão, e respirei fundo.

— Você não pode ir até o portão comigo? — pedi, enfiando a mão pela alça da sacola com o frango.

— Não fui eu que deixei meu noivo no altar — respondeu ela, mastigando um chiclete imaginário. — Isso é algo que você tem que fazer sozinha. Desce, rebola confiante até o portão da sua casa e diz boa-noite. Se alguém perguntar alguma coisa, responde bem decidida, sem rodeios, depois entra.

— Podemos trocar de corpo? — pedi.

— Anda logo, Malu! — rosnou minha amiga, jogando a chave para mim, depois desfilou com seu traseiro largo até atrás do tronco de uma árvore para me observar. — Assim que se desfila, vai! — me encorajou.

E eu fui.

Um pé após o outro, na minha melhor rebolada confiante — que, ok, podemos confessar aqui, mais parecia que eu estava apertada para fazer xixi do que qualquer outra coisa.

Quando cheguei perto da casa da minha mãe, Guilherme, a mãe, o pai e os quatro irmãos me encararam como se eu estivesse entrando numa casa de prostituição.

— Boa noite — falei, com um sorriso enorme no rosto, incerta se deveria de fato fazer aquilo depois de dar um prejuízo emocional e financeiro de cento e trinta mil reais.

Às vezes os conselhos de Luna não eram lá dos melhores.

Eles apenas viraram a cara para mim, ao que Guilherme perguntou:

— Tá indo ver o *seu* Jae?

— Não — respondi, determinada. *Certo, Luna, segura essa!* — Estou indo ver a minha *mãe*.

Então pisei para o lado de dentro do portão e me virei para a minha amiga, que fez um joinha e me deu uma piscadela. Meus joelhos cederam assim que fechei a tranca e eu caí, fraca. Derrotada.

Derrotada em segredo, pelo menos.

Soltei de uma vez todo o ar que vinha segurando desde que saíra do carro. De longe, minha mãe me encarava com um pano de prato no ombro, um avental e a mão na cintura. Talvez minha derrota não tenha sido tão secreta assim.

— Tsc, tsc, tsc, mas é uma bunda-mole mesmo — disse ela, balançando a cabeça de um lado para o outro em negação.

— É lógico, não foi a senhora que deixou o noivo no altar.

— Nem queria que você se casasse com ele mesmo.

Eu a encarei, brava, e me levantei, dando batidinhas no joelho empoeirado. Ela ajeitou o pano em seu ombro, jogou uma mecha de cabelo para trás da orelha e me olhou com um misto de pena e qualquer outra coisa que eu não consegui identificar. Havia tanto para ser dito que eu não sabia nem por onde começar. Mamãe, no entanto, parecia saber muito bem. Ela começou com um:

— Que tal um *cafézim*?

E aquela pergunta simples, que, eu sabia, para nós tinha um milhão de significados, me mostrou que tudo ficaria bem.

5

Jae Hun

— Agora! Corre, corre, corre! — gritei, vendo a poeira subir conforme corríamos pelo chão de terra.

Barulhos de tiros ressoavam por todos os lados, sequei o suor da testa com a manga da blusa e passei na frente de Min Jun, tentando proteger o mais novo.

— Jae *Hyung*, a gente vai morrer — gritou ele, o que fez meu tímpano latejar. — Eles só têm pistolas.

— Juni, cuidado na hora de entrar aqui — berrou Tae Hun, um pouco mais para a frente, então deu um grito dramático. — Droga, fui atingido! *Mayday, Mayday!*

— Ninguém aqui vai morrer hoje! — esbravejei, atirando algumas vezes e me jogando atrás de uma barricada. — Acho que estourei o colete dele.

— Fecha a porta! — ordenou Tae Hun, aflito.

De repente, ouvi um barulhão vindo da porta, o que me obrigou a lembrar que eu não estava numa guerra de verdade e a tirar um lado do fone de ouvido.

— E aí, o que tá pegando? — Malu passou pela porta do meu quarto, sorridente, com uma sacola enorme em cada mão, tirando minha concentração do jogo.

— Não sabe bater na porta, não? — resmunguei. — Tô só de cueca.

— E quem liga?

Grunhi, ouvindo os meninos me zoarem no fone de ouvido. Ralhei em coreano para que eles calassem a boca; por sorte, Malu não ouviu nada.

— Eu tô meio ocupado agora.

— Eu trouxe frango. — Minha amiga ergueu uma das sacolas com um sorriso que, obviamente, foi o suficiente para me fazer dizer um "depois a gente continua" para os meus primos e desligar o jogo na mesma hora.

Call of Duty podia esperar.

Vesti uma bermuda que estava jogada no chão e me sentei em cima da cama, onde Malu já estava esparramada com a barriga para cima.

— O Guilherme estava sentado na calçada com a família inteira quando eu cheguei — choramingou.

— Eu sei, esse povo não cansa de fuxicar a vida dos outros, só ficam ali monitorando quem entra e quem sai. — Peguei uma asinha empanada e lambi os lábios, ansioso para morder aquela coisa cheia de óleo.

— O que eu vou fazer da minha vida agora? — perguntou Malu, se virando para mim.

— Do que você tá falando? — questionei, mexendo nos outros pedaços de frango até ver o fundo do balde e contar as asinhas. — Do Guilherme?

Malu me olhou com as sobrancelhas franzidas e respirou fundo, meio brava.

— Óbvio, Jae!

— Sei lá, Malu! Provavelmente vai arrumar um namorado novo? — brinquei, e ela não fazia ideia de como aquela brincadeira doía em mim. — Como sempre fez.

— Não quero. — Bufou. — Não quero saber de relacionamento na minha vida por um bom tempo.

Fiquei quieto e abocanhei uma asa enorme. O *croc* do frango sendo mordido foi o único barulho que ressoou por um momento.

— Acho que eu tô carente — soltou ela, do nada.

— Adota um gato. — Dei de ombros.

O que mais eu poderia falar? *Corra pros meus braços e eu garanto que você nunca mais vai se sentir assim?*

— Você é um insensível, Jae! — berrou, me dando um tapa no braço. — Te trouxe um presente, mas agora não sei se merece.

Presente? De novo? Eu me sentia *mesmo* o irmãozinho mais novo. Por outro lado, bom... eu não podia recusar um presente, né?

— Você tá carente, meu amor? — brinquei, abraçando seu corpo curvilíneo. — Vem aqui, eu vou cuidar de você! — Dei beijinhos em sua bochecha, mesmo com os lábios sujos de óleo, fazendo-a se esquivar enquanto limpava os beijos com a mão.

— Ai, seu besta! — falou. — Tá bom, chega.

— Você disse que estava carente.

— Não estou mais, obrigada. — Então ela puxou uma sacola branca do lado da cama, me entregou e se levantou. — Isso é pra você, e eu vou levar aquele Super Nintendo comigo.

— *Você vai o quê?* — gritei. — Tá doida? É um Super Nintendo da primeira geração, você sabe que eu amo esse videogame mais do que tudo na vida!

— Por que você precisa de seis videogames?

— Eu preciso de seis porque são *seis*! Se você levar ele embora, serão apenas cinco, e eu odeio número ímpar, você sabe disso!

Malu sabia muito bem como eu repugnava números ímpares. Eu tentava sempre manter uma quantidade par de qualquer coisa que fosse. Quatro camisetas pretas, duas azuis e, se havia três amarelas, eu comprava outra ou dava uma para Malu usar de pijama.

— Sem problema, eu vou levar ele e o PlayStation 2, então. Aí você fica com quatro. — Ela sorriu, sapeca. Cruzei os braços e fechei a cara. — Abre logo a sacola, seu chato!

Abri a tal sacola a contragosto e, lá dentro, vi alguma coisa muito bem embalada num papel de presente vermelho. Depois de rasgar as três mil camadas que ela fez de propósito para me irritar, vi uma caixa enorme com PlayStation 5 escrito e quase caí para trás.

— Não... — falei, surpreso, a boca formando um pequeno "o". — Você não fez isso.

— Ah, eu fiz — disse ela, toda malandra.

— Você não se cansa de gastar dinheiro comigo, não? Três desses videogames foi você quem me deu.

— E agora eu tô completando um número par. — Sorriu. — Tchã-rã!

— Eu tenho dinheiro suficiente pra comprar essas coisas, se quiser — falei, envergonhado.

— Eu gosto muito mais de te ver sorrir quando sou eu quem te dá o presente.

Me levantei, contente, e lhe dei um abraço emocionado. Malu me abraçou forte e disse, baixinho:

— Feliz aniversário, Huni.

— Ainda faltam três semanas. — Quase chorei, confesso.

— Uma amiga trouxe da gringa, e eu não aguentei esperar. — Sorriu, fazendo charminho ao colocar um cacho largo atrás da orelha. — Já que agora você tem sete, vou ter que levar o Nintendo comigo. Viu só que pena? Vou jogar *Super Mario* sempre que tiver insônia.

— Você sabe que pode me ligar, se não conseguir dormir.

— Você dorme como uma pedra, Huni.

Aproveitei aquele abraço gostoso, que não recebia havia algum tempo, a ponto de me esquecer do meu superpresente.

O cheirinho do cabelo de Malu entrava pelo meu nariz e acelerava meu coração, ao passo que sua respiração perto do meu pescoço me causava um arrepio delicioso e, de repente, meus olhos se encheram de uma vez, quase não me dando tempo de secá-los antes de me virar para ela e dizer:

— Eu te amo tanto!

Eu estava feliz por ela estar de volta. Por poder me abraçar sem risco de o namorado dizer alguma coisa ou de alguém entender errado. Apenas aquele abraço despretensioso que ela sempre me deu.

— Eu te amo muito mais, pequeno! — Ela sorriu, mesmo sabendo que era mais baixa do que eu.

Meu coração acelerou, mas ele sabia: ela não entendia o que eu queria dizer.

Não ainda.

E eu me questionava se algum dia entenderia.

Depois da minha última aula, desci até o gramado dos fundos da faculdade e me sentei debaixo da primeira sombra que encontrei. Coloquei os fones de ouvido e dei play na música que eu escutava no repeat todos os dias e que me fazia lembrar de Malu.

I know I should move on.
Sei que eu devia seguir em frente.
I know I should go on.
Sei que devia continuar.
How do I, how do I, how do I love again?
Como faço, como faço, como faço para amar de novo?
Just come back to me.
Apenas volte para mim.

As lembranças começaram a surgir e, de repente, consegui vê-la nitidamente jogando pedrinhas na minha janela em BH, se inclinando sobre ela para contar as novidades, quando um dia inteiro ao meu lado não era suficiente para dizer tudo. Podia ver todas as vezes que ela bateu na minha porta para chorar por causa de alguém e se deitou no meu colo, sofrendo por causa de algum babaca. Eu podia até sentir, de novo, seus dedos finos segurando meu braço com tranquilidade na saída da escola, tentando me impedir de caçar encrenca com alguém que machucara seus sentimentos. Desde aquela época, todo o meu esforço era gasto para impedi-la de chorar. Eu queria cuidar dela, abraçá-la, protegê-la e dizer que ninguém mais a machucaria, mas como eu poderia fazer isso?

Com o passar do tempo, apenas aceitei que ela não me via como homem e passei a me contentar em estar ao seu lado apenas como melhor amigo.

Quando Malu anunciou o noivado e me convidou para ser seu padrinho, senti todas as minhas esperanças ruírem e planejei um milhão de loucuras para impedir aquele casamento.

— Ih, qual foi? — Toni se aproximou com o cenho franzido, jogando sua mochila no chão e se sentando ao meu lado. — Levou um fora?

— Já levei três vezes, deveria tentar levar mais um pra completar um número par? — brinquei.

— O que houve agora? Ela te beijou mais uma vez? — Neguei com um sorriso tristonho no rosto e mordi o lábio para segurar a frustração. — Não vai me dizer que...

— Sim — choraminguei —, ela bebeu depois daquela bagunça toda e me pediu em casamento de novo, e dessa vez ainda disse que poderíamos ter *três filhos e um cachorro*!

— Ah, Jae! Sinto muito, cara! — disse meu amigo, tentando me consolar enquanto segurava o riso e me dava leves batidinhas nas costas.

Aquilo acontecia com uma frequência maior do que eu gostaria de admitir.

— Não sei mais o que fazer... — desabafei. — E não é possível que ela não saiba dos meus sentimentos. Eu já me declarei três vezes, Toni! *Três!*

— Ah, cara... eu não posso dizer nada, sou meio lerdo pra perceber essas coisas. — Eu sabia que ele estava sendo cauteloso porque aquele era um assunto difícil para mim. — Talvez ela seja dessas.

— Ela não me enxerga dessa forma — falei. — Ontem ela entrou no meu quarto enquanto eu jogava videogame de cueca e ignorou completamente o fato de que eu estava seminu na frente dela.

Meu amigo se engasgou com a risada que tentou segurar e, no fim das contas, apenas jogou a cautela para o alto e decidiu me zoar.

— Você tá tão na merda.

— Eu sinto como se não pudesse respirar, sabe? Como se estivesse embaixo d'água e não conseguisse sair... Sabe como é amar a mesma pessoa por quase uma vida inteira e não conseguir seguir em frente? Isso machuca pra caramba.

Ele me encarou e nós dois rimos, cientes da droga que era a minha situação.

— Você precisa dar um jeito de seguir em frente — disse Toni, confiante. — Eu tentaria mais uma vez. Se você perceber que não tem esperança, então é hora de deixar ir, cara. *Move on!*

Me reclinei ainda mais sobre a mochila e soltei um suspiro longo, que o fez entender exatamente o que eu precisava: ficar sozinho.

Toni me deixou e foi para casa primeiro. Gastei mais meia hora sentado no gramado, até me lembrar de que eu tinha trabalho para fazer em casa.

Me apressei a juntar as coisas e pegar o primeiro trem para a região onde eu morava, implorando aos céus por, pelo menos, um lugar vazio no qual eu pudesse me sentar, colocar meus fones e cochilar até chegar em casa.

Contando com a sorte, segurei minha mochila apertada contra o peito e entrei antes da multidão, que me lançou para dentro do trem assim que a porta se abriu.

Com os fones no volume máximo, assisti à paisagem correndo do lado de fora até que chegasse à estação perto de casa. Eu teria que correr para entregar os trabalhos que a editora havia solicitado, e só me dei conta de como estava atrasado quando me recuperei daquele surto de amor.

Nem a minha vida profissional era capaz de levar meus pensamentos para longe de Malu. Claro, eu amava que ela fosse a produtora editorial dos livros que eu ilustrava, mas isso também exigia muito contato entre nós, o que dificultava minha missão de tentar pensar menos nela.

Gastei as últimas horas do meu dia de trabalho terminando a capa para um livro infantil que lançaríamos em breve e, quando meu celular apitou o alarme das sete e meia, desliguei o computador, a mesa digitalizadora e me joguei na cama. Será que ela estava bem? Eu deveria voltar a ligar e perguntar como as coisas estavam indo? Afinal, ela tinha recém-terminado um relacionamento e…

Me levantei e abri a janela, deixando um pouco da brisa invadir meu quarto abafado. A alguns passos de distância da minha casa, vi a garota que fazia meu coração palpitar descer de seu Fox azul e saltitar até o portão da minha casa.

— Huni-ah! — chamou ela, e em seguida ergueu uma sacola ao me ver apoiado no peitoril da janela, a admirando sobre os punhos. — Que tal um *cafézim*? Eu trouxe o pãozinho que você gosta.

Então, como sempre, um sorriso largo se formou em seu rosto e as borboletas em meu estômago voaram outra vez.

6

Malu

— Luísa — chamou meu chefe de dentro da sua sala —, pode me trazer a última revisão da capa de *Uma troca para o amor*, por favor?

— Claro! — Me levantei, pegando o iPad em cima da mesa, junto com a última revisão da diagramação, que estava cheia de alterações, e o encontrei na sala de reuniões.

Marcelo, meu chefe, rabiscou por cima do design várias vezes, olhou a capa de quarenta ângulos diferentes, imprimiu e desenhou por cima de diversas formas antes de me entregar com a cara fechada.

— Tive uma reunião de duas horas com a autora ontem, e ela me pediu tanta coisa que nem sei se me lembrei de tudo — falou, apertando as têmporas. — Acho que, por ser ilustradora, ela tá com um pouco de medo de não sair como espera. Aliás, você pode pedir pro Jae Hun vir aqui amanhã?

— Posso, claro. — Coitado, Marcelo parecia tão cansado. Seu humor estava cinza como um dia nublado, o que era estranho para uma pessoa que era o próprio arco-íris.

— Obrigado, querida! — Um sorriso cansado apareceu em seus lábios e ele se levantou. — Se alguém perguntar por mim, pode dizer que estou numa reunião muito importante? Vou tirar um cochilo escondido. Cuidar de um recém-nascido não é fácil. Aquela criança não dorme!

— Pode deixar comigo, chefinho! — Bati continência e saí, fechando a porta e ouvindo o barulho do trinco logo em seguida.

Ao me sentar novamente à minha mesa, fiz uma nota mental para ligar para Jae na saída e continuei concentrada em minhas tarefas. Naquele dia, além de trabalho acumulado, eu tinha mais uma preocupação: estávamos tendo problemas com a gráfica, que atrasara a entrega dos livros para o lançamento de um dos nossos maiores autores, o qual deveria acontecer em dois dias. Eu sentia meu estômago queimar de nervoso, mas tentei manter a mansidão e o autocontrole, mandando alguns e-mails educados para tentar resolver a situação em vez de ligar xingando até a quarta geração da dona da gráfica.

— Quer um chocolatinho, amiga? — cochichou Luna na mesa da frente.

Estendi a mão e fiz um bico manhoso em resposta.

Ela sacou uma barra de Prestígio de dentro da gaveta, sorrindo como sempre, e se sentou na quina da minha mesa, afastando algumas pastas com seu quadril largo para abrir espaço.

— Tem planos pra amanhã? — perguntou.

— Hm... acho que o Jae vai lá em casa — respondi, rodando uma caneta entre os dedos, e então coçando a cabeça com a ponta que estava com a tampa mordida.

— Hmmm, vão fazer o quê? — A expressão de malícia dela era digna de um programa de televisão.

— A tia Boram vai fazer uma festa na casa dela com as amigas da ioga, e o Jae precisa de um lugar silencioso pra trabalhar, que, pelo visto, não vai ser lá.

— Hm, saquei — falou. — Eu ia te chamar pra ir ao shopping.

— Podemos ir antes do almoço, o que acha?

Era óbvio que eu não iria perder a oportunidade de ir a um lugar que eu não precisava para gastar o dinheiro que eu não tinha.

— Ótimo! Eu queria ir de manhã pra não perder o dia todo lá, preciso comprar roupa para um date.

No fim do dia, deixamos o escritório entretidas demais, conversando sobre o lançamento da autora favorita dela, que seria feito com a nossa editora. Luna falava tanto da garota que eu já nem aguentava mais escutar o nome dela. Sempre que o assunto era comédia romântica, minha amiga não perdia a oportunidade de se intrometer na conversa e dizer: "Ah, pois é, você já conhece os livros da Thaís? Ah, não! Você precisa ler. Eles têm uma coisa especial, sabe? A gente sente como se estivesse na história, é como se..." Depois disso, era, pelo menos, uma hora de monólogo sobre como os livros da autora precisavam ganhar o Nobel de literatura.

— Você ia se identificar muito, sério! — disse, toda animada. — Ela escreve sobre esse dramaland em que você vive, sabe?

— Eu não vivo em dramaland nenhum, maluca.

— Fala sério! Seu melhor amigo é coreano, você já viajou pra Coreia umas dez vezes e é viciada em dramas coreanos. Como tem coragem de dizer que esse não é o seu mundinho?

— Você sabe muito bem que aquele pirralho é mais mineiro do que qualquer outra coisa. Deixa ele te ouvir dizer o contrário pra você ver a briga que vai caçar.

— Que seja, eu acho que você ia gostar muito das histórias! Dá uma chance só dessa vez, vai? Eu já li *Tem um idol no meu sofá* três vezes, mas posso ler de novo para te fazer companhia!

— Eu não entendo essa sua obsessão com os livros dela.

— Alguns são loucos por idols, eu sou louca por autores nacionais — brincou. — Alguém tem que valorizar a literatura desse país.

Ri, procurando a chave do carro na bolsa e quase tendo um mini--infarto por não a encontrar. Luna chacoalhou o chaveiro felpudo na minha frente e, quando eu menos esperava, encontrei Jae encostado no corrimão da escada do lado de fora do prédio: quietinho, mexendo no celular e rindo, aquele sorriso lindo que só ele tinha e que, vez ou outra, fazia meu coração acelerar sem querer.

Um pecado, por sinal.

— Huni-ah! — Saltitei até ele assim que seus olhos se voltaram para mim e seus braços se abriram para um abraço, junto com um sorriso largo.

— Maluzinha! — disse ele, fofo, quando abracei seu corpo esguio.

— Não sabia que você viria.

— Surpresa! — cantarolou. — Oi, Luna!

— Oi, Jae! — Minha amiga sorriu, doce, e coçou a nuca. — Hum, Lulu, vou indo nessa!

— Uai, por quê? — perguntei, confusa. — Você não queria uma carona?

— Lembrei que preciso passar num lugar antes.

Eu sabia que era mentira pelo jeito que ela fazia bico ao falar, mas não quis questionar.

— Te vejo amanhã de manhã, então! — gritei, antes que minha amiga sumisse como um foguete por trás dos prédios da Vila Olímpia. — Ah, antes que eu me esqueça, o Marcelo quer te ver amanhã — avisei a Jae.

— Poxa, logo no sábado? — choramingou. — Eu já tô apertado de serviço, vou ter que virar a noite em claro pra poder folgar no domingo.

— Eu sei, mas vai ser rapidinho — falei. — Ele disse que tem uma proposta pra você.

— Que proposta?

— Sei lá, uai! — Lógico que eu sabia.

Joguei a chave em suas mãos porque, obviamente, eu não perderia a oportunidade de não dirigir.

Durante o caminho, Huni contou sobre o trabalho que ele estava fazendo e eu estava supervisionando, tirou algumas dúvidas e choramingou por longos minutos.

— Eu tô tão cansado e esgotado que durmo e sonho que estou trabalhando. — Suspirou. — Quer dizer, que bom que eu tenho tanto serviço, mas acho que vou ter que pedir um prazo maior pro Marcelo pra poder tirar o fim de semana de folga. Aliás, também tenho trabalho da faculdade para fazer e o meu TCC está consumindo um tempo ridículo.

— Conversa com ele, certeza que vai entender — falei, abaixando o quebra-sol do carro. — Que horas você vai pra minha casa amanhã?

— Não sei, de manhã, depois que eu voltar do escritório. Você vai sair?

— Vou ao shopping com a Luna — respondi —, mas não demoro. Eu trago o almoço.

— Quero frango frito — disse ele, com uma carinha sapeca, colocando a língua entre os dentes.

Claro que queria.

Depois de um trânsito infernal, ao qual eu custava a me acostumar, e de uma hora do sermão decorado que a tia Boram fez o bom filho recitar sobre como ela estava chateada por eu não ter levado para casa o pãozinho de queijo que ela fez para mim da outra vez, Jae estacionou meu carro na garagem do meu prédio.

— Por que você não foi direto para a sua casa, doido? Era mais fácil eu voltar dirigindo do que você, andando.

— Não gosto que você volte sozinha pra casa — falou, fofo.

— Eu ia estar de carro, não teria absolutamente nenhum problema.

— Eu gosto de te deixar em casa e te ver entrar em segurança.

Desde pirralho Jae tinha esse lance de querer cuidar de mim. Nunca me deixava voltar sozinha dos lugares, andava do lado da rua na calçada por sei lá qual motivo — talvez tivesse medo dos cachorros latindo no portão? — e sempre tirava a embalagem de qualquer comida antes de me entregar. Era um garoto dois palmos menor do que eu — pelo menos até os onze anos — e queria me proteger do mundo.

— Te vejo amanhã! — se despediu ele, ao me deixar no hall do prédio. Antes que se afastasse, puxei sua mão esquerda e posicionei uma chave solitária em sua palma morna. — O que é isso?

— A sua cópia da chave de casa — falei. — Traz pão de queijo e faz um café pra eu tomar quando acordar. — Jae deu aquele sorrisinho de lábios fechados que eu amava e arrumou a franja com o indicador. Parecia aquela carinha de vergonha que ele fazia, só que mais fofa. — Vê se não fica jogando videogame a noite toda.

— Você também! — retrucou, mostrando a língua e me dando as costas depois de um aceno rápido. — Se tiver insônia, me liga.

Enquanto o via se afastar rapidamente com aquele par de pernas compridas, fiquei planejando uma forma de amarrá-lo em algum lugar e dar um corte forçado naquele cabelo gigante, que não parava de entrar em seus olhos.

Como podia se preocupar tanto comigo e se esquecer de cortar o próprio cabelo?

Acordei com o barulho das gavetas da cozinha abrindo e fechando e, pelo barulho dos passos, eu já sabia que era Jae. Peguei meu celular na cômoda, chequei minhas notificações, gastei uma quantidade desnecessária de tempo vendo memes no Twitter e só me levantei quando recebi uma mensagem de Luna dizendo que já estava se arrumando para me encontrar na portaria.

Entrei e saí do banheiro, pelo menos, quatro vezes para decidir se tomaria banho antes de sair ou assim que voltasse. O grande questionamento era se eu queria sair cheirosa e voltar fedida de suor, então ter que tomar outro banho, ou sair fedida, depois tomar um banho e ficar cheirosa o resto do dia no ar-condicionado de casa. Claro que quis evitar a fadiga, então só troquei de roupa, ajeitei o cabelo num rabo de cavalo apertado e juntei algumas roupas que eu havia deixado jogadas no chão do quarto.

— Bom dia! — cantarolei ao passar pelo corredor e dar de cara com Jae sentado no tapete da sala, apoiando o iPad na mesa de centro para desenhar.

— Bom dia como, se eu ainda nem dormi? — choramingou, bagunçando ainda mais seu cabelo enorme. — *Eu preciso dormir.*

— Descansa um pouco. — Dei um beijinho no alto de sua cabeça e um tapinha de incentivo em suas costas, na esperança de animá-lo.

— Não posso, preciso terminar isso pra poder entregar na segunda.

— Uma sonequinha de duas horas não vai te matar, tenho certeza.

Servi uma caneca cheia de café para mim e até pensei em pegar uma para ele também, mas, ao olhar para a mesa de centro e encontrar dois copos sujos e mais a minha caneca favorita — em que estava escrito "Mais que amigos, friends" — cheia de café, decidi que era melhor eu beber tudo sozinha, ou então ele teria uma overdose de cafeína.

— Você não dormiu nadinha essa noite?

— Dormir? — Riu. — Eu não posso me dar a esse luxo, sou universitário.

Eu conseguia ver a bolsa enorme embaixo dos seus olhos. Seu cabelo bagunçado o fazia parecer um maluco, honrando a imagem de um estudante de design gráfico no último semestre.

— Vem aqui. — Me sentei na ponta do sofá e dei três tapinhas na coxa.

— Ah, não! Você tá brincando, né? — Riu, coçando a nuca.

— Tô falando seríssimo! — respondi. — Nunca falei tão sério na vida.

— Se você fizer isso, eu vou dormir, sabe disso! — É, eu sabia. — Eu não posso dormir agora, Malu.

— Quem é a sua supervisora? — Cruzei os braços e arqueei uma das sobrancelhas.

— Você, mas...

— Ótimo! Prefiro você vivo, trabalhando, do que morto, sem produzir nada — briguei, batendo na minha coxa mais uma vez. — Anda, vem!

Jae encheu as bochechas de ar, fechou a cara do jeito fofo que sempre fazia quando era obrigado a me obedecer e se deitou no sofá, pousando a cabeça no meu colo e me encarando com aqueles olhinhos angulados, quase fechados pelo cansaço.

— Como foi a reunião? — perguntei, acariciando seu cabelo macio, que, mesmo sujo, cheirava melhor que o meu.

— Você sabia, né, sua danada? — Me encarou, travesso, e seus olhos foram se fechando aos pouquinhos enquanto eu massageava sua têmpora.

— Do quê?

— O Marcelo disse que você mostrou o meu webtoon pra ele, e depois me fez uma proposta de publicação. — Sua voz saiu bem baixa, mas eu vi um sorriso fraquinho se arquear na lateral de sua boca.

— E o que você disse?

— Eu disse que ia revisar os quadrinhos quando tivesse um tempo e que entregaria pra ele assim que estivesse pronto, mas só depois de me formar, porque tô sem tempo nenhum pra trabalhar nisso agora — ele respondeu. — Pra ser sincero, não tenho muita esperança de que isso possa dar certo, não.

— Tá louco? — falei, puxando um tufo do cabelo dele, o que o fez exclamar um "Ai, diacho!" e encher as bochechas outra vez. — Eu juro que só enviei seu webtoon pro e-mail dele e pedi uma opinião sincera de profissional. Foi o Marcelo quem me pediu para te chamar lá. E você, seu zé-mané — apertei sua orelha —, confie mais no seu trabalho! Seus webtoons são ótimos e fazem o maior sucesso na internet. Um livro físico também seria legal. Você disse que era seu sonho publicar suas histórias!

— Não acho que meus desenhos sejam tão bons a ponto de serem publicados pela sua editora. Vocês são grandes demais pra mim.

— Ah, corta essa, Jae Hun! — falei, apertando seus lábios para que ele não dissesse mais nada. — Você já recebeu várias propostas de diversas editoras, nem abre esse bico que você me estressa. Aliás, quando você vai cortar esse mullet, hein?

— Você não acabou de dizer pra eu não abrir o bico? — resmungou ele, e então passou a mão no cabelo, ajeitando a franja. — Isso se chama estilo, e-s-t-i-l-o!

— Tá parecendo o Xororó — zombei, e ele me respondeu com um estalo de língua e cruzou os braços, murmurando algo inaudível, enquanto caía no sono aos poucos, como eu sabia que aconteceria.

Considerei seriamente mandar uma mensagem para Luna e cancelar a ida ao shopping, só para ficar ali fazendo carinho nele, mas ela estragou os meus planos, me avisando que já tinha chegado. Levantei de fininho, peguei uma coberta e joguei sobre o corpo comprido de Jae estirado no meu sofá, então saí, fazendo uma nota mental para comprar o frango de que ele gostava antes de voltar.

— E foi isso, amiga — disse Luna, concluindo a história de quase uma hora e meia sobre o fim de seu último rolo. — Não deu certo e bola pra frente. Ele não era pra mim, sabe?

— Ah, sei! — Suspirei, passando entre as araras de roupa da Renner. — Sei bem, viu?

— Você deveria fazer como eu e arrumar outro encontro pra seguir em frente. — Deu de ombros, arrancando uma camisa laranja do cabide e estendendo-a sobre o corpo. — O que acha?

— Vai ficar parecendo uma tangerina — brinquei. — Eu não quero arrumar outro encontro. Não tem essa de "Ai, preciso seguir em frente". Eu não sinto um por cento de falta do Guilherme, e isso faz eu me sentir uma idiota.

— Ué, por quê? — Luna franziu as sobrancelhas, jogando uma calça jeans escura sobre o ombro. — Melhor pra você!

— Isso só prova que eu joguei três anos da minha vida no lixo! — reclamei, ainda concentrada nas roupas ao meu redor. Eu deveria pegar um vestido amarelinho daquele da vitrine? Ficava tão bonito no manequim. — Eu e o Gui não brigávamos muito, porque, você me conhece, eu prefiro evitar a fadiga. A gente sempre fazia tudo do jeito dele, porque eu não me importava, e isso até que evitou muita briga, mas também me provou que nós tínhamos um relacionamento morno. Tipo, por que nós estávamos juntos se ele não fazia meu coração bater mais forte? Fala sério, quando eu paro pra pensar, vejo que a gente tinha zero química, sabe?

— Não queria falar nada, não, mas seu cabelo tem mais química do que vocês dois juntos.

Fiquei entre me sentir agradecida e ultrajada.

Entramos em mais sete lojas de roupas. Lu, consumista como sempre, não saiu com menos de duas sacolas de cada uma. Já eu, tudo o que comprei foi uma casquinha do McDonald's. Estava orgulhosa de admitir para mim mesma que eu já tinha roupa o suficiente.

— Lulu. — Minha amiga me cutucou, me tirando do meu transe no celular. Minha mãe não parava de mandar mensagem. — Olha quem tá ali.

Levantei a cabeça e passeei os olhos pelo lugar, até entender de quem exatamente Lu estava falando.

A alguns passos de distância, Guilherme ria agarrado na cintura de uma garota que eu não fazia ideia de quem fosse. Um pouco mais para trás, dois dos amigos insuportáveis dele, com mais duas garotas.

— Que tipo de azar horroroso é esse que eu tenho? — resmunguei. — Vamos sair logo daqui, vai.

Talvez "sair logo daqui" não fosse a melhor frase para usar com Luna quando o intuito era passar despercebida. Era impossível ser discreta com uma garota baixinha e bunduda correndo como o Flash no meio do shopping com um milhão e meio de sacolas, que se debatiam e faziam barulho, penduradas no braço.

— Dava pra ser mais discreta? — cochichei para minha amiga assim que ouvi Guilherme chamar meu nome.

Continuei andando, como se não tivesse ouvido nada. O que eu menos precisava era de uma conversa com meu ex.

— Malu! — ele gritou dessa vez e encostou de leve em meu braço, o que infelizmente me impediu de me fazer de desentendida de novo e continuar caminhando a passos largos.

— Ah, oi, Guilherme — falei, sorrindo amarelo. Luna olhou para os lados e começou a assobiar uma música qualquer, fingindo que não estava ali.

— Eu posso explicar — disse ele, desesperado.

Franzi as sobrancelhas. *Explicar o quê?*

— Eu só vim nesse encontro porque meus amigos insistiram muito! Eu estava mal, sentindo sua falta, não saía do quarto, e todo mundo estava preocupado comigo...

Ele achava mesmo que eu ligava para aquilo?

Além do mais, eu sabia que era mentira. Afinal, depois do ocorrido, minha mãe vivia me mandando fotos de Guilherme saindo de casa com uma garota e voltando com outra — se eu achava Luna fuxiqueira, agora podia garantir que minha mãe era trinta vezes pior. Todas as mensagens foram ignoradas, claro, porque eu não dava a mínima para com quem ele saía ou deixava de sair.

— Está tudo bem, você não tem que me explicar nada. — Ri. — Não estamos juntos, Gui. Quero que você seja feliz.

— Sei que isso não é verdade — choramingou. — Eu vi você saindo brava quando me viu.

— *Brava?*

Uma risada de desdém passou pela minha garganta antes mesmo que eu pudesse pensar em segurá-la.

— Sei que você tá com ciúme. Eu sinto muito.

Aquilo só podia ser piada.

— Eu não tô com...

— Minha proposta ainda tá de pé — interrompeu ele. — Se decidir voltar e seguir a nossa vida, apenas eu e você, saiba que eu tô aqui.

— Do que você tá falando, cara?

A essa altura, Luna coçava a testa, desesperada, prevendo que eu faria alguma loucura, dependendo do rumo que aquela conversa tomasse.

— Você sabe. — Ele arqueou uma das sobrancelhas. — O Jae Hun. Se você disser que não teremos mais problemas com ele, eu volto pra você. Sei que se arrependeu de me mandar embora daquele jeito.

— Primeiro — falei, já caindo na gargalhada —, quem disse que eu quero voltar com você, senhor sabe-tudo? — Luna já coçava o rosto inteiro, o que significava que ela estava ficando ansiosa para decidir o que fazer caso eu pulasse no pescoço de Guilherme, coisa que não estava muito longe de acontecer. — Segundo, o que te faz pensar que eu corri porque estava com ciúme? — Botei uma mão na cintura. — Eu só não queria ter que falar com você. E terceiro, mas não menos importante: abra essa sua boca pra falar o nome do Jae mais uma vez na minha frente e eu juro que te deixo banguela. Eu escolheria ele mais cem vezes, se precisasse! — Guilherme me olhou, boquiaberto. Seus amigos nos encararam e a garota que estava com ele evaporou.

Arrumei as várias sacolas que Luna me fizera carregar nos ombros, joguei meu rabo de cavalo para trás e murmurei um *hunf* antes de virar as costas e encontrar minha amiga com a pior das caretas, que deixava um questionamento muito sincero em seu rosto: *Você não vai jogar nada nele?*

Para ser honesta, eu até pensei em lambuzar a cara dele com o meu sorvete de casquinha, mas minha mãe odeia quando eu desperdiço comida. Além do mais, ela e Jae vivem me dizendo que preciso ser mais paciente, empática e pensar mais no próximo, então dei tudo de mim para apenas dar um passo à frente e dizer um *Quem ele acha que é?*, antes de desfilar em direção à máquina de tíquetes para pagar o estacionamento.

7

Jae Hun

A boa notícia era que só faltavam algumas semanas até o dia de enfim apresentar meu TCC. A má notícia era que, por só faltarem algumas semanas, eu precisava correr como um louco para dar conta de tudo. As últimas noites haviam sido passadas em claro. Na faculdade, eu tentava prestar o máximo de atenção às aulas, mesmo morrendo de cansaço, e, assim que o professor anunciava o fim da explicação, eu corria para casa.

Em meio a essa rotina exaustiva, cheguei à conclusão de que todo formando merecia uma bolsa-terapia do governo após o trabalho de conclusão de curso, porque era humanamente impossível manter a sanidade numa situação de pressão como essa.

— *Omma!* — gritei pela casa, descendo as escadas até a cozinha. — Tô com fome.

Mamãe estava focada numa coisa nova em sua vida: ioga.

Quando ela não estava dando aula no curso de estética, estava em casa, dentro de uma legging em frente à TV, virando o corpo de formas bizarras sobre um tapete de EVA azul.

— O que você quer comer, meu bem? — perguntou, levando uma das pernas para a parte de trás da cabeça.

— Ainda tem pizza de ontem?

Ela se virou para mim, ultrajada. Aquele era um motivo forte o suficiente para fazê-la colocar a perna no devido lugar e desligar a televisão.

— Você não vai comer pizza às três da tarde, meu filho! Vai fazer mal pra sua saúde, vou cortar umas frutas e levo pra você.

Dei um beijinho na testa suada da minha velha, que não aparentava ter metade de sua idade, e subi para o quarto, voltando a enfiar a cara no computador.

Meus olhos ardiam, minhas costas doíam, minha cabeça coçava de estresse e eu sentia que meu corpo poderia desligar a qualquer momento. Desde a manhã de sexta-feira que eu não sentia a luz do sol; já era o fim de um domingo lindo e ensolarado e tudo o que eu via eram as paredes do meu quarto.

— *Huni-ah!* — Ouvi um grito estrondoso vindo da porta que tinha sido bruscamente aberta, me fazendo dar um pulo da cadeira. — Credo, você tá parecendo um zumbi. — Encostada no batente da porta, Malu segurava um prato cheio de frutas cortadinhas. Seu cabelo ondulado e escuro estava solto sobre os ombros, e ela vestia uma jardineira amarela que, eu sabia, Guilherme lhe dera de presente no último Natal. — A *omma* me pediu pra te trazer isso, bebê de mamãe — caçoou.

— Obrigado. — Sorri de leve, pegando o prato. — Vou ser educado e te dizer que não posso falar com você agora porque tô garrado com as coisas da faculdade.

— Eu tô entediada. — Ela suspirou, parando atrás da minha cadeira e mexendo no meu cabelo.

— Já falei, adota um gato! — Sem que eu percebesse, minha cabeça foi, aos poucos, pendendo para o lado, fazendo com que eu me entregasse ao carinho. Eu era o próprio gato que precisava ser adotado. — Para... Assim eu vou dormir, Malu.

— Você tomou banho, pelo menos? — provocou, depois de cheirar os dedos.

— Lógico, não sou você — rebati, e ela puxou um tufo do meu cabelo. — *Ai!*

— Odeio essa sua faculdade, faz três dias que você não sai desse quarto nem responde às minhas mensagens.

— Uai, eu respondi, sim.

— Eu mandei quinze mensagens e você respondeu "kkk". Eu não diria que isso é responder. — Ela cruzou os braços após girar minha cadeira e me fazer ficar de frente para ela.

— Me desculpa, Maluzinha. Prometo que, quando me formar, vou te dar mais atenção. Não tô tendo tempo nem pra mim.

— Vai demorar tanto assim? — Bufou. — Não faça planos pro seu aniversário.

— Por quê?

— Vamos sair pra curtir.

Soltei um grunhido, me virando de novo para a tela do computador.

— Eu preciso estudar.

— Pelo amor de Deus, larga a mão de ser chato! — reclamou. — Você pode estudar de manhã. No seu aniversário, passo aqui às quatro horas e quero te ver pronto.

Resmunguei, voltando o foco para minha pesquisa, e ela me deu um beijinho estalado na bochecha.

— Vou indo nessa. Te amo, se cuida, mané.

— Te amo mais! — Me virei em sua direção e lancei um sorrisinho que, às vezes, fazia suas bochechas corarem. — Se cuida!

— E aí? — Toni me encontrou no fim da aula, enquanto caminhava rumo à estação de trem. — Como se sente agora que tá um ano mais perto da morte?

— Essa é sua forma de me desejar feliz aniversário? — Dei risada.

— Feliz aniversário, meu brother! — Ele bagunçou o meu cabelo e deu dois tapinhas nas minhas costas, sua marca registrada de felicitação. — O que pretende fazer hoje?

— Malu me disse pra não fazer planos porque ela ia me levar pra sair. — Bufei.

Toni pendeu a cabeça para o lado e apertou os lábios com uma expressão sabichona.

— Você não parece feliz.

— É só que... — Eu estava tão frustrado que não sabia nem por onde começar. — Ah, cara, os passeios em que ela me leva sempre parecem encontros. Eu me divirto, me apaixono mais e, no fim, a gente ainda volta pra casa como dois bons amigos.

— Cara, se eu fosse você, jogava a real! — Ah, claro, era muito fácil dizer quando não seria ele o rejeitado pela quarta vez. — Eu tô dizendo: se declara uma última vez. Se ela não quiser, vida que segue, meu! Deixa de ser mole, tá com medo do quê?

— Tô com medo de perceber que não consigo seguir em frente, Toni — choraminguei, sentindo o coração apertar.

Eu sabia que ela me rejeitaria. Não existia nenhuma mudança em seu comportamento que pudesse me convencer do contrário.

— Se você não se declarar logo, eu juro que vou chegar na Malu e mandar a real.

— Ah, cuida da sua vida, tá? — retruquei, dando um empurrãozinho leve em seu ombro enquanto descíamos a escada da estação de trem.

— Tô falando sério! — Ele me empurrou de volta de uma forma que, para ele, parecia leve, mas que me fez desequilibrar e quase cair do último degrau. — Não aguento mais te ver nessa tristeza toda.

— Então me fala, senhor sabichão. — Passei a carteira no leitor da catraca do trem e dei um tranco na alça da mochila, que quase ficou presa. — E se eu me declarar e ela me recusar de novo? O que eu faço? Vai ficar a maior torta de climão entre a gente, e eu não tô com saco pra isso.

— Vamos pensar numa solução. — Foi tudo o que ele disse antes de deixar a conversa morrer e eu encarar o trilho do trem, emburrado.

Depois de entrarmos no trem lotado e eu colocar meus fones de ouvido no volume máximo, Toni me cutucou, animado. Derrubei um dos AirPods no chão, tendo que me contorcer para agachar no meio daquele monte de gente para pegá-lo de volta. Um senhor, que estava atrás de mim, me encarou bravo quando, sem querer, dei uma bundada onde não devia.

— Tive uma ideia! — bradou meu amigo, orgulhoso. — E se você deixar um celular gravando e se declarar?

— O que isso muda? — Às vezes Toni achava que tínhamos algum tipo de telepatia compartilhada e só me passava metade das informações pensadas.

— Se ela te rejeitar de novo, você pega o celular e fala que era uma pegadinha! — Estralou os dedos, contando sua grande sacada. — Ela não vai levar a sério e você pode ter certeza dos sentimentos dela e, enfim, seguir em frente.

Encarei seu rosto negro gorducho e abri um sorrisinho, satisfeito.

— Eu não consigo decidir se você é um completo bobalhão ou um gênio! — Dei risada, apertando aquela muralha num abraço desajeitado no meio de todas aquelas pessoas, o que atraiu alguns olhares curiosos. — Ok, é isso, eu vou me declarar pela última vez hoje, assim que voltarmos!

— Esse é o meu garoto! — Então, sua mão pesada apertou meus ombros, me fazendo encolher um pouco. A força daquele homem às vezes me assustava.

Depois de me despedir do meu amigo e descer na estação do meu bairro, andei pensativo por todo o caminho até em casa. Toni tinha razão, eu estava com medo do quê? Não podia ficar a vida inteira naquela situação.

Quando cheguei em casa, corri para o quarto para estudar por, pelo menos, mais uma hora e depois tomei um banho, decidido a caprichar no visual. Se eu queria conquistar o coração de Malu, precisaria fazer de tudo para que ela, pelo menos, pensasse cinquenta vezes antes de dizer não.

— *Adeul* — mamãe chamou enquanto eu me trocava, passando pela porta sem se importar. — Sabe... eu tenho uma aluna de estética que tem uma filha um ano mais nova que você e...

— *Omma*, não começa, por favor.

— Deixa eu terminar, menino malcriado! — Ela me deu um tapa ardido nas costas, que me fez encolher e encará-la, ofendido. — A mãe da garota te reconheceu no dia que você foi me ver na escola de estética e disse que a filha dela é apaixonada pelo seu trabalho como ilustrador e escritor. Ela tem até um fã-clube seu e uma foto sua em um porta-retratos.

— Tá brincando? — Dei risada, pensando em qual dos fã-clubes ela estaria.

— Estou falando seríssimo! Foi aí que me toquei que meu filho é famoso na internet. — Ela levantou de novo aquela sua mão fina, mas agora, em vez de um tapa, acariciou minhas costas vermelhas. — Ela me pediu um autógrafo seu. Sabe, eu conheci essa garota e ela é tão boazinha... A menina tá no terceiro ano de design gráfico, acho que você deveria conhecê-la.

— Mãe, você sabe de quem eu gosto. — Bufei, vestindo uma calça jeans preta e uma camisa branca.

— Eu sei, meu filho... — Suas sobrancelhas se juntaram da forma mais triste possível. — Mas até quando você vai ficar nessa? Não me entenda mal, eu amo a Malu, você sabe que aquela criança é uma filha pra mim, mas o que eu posso fazer se, bom... ela não te quer dessa forma? Desse jeito eu vou morrer sem netos.

— Eu vou te dar um neto, nem que eu tenha que adotar um com o Toni. — Fiz graça, e isso arrancou uma carranca bicuda dela, como todas as vezes.

— Eu adoro o Toni, mas ele não é a minha nora dos sonhos. Agora para de brincadeira e pensa no assunto!

— Mãe... — Suspirei. — Eu vou me declarar hoje pela última vez. Se ela não me aceitar, vou ter que seguir em frente. Se isso acontecer, e é um grande *se*, *talvez* eu possa pensar em sair com essa garota aí.

— Ótimo! — vibrou minha mãe, me dando um tapinha no traseiro. — Boa sorte!

Respirei fundo e conferi a hora no celular: faltavam vinte minutos para as quatro. Passei meu perfume favorito, sequei o cabelo e até usei pomada para deixá-lo arrumadinho, coisa que dificilmente fazia. Dessa vez, a última, eu faria o coração dela pular! Eu *precisava*! Mesmo que ela me rejeitasse.

Será que, em todos aqueles anos de amizade, Malu nunca tinha me visto com outros olhos? Será que eu era mesmo só o "irmão mais novo"? Meu coração doía ao pensar na possibilidade de ter passado a vida inteira amando alguém que nunca me amaria de volta.

— Pelo menos eu tenho boas lembranças... — murmurei, sorrindo para mim mesmo, minha voz ecoando pelas paredes do meu quarto quase vazio. Mamãe havia me convencido a trocar os móveis e doara tudo o que tinha lá dentro, com exceção da escrivaninha, que era nova, e da cama.

Quando ouvi a porta do carro de Malu batendo do lado de fora, respirei fundo e reuni toda a coragem que eu precisaria para aquele dia. Talvez o dia mais decisivo da minha vida.

Coloquei um par de meias brancas e minha jaqueta jeans preta, então encorajei minha imagem no espelho.

— Você consegue! — recitei para meu reflexo algumas vezes, como um mantra, até que Malu entrou no meu quarto feito um mamute, batendo a porta na parede *sem querer*, como sempre.

— Ops, foi mal!

Depois de um olhar demorado no meu visual, que levei uma eternidade para escolher, seus olhos se desviaram para nenhum lugar em especial, tentando me evitar. Um sorriso leve se arqueou em meus lábios quando ela enrubesceu e pigarreou, sem graça, ao voltar os olhos para mim.

Bom, pelo menos meu esforço não foi em vão.

— Tudo bem, já coloquei protetor de silicone na parede por isso — falei, abrindo e fechando a porta. — Viu?

— Hmm... quarto à prova de Malu. Interessante.

Sorri e dei de ombros. Ela estava tão linda.

— Eu trouxe um presente! — disse ela.

Outro?

Peguei a sacola pequena que ela me estendia, animada. Caí na gargalhada ao tirar de dentro uma samba-canção que variava entre tons de marrom e preto, formando uma estampa de tigre.

— Sua cueca estava meio surrada da última vez. — Riu, pulando em meu pescoço. — Feliz aniversário, *tigrão*!

O jeito como *tigrão* soou, tão perto do meu ouvido, me fez perder a pose por um momento. Pigarreei.

— O que foi? Não gostou? — Malu fez uma careta engraçada, já puxando a sacola das minhas mãos. — Me dá que eu devolvo, então.

Puxei o presente de volta, escondendo-o nas minhas costas, e dei um beijinho em sua testa quando ela tentou roubá-lo outra vez.

— Eu amei! — Sorri, e juro que vi suas bochechas redondas enrubescerem. *Mais uma vez.* — Obrigado.

Um sorriso envergonhado se repuxou em seus lábios fartos e rosados, então ela me guiou para fora pela manga da jaqueta jeans.

Descemos a escada correndo, como sempre, e Malu apertou minha mãe num abraço depois de pular do último degrau. Era assim que ela evitava um sermão todas as vezes. Aquele abraço era um truque muito inteligente: fazia com que mamãe perdesse as palavras, desse um sorriso gostoso e nos deixasse passar ilesos.

Malu soprou um beijinho para minha mãe e saiu primeiro. Eu apenas sorri em despedida. No fundo ela sabia que eu estava aflito.

— Boa sorte, *adeul*! *You've got this!* — Mamãe cerrou um dos punhos, como quem dizia "Força!", e eu fiz o mesmo.

Assisti a Malu saltitar à minha frente e se inclinar sobre a porta do meu carro, em vez do dela.

— Você dirige! — falou, se virando bruscamente para mim, fazendo com que seu vestido florido rodasse de uma forma linda, combinando com seus cabelos pretos esvoaçantes. Eu podia ver aquela cena na minha cabeça em câmera lenta, com uma música romântica de fundo.

Respirei lentamente mais uma vez. Meu coração pulava como um touro bravo dentro do peito. Eu precisava me conter.

— Pra onde estamos indo?

— Pro nosso novo lugar favorito.

O nosso lugar favorito da vida sempre foi o fliperama. Quando nos mudamos para São Paulo e conhecemos o Hotzone, quase falimos. Me lembro de voltar para casa andando com ela diversas vezes depois de gastar todo o dinheiro da passagem em fichas.

Matutei diversas possibilidades para um "novo lugar favorito", mas nenhuma me deixaria tão feliz quanto o lugar que ela escolheu. Diferente do que eu estava esperando, Malu me levou a um parque enorme com diversas atrações, barraquinhas de comida, estande de tiro e todas as coisas que eu mais adorava.

E ela sabia disso.

Desci saltitante do carro, animado com o que estava por vir. A garota que fazia meu coração pular me olhou, radiante, evidentemente feliz por me fazer sorrir. A cada segundo, sentia meu estômago revirar ainda mais, prestes a colocar todas as borboletas para fora, junto com meu almoço.

Talvez fosse melhor eu ficar longe da montanha-russa.

Foi incrível pegar meia hora de fila para bater no carrinho um do outro por oito minutos. Quer dizer, era melhor que esperar duas horas, como de costume. Algumas vezes, nos juntamos como um time para encurralar crianças que insistiam em bater na gente; outras, tentamos sumir em meio aos demais carrinhos e encurralar um ao outro.

Depois dessa brincadeira leve, Malu tentou me convencer a subir no Kamikaze e no disco e, bom, eu cedi. Não era o maior fã daqueles brinquedos, mas concordei, já que estava ali justamente pela adrenalina. Torci para que as borboletas não teimassem em sair de forma alguma, pois eu sabia que meu corpo subiria e minha alma ficaria estagnada no chão.

Na montanha-russa, Malu, que já estava com o cabelo ondulado todo fora de lugar, segurou minha mão, firme, entrelaçando os dedos nos meus, e gritou a cada segundo em que aquele bendito brinquedo sacudiu.

Quando descemos, quase precisei implorar de joelhos que déssemos um tempo da adrenalina. Tive que explicar em detalhes que, se não esperássemos pelo menos uns dez minutos, eu vomitaria todos os meus órgãos ao passar pelo próximo loop.

Malu riu em resposta, prendeu o cabelo num coque abacaxi, arrumou o short por baixo do vestido e concordou, me puxando para as barraquinhas de tiro.

A energia daquela garota parecia inesgotável, mas pelo menos andando entre as barracas eu podia ganhar algum tempo.

— Qual você vai querer dessa vez? — perguntei, me referindo ao prêmio.

Eu estava pronto para acertar um deles. Ergui as mangas da jaqueta e ajeitei a arminha na mão, estufando o peito.

Malu precisaria, pelo menos, dos dedos das mãos e dos pés para contar quantos ursinhos ela tinha enfileirados em seu quarto. Todos, é claro, ganhos por mim.

— Nada disso — respondeu, arrumando o coque mais uma vez e tirando a arminha da minha mão. Suas bochechas estavam vermelhas de tanto correr de lá para cá, e isso realçava as sardas salpicadas em seu rosto. — Eu é que vou ganhar pra você hoje, pode escolher!

Arqueei as sobrancelhas, surpreso, e abri um meio sorriso.

— Ah, ok, senhorita atiradora de elite! — Então aquele seria o meu primeiro prêmio? Eu precisava escolher bem. — Hm, que tal aquele grandão azul?

— Aquele urso feio? — falou, determinada, levantando a arma e a apontando no alvo. — Deixa comigo!

Malu tentou uma... duas... várias vezes e não conseguiu. Me xingou quando pedi, pelo amor de Deus, que me deixasse tentar, sem querer chutou uma latinha que estava no chão em cima do carrinho de cachorro-quente, tentando extravasar a frustração, e, após a décima tentativa, conseguiu o bendito urso para mim.

Bom, pelo menos ela era determinada.

Ofegante, mas orgulhosa, Malu secou o suor da testa e sorriu. Ela havia se esforçado bastante naquele jogo, como se sua vida dependesse daquilo. Senti ainda mais desejo de apertá-la, e não passei vontade dessa vez.

Abracei meu urso gigante com o braço direito e o corpo de Malu com o esquerdo. Ouvi um pigarrear baixo antes de ela se aconchegar mais ao meu abraço, então depositei um beijinho no topo de sua cabeça.

Aguenta, coração!

— Esse é o melhor dia da minha vida!

— Aposto que consigo comer um algodão-doce inteirinho mais rápido que você.

Bom, não era exatamente a resposta que eu esperava, mas não perdi a oportunidade quando passamos em frente a uma barriquinha colorida.

— Eu aposto que não!

Malu levou aquilo como uma disputa e sacou a carteira de sua bolsinha minúscula, com uma expressão de "Quer ver então?".

Ela adorava uma competição.

Peguei um algodão-doce azul, e ela, um lilás. Malu contou até três e, antes que eu pudesse tirar o meu do palito, enfiou a coisa toda goela abaixo.

— Céus! — grunhi, sem saber se ria ou paralisava.

Aquela era, de longe, a coisa menos romântica para se fazer num encontro. Por outro lado, bom, não era um encontro e aquela era Malu... Ela faria o mesmo se fosse. E eu amava aquilo.

— Aprendi num vídeo do TikTok — murmurou, orgulhosa, com a boca cheia. — Sempre quis tentar.

Abri uma garrafinha de água e a entreguei em suas mãos; talvez ela precisasse de ajuda para fazer todo aquele açúcar descer.

Andamos em direção à nossa última atração: a roda-gigante.

Era o momento perfeito para colocar meu plano em prática, certo?

A vista de lá de cima não era a coisa mais linda do mundo, mas, como era noite, tudo o que veríamos seriam as luzes do parque e a iluminação das ruas de Itaquera.

Tomei coragem e coloquei meu celular para filmar, apoiado em minhas coxas. Malu era um saco sem fundo. Enquanto eu tomava coragem para me declarar, ela mandava ver num saquinho de pipoca.

Aquela era a garota pela qual eu havia me apaixonado aos sete anos: sempre comendo, como se o mundo fosse acabar no dia seguinte.

— Malu... — Era a hora. Respirei fundo, sentindo o coração na garganta e a cabeça girando, como das outras vezes. — Eu quero te dizer uma coisa.

— Fala aí. — A garota deu de ombros, encarando a paisagem ali do alto. — Credo, que fantasia feia, gente! — completou, rindo e apontando para algumas pessoas que andavam fantasiadas de Carreta Furacão.

— Eu... hum, sabe... — Engasguei, empaquei e ela não me apressou. Seus olhos ansiosos me encararam, provavelmente prevendo que algo sério estava para acontecer, então suas sobrancelhas se arquearam em complemento. Nos encaramos por alguns segundos, enquanto eu tentava segurar minha coragem, que estava prestes a se jogar em queda livre da roda-gigante.

— Sabe... quando cheguei no Brasil, eu tinha muito medo do que seria dos meus dias aqui — comecei, encarando o lado de fora. — Eu sou muito grato por ter tido você ao meu lado todos os dias, e não me arrependo nem um pouco de ter arrastado minha família pra São Paulo atrás de você.

— Vocês são os melhores! — Ela ergueu o dedão em aprovação, sentada à minha frente.

— Todo esse tempo, meu coração sempre teve apenas uma motivação para me fazer seguir em frente: você. — A essa altura, Malu já havia deixado de olhar os personagens dançantes lá embaixo para me encarar com o rosto inteiro enrubescido, atenta. — Eu já te disse um milhão de vezes e você nunca entendeu o verdadeiro significado disso, mas... *eu te amo.* — A garota descruzou as pernas e as cruzou de novo, pelo menos três vezes, em silêncio. — Eu te amo e não sei mais o que dizer ou fazer. Você é a pessoa que eu quero abraçar e beijar sem medo... Eu te amo, Malu.

Um silêncio maçante e dolorido se fez.

Malu parecia estar decidindo as melhores palavras para não me machucar.

— Jae... eu... — Seus lábios ameaçaram dizer algo, no entanto se mexeram sem emitir som algum. Seus caninos proeminentes apareceram quando ela mordiscou o lábio inferior, e ela respirou fundo, sem saber o que dizer. — Meu Deus, isso é insano... Eu... Na verdade...

Silêncio outra vez.

Aguardei mais alguns segundos, na esperança de que aquela frase tomasse um rumo diferente do que parecia querer tomar, mas, quando nada além de um murmúrio deixou seus lábios, decidi acabar de vez com aquela tortura. Era isso, eu estava sendo rejeitado como antes. Era melhor parar por ali...

Quase pude ouvir meu coração trincar mais uma vez.

— Estou brincando! — Forcei uma risada, estendendo sem jeito o celular em sua direção. A câmera grudou em seu nariz e ela deu um tapa em minha mão, incomodada. — Eu queria fazer uma pegadinha, mas... que reação exagerada foi essa?

Ela riu, sem graça, e voltou a encarar o lado de fora. A brincadeira pareceu cortar um pouco o clima, no entanto nada tão ruim quanto uma confissão "de verdade". Não que aquela não fosse.

Juntos, descemos da roda-gigante assim que ela completou a volta e andamos até o carro lado a lado, em silêncio. No caminho para casa, Malu reclinou o assento e disse que tiraria um cochilo, então fingiu dormir até chegarmos em frente à minha casa.

— Está chateada comigo? — perguntei quando ela abriu os olhos e ameaçou se levantar para calçar os tênis.

— Eu? Não. Por que estaria?

Era exatamente isso que ela diria se estivesse.

— Hm, talvez pela brincadeira?

— Eu já tô acostumada com você sendo idiota. — Forçou um sorriso.

Dei um sorriso falso também e puxei meu ursão do banco de trás.

O clima estava pesado entre nós, eu mal conseguia respirar enquanto caminhava ao lado dela até o Fox azul. Sem nem olhar para trás, Malu abriu a porta de seu carro e abaixou o vidro do passageiro. Coloquei a cabeça para o lado de dentro.

— Vai com cuidado — falei.

— Pode deixar. Feliz aniversário, Huni.

Eu me amaldiçoei três vezes em pensamento ao ver um sorriso triste se formar em seu rosto. Eu não devia ter feito aquilo.

— Eu te amo — completou.

Precisei de todas as minhas forças para não chorar.

— Eu te amo muito mais...

Aquela seria a última vez que eu diria essas palavras com aquele sentido.

Quando Malu virou a esquina, agarrei o urso pelo pescoço e entrei em casa, batendo o pé. *Appa* havia acabado de chegar do trabalho, ainda estava tirando os sapatos quando *omma* veio correndo me receber na porta, animada. Ambos congelaram ao ver a expressão de horror em meu rosto.

— Como foi, meu filho? — ela me perguntou com expectativa. *Appa* a cutucou na costela; ele já sabia a resposta.

— Qual é o número da tal garota?

Bravo, tropecei na pata do urso, que tinha a metade do meu tamanho, e, além de quase me estatelar no chão, acabei jogando-o longe e quase acertando a televisão.

Urso idiota!

8

Malu

— Credo, que cara de bunda é essa, Malu? — Foi a primeira coisa que Luna disse ao me ver passar pela porta automática do escritório. — Bom dia!

— *Bom dia?* — murmurei, brava. — Só se for pra você.

Desde a brincadeira de Jae na noite anterior, eu sentia como se pudesse arrancar a cabeça de qualquer pessoa que olhasse um pouquinho mais atravessado para mim. A raiva era tão grande que mal dava para esconder.

A primeira coisa que fiz depois de jogar minha bolsa na mesa foi correr para a copa e preparar um café bem forte. Contei toda a história do dia anterior para Lu, que, obviamente, ouviu atenta, sentada sobre a bancada. Fabrício, o estagiário novo, também. Os dois me escutavam como se a vida deles dependesse daquilo.

— Uau, dessa vez ele merece apanhar! — Luna ergueu as mangas da camisa e fez uma cara furiosa, entrando numa briga imaginária com o ar.

— Esse é o primeiro dia mais empolgante de toda a história dos primeiros empregos! — respondeu Fabrício, com os olhos brilhantes, fascinado. — Parece que tô ouvindo a história de um livro.

— Fico feliz que minha desgraça te entretenha. — Cruzei os braços. — Ele me mandou mensagem de manhã, e eu nem abri. Nem ligo pro que ele tem a dizer.

— Liga, sim. — Lu me cutucou antes de enfiar um chiclete de menta na boca.

Quanto mais eu pensava naquilo, mais brava ficava. Como ele teve a audácia de fazer uma brincadeira daquelas comigo? Jae se declarou para mim tantas vezes no passado que, dessa vez, não pude deixar de acreditar. No entanto, agora era diferente...

— Eu não sei nem o que faria se o visse agora. — Bufei, agarrando a caneca de gatinho cheia de café e indo em direção à minha mesa. — Provavelmente o pegaria pelo pescoço e arrancaria alguns tufos de cabelo.

E, claro, tão clichê quanto minha situação, Jae passou pela porta, sorridente, fazendo minhas pernas assumirem a consistência de geleia. *Cracolhas!*

Luna e Fabrício franziram o cenho assim que o viram. Tentei assimilar minha feição à deles, me convencendo de que um sorriso bonito não poderia apagar toda a raiva que eu sentia dele naquele momento.

— Bom dia! — Jae alargou ainda mais o sorriso no rosto e, por um segundo, jurei que Fabrício morderia a canela dele. — Cheguei numa hora ruim?

— Péssima! — rosnou o estagiário, sumindo logo em seguida pelo corredor que levava ao banheiro.

Jae se aproximou um pouco mais, fazendo Luna bater o pé até a mesa dela, que era colada na minha.

— O que tá rolando? — perguntou ele.

Fitei o homem esguio que me encarava, confuso. Ele estava incrivelmente atraente dentro de uma camiseta de mangas compridas, listrada de laranja e preto, e uma calça cáqui. Aquele cabelo longo até que não ficava tão ruim nele. Ou, sei lá, talvez ficasse, mas não importava.

— Veio fazer o que aqui? — Cruzei os braços.

Minha intenção não era ser grossa, apenas firme o suficiente para que ele não percebesse como sua presença repentina me deixava confusa.

— Se você se desse ao trabalho de ler minhas mensagens, saberia.

Foi a vez dele de cruzar os braços, um tom de diversão e afronta em sua voz.

Abri minhas mensagens na tela do computador e procurei pelo nome de Jae. Eu esperava um "me desculpa, blá-blá-blá, eu fui um idiota, blá-blá-blá", mas em vez disso só encontrei um texto sem sal dizendo:

> O Marcelo me pediu pra passar aí rapidinho hoje, pode me confirmar que ele vai estar aí?
> Tenho compromisso depois e não posso me atrasar.

Só isso.

Nenhum bom-dia, foto do pé dizendo que furou a meia ou um simples "me desculpa".

Fechei a tela, respirei fundo e estralei os dedos.

— O Marcelo não tá no momento.

Abri a aba do e-mail na tela do computador e fingi escrever alguma coisa muito importante nos rascunhos. Algo como: "Querido whuqhwuqwijwueiqwo. Atenciosamente, Sua Mãe".

— Droga, eu não posso voltar aqui mais tarde, tenho compromisso.

Ele estava incomodado. Coçou a nuca, checou a hora e digitou alguma mensagem rápida no celular.

— Vai fazer o quê? — Luna era especialista em se meter na vida alheia.

Eu, por outro lado, era especialista em fingir que não estava nem aí quando, obviamente, estava *muito aí*. Fiquei quieta esperando por uma resposta.

— Eu tenho um... hã... — Ele coçou um dos braços e olhou para nenhum lugar em especial, antes de completar: — ... um encontro.

Meus dedos, que até então fingiam digitar outro e-mail imaginário, pararam de se mexer aos poucos, como se Jae tivesse desarmado o meu disjuntor. Encarei a tela.

— Com quem? — perguntei, estranhando a fraqueza em minha voz.

— Uma fã...

— E por que você teria uma fã? — Fabrício voltou, me entregando um copo de água e um chocolate. O rapaz com certeza não foi com a cara de Jae.

Lu deu um cutucão nas costelas do garoto, tentando explicar num cochicho que, mesmo que não parecesse, Jae era uma figura importante na internet.

Jae encarou Fabrício com uma expressão esquisita. Ele não sabia quem o estagiário era, ou pensava ser, para falar com ele naquele tom de voz, mas o ignorou, checando o relógio em seu pulso pela terceira vez.

— Certo, eu preciso ir — resmungou. — Diz pra ele que, se der tempo, eu volto mais tarde — gritou de longe, já indo em direção à saída.

— Diz você — murmurei, com um bico.

Passei o resto da manhã com uma nuvem carregada sobre a cabeça. No fim, tudo o que podia fazer era descontar minha raiva sem motivo naquele computador velho. Já era hora mesmo de Marcelo comprar um novo.

— Amiga, vamos almoçar? — me chamou Luna algumas horas depois, cuidadosa, tentando não terminar de acordar a fera em mim. — Se você digitar mais duas palavras nesse computador, tenho certeza de que o teclado vai sangrar.

Olhei para a ponta vermelha dos meus dedos e respirei fundo.

Levou algum tempo até que Luna conseguisse me convencer a sair para comer, em vez de deixar que eu me entupisse de fast-food em frente ao computador, mas aconteceu. Ainda que eu tivesse descido em silêncio, com cara de contrariada. Eu só queria manter a cabeça no lugar. Tinha tanta coisa acontecendo, tantos pensamentos e sentimentos que eu precisava pôr em ordem, que eu nem fazia ideia de por onde começar. Meu coração estava fora de controle.

E eu sabia o motivo.

Sabia e não queria pensar naquilo nem por um microinstante.

Claro, acordei brava com Jae por causa da brincadeira, no entanto estava ainda pior depois de vê-lo no escritório. Na minha terceira caneca, cheia de café até a tampa, a ansiedade deu o ar da graça mais uma vez e fez meu coração bater forte até a respiração falhar. Eu ainda estava lidando com o coração palpitante enquanto andava pela calçada ao lado da minha amiga e do estagiário.

— Lulu, respira fundo. — Luna acariciou minhas costas.

— A Malu gosta dele, né? — cochichou Fabrício, alto o suficiente para que eu ouvisse.

— *Gosta*. — Ela nem hesitou em concordar, no mesmo momento em que eu gritei: "Não!" — Gosta, sim, e não é de hoje! Estar assim por causa de um *encontrinho* só reforça essa minha teoria.

Minha pele esquentou a ponto de me fazer assumir um tom rubro. Esbocei um bico enorme e franzi o cenho de um jeito esquisito. Luna havia acordado a fera.

A fera *chorona*.

Não consegui me conter e chorei como quem tinha acabado de perder um dedo durante todo o trajeto até o restaurante. Eu nem mesmo entendia o porquê, só sabia que doía. Doía demais e era muito difícil não entender o motivo.

Eu havia perdido o controle dos meus pensamentos e do meu coração.

— Ah, meu Deus... — Fabrício grudou no meu braço, suspirando. — Não chora, não, Malu.

— Você me dizendo pra não chorar só me faz querer chorar mais! — Abri ainda mais o berreiro, com direito a soluços.

Francamente, eu estava péssima.

Sequei o rosto pela terceira vez, assoei o nariz num guardanapo amassado que achei no bolso e me recompus. Eu não queria arruinar o dia deles. Se nem eu entendia a razão de estar assim, como é que eles entenderiam?

— Que droga tá acontecendo comigo hoje, hein? — resmunguei, me esforçando para parecer melhor e soltar uma risadinha tão falsa quanto uma nota de três reais. — Que tal um rodízio de sushi? Eu pago!

Lu chocou o quadril largo contra o meu e me lançou um sorriso em resposta. Eu estava disposta a afogar em sushi e hot roll seja lá o que fosse aquela bagunça estranha na minha cabeça.

Naquela tarde, percebi uma coisa: se eu fosse bancar o almoço com meu estagiário por perto, teria que trabalhar mais. Eu finalmente havia encontrado alguém que comia mais do que eu.

— Esse é o melhor primeiro dia da minha vida! — falou o garoto, satisfeito, passando a mão fina na barriga enquanto eu deixava o meu pagamento do mês no restaurante.

Murmurei um "Aposto que sim" inaudível, feliz por ter sido um rodízio e eu não ter que pagar pela quantidade que ele comera, caso contrário iria à falência.

No caminho de volta, perdida numa conversa profunda sobre como Marcelo precisava rever os fornecedores da BookTour com urgência, pensei ter me enganado quando ouvi a voz de Fabrício balbuciar:

— Ah, então aquela é a fã?

Eu me virei para a cafeteria que ele encarava e congelei.

Pisquei algumas vezes ao encarar a janela que enquadrava a imagem de Jae, rindo horrores com uma garota de cabelos ondulados exatamente como os meus e uma pele de dar inveja. Me senti mal ao comparar meus braços grossos com os seus, longos e finos.

— Credo, ela parece a Malu. — Fabrício pôs fim à minha agonia de comparação, verbalizando o que eu estava tentando abafar na minha mente.

Cabelos pretos ondulados, sardas salpicadas pelo rosto e olhos escuros com cílios proeminentes. Estaria tudo bem se os traços não parecessem tão melhores nela.

— Gostaria de dizer que a Malu é mais bonita — Luna me olhou e pousou uma mão sobre meu ombro —, mas nós temos um relacionamento sólido, construído sobre uma amizade sem mentiras.

— Eu te odeio, Luna. — Franzi o cenho, tentando não lançar um olhar mortal para o casal feliz. — Vamos embora, não me interessa quem ele encontra ou deixa de encontrar. Eu, hein?! Vocês são estranhos.

— Bom, não era a gente que estava chorando por causa dele agora há pouco.

Fabrício lançou uma carranca reprovadora para minha amiga, mostrando que ela havia pisado na bola.

Todo o sangue do meu corpo pareceu subir para a cabeça, de modo que, mesmo sem ver, tive a certeza de que estava vermelha por inteiro. Apertei a unha na palma da mão ao gritar:

— Quem disse que era por causa dele?! — Senti as lágrimas fazerem todo o trajeto até escorrerem pelas minhas bochechas, secando-as com o indicador. — Já teve ansiedade antes, Luna? — Ela ficou quieta e bufou. — Foi o que pensei.

Ela até quis me contrariar, mas meu estagiário, sábio como Galileu Galilei, segurou seus ombros e sussurrou algo em seu ouvido. Saí na frente, arrumando minha bolsinha no ombro esquerdo, batendo o pé e sentindo o coração doer.

De novo.

9

Jae Hun

Eu estava numa guerra imaginária comigo mesmo enquanto marchava rumo à cafeteria onde a tal Paloma... Paola... talvez Paula me esperava.

Parei em frente à porta escura do lugar e respirei fundo.

Não estava muito no clima para um encontro, e ver Malu pela primeira vez depois do meu fora não foi lá a sensação mais agradável do mundo. Meu coração ainda doía, e vê-la sendo tão fria comigo me machucava também. Mas não era hora de pensar naquilo, certo? Eu precisava colocar um sorriso no rosto e esquecer o caos que era minha vida amorosa inexistente para, no mínimo, tentar criar uma.

Um arrepio correu por minhas costas só de pensar que eu estava prestes a vestir a camisa do flerte e entrar em campo para um encontro de verdade. Não me lembrava da última vez que fora a um. Não sabia o que dizer ou como agir e, no fim das contas, não sabia nem como achar a tal garota, já que não a conhecia. Por sorte, uma das minhas preocupações foi resolvida quando passei, nervoso, pela porta e uma voz feminina me chamou.

— Jae, aqui!

Ah, ela era bonita... E que sorriso lindo tinha!

Acenei um oi meio sem jeito e pigarreei. Eu deveria dar um abraço? Um beijo no rosto? Estender a mão? Fiquei parado na frente dela, como uma tábua, fazendo-a perceber minha confusão.

— Senta aí, por favor! — Ela apontou para a cadeira do lado oposto. — Nem acredito que tô frente a frente com você.

Dei um risinho sem graça, esfregando disfarçadamente a palma das mãos, que não paravam de suar, em meus joelhos. Nesse momento, um garoto magrelo e mal-encarado de roupa preta se aproximou de nós.

— Bibi, vou querer um milkshake daqueles bem caprichados que você sempre faz para mim — pediu a menina de cabelos ondulados, com um sorriso radiante no rosto para o garoto, que, pelo crachá, vi se chamar Gabriel. Ele retribuiu com bochechas vermelhas e uma expressão carinhosa, um pouco menos assustador.

— Hm... acho que vou querer o mesmo.

Levou meio segundo para que ele fechasse a cara outra vez e se virasse para mim.

— Ah, esse é o Gabriel, meu melhor amigo.

Pobre garoto, eu te entendo!

— Bibi, esse é o...

— Jae Hun, eu sei. Você só fala dele.

Quando Gabriel bufou e saiu emburrado, entendi tudo que estava acontecendo ali.

Eu sinto sua dor, rapaz... eu sinto!

— Certo... — Dei uma risadinha. — Minha mãe falou muito de você.

— Aposto que sim, minha mãe não para de encher o saco dela. — Riu.

— Por favor, não precisa ficar desconfortável perto de mim, eu não sou uma fã maluca e juro que tô tentando parecer o mais normal possível.

— É a primeira vez que me encontro com uma fã assim, na verdade. — Ri, ainda sem graça. — Às vezes as pessoas me reconhecem pelo nome, mas quase nunca pelo rosto.

— Eu te reconheceria de longe! — Ela abriu um sorriso largo, mostrando até os dentes de trás. — Quer dizer... Droga, comecei mal. Eu deveria começar com uma explicação, né? — Era engraçada a forma como ela gesticulava em excesso para tudo. — Não tô aqui pra dar em cima de você nem nada do tipo, não me entenda mal. — Um alívio engraçado tomou conta de mim. Eu estava torcendo tanto para que aquele encontro desse errado. — Minha mãe com certeza comentou que eu também sou estudante de design gráfico e que sou apaixonada pelos seus desenhos e histórias. Meu sonho é trabalhar desenhando cenários de games, mas também quero muito conseguir entrar no mercado editorial, como você... Gosto muito de escrever, apesar de não achar que a escrita é o meu maior talento. — Ela não ia me pedir um emprego, né? — Você é uma inspiração enorme pra mim, e eu queria muito aprender com você...

Ah, era exatamente isso que ela estava fazendo.

— Hã... muito obrigado.

Ela se apoiou sobre os punhos e sorriu amarelo, como quem não quer nada.

— Não tá precisando de uma estagiária?

— Apesar de ter muito trabalho pra fazer, não estou à procura de uma estagiária no momento. — Sorri, cordial.

Que ótimo! Meu primeiro encontro foi, na verdade, uma quase entrevista de emprego.

— Bom, quando precisar, lembre-se de mim primeiro. — Sorriu, mexendo o cabelo, o que me fez perceber como ela se parecia com Malu.

Seu cabelo era um pouco mais enrolado, porém tão preto quanto o dela; o rosto também lembrava um pouco, ainda que tivesse o queixo marcado e fino, diferente das bochechas cheias de Malu. Algumas sardas salpicavam o nariz, e o corpo era esguio, ao contrário das curvas da minha amiga. Por mais parecidas que as duas fossem, as bochechas dela se esticavam num sorriso, mas não aparecia uma covinha do lado direito, como na garota que fazia meu coração saltitar.

E foi aí que encontrei a raiz da minha dificuldade de partir para outra.

Em todo esse tempo, nunca consegui desencanar porque sempre comparava qualquer garota com Malu. E, honestamente, nenhuma delas me agradava, porque, por mais parecidas que fossem, não eram ela.

— E então, me conta — falei, tentando afastar as comparações idiotas da cabeça. — Como você conheceu meus desenhos? Minha mãe disse que você tinha até um fã-clube no meu nome.

— Como assim, como eu conheci seus desenhos, Jae? Será que é porque você é *famoso*? — Um tom de indignação tomou sua voz animada, fazendo com que eu até me sentisse importante. — *One More Try* é a maior febre entre os leitores de webtoon de comédia romântica, cara!

Ouvir aquilo saindo da boca de alguém que não fosse Malu era estranho. Me dava um frio gostoso na barriga e provava para mim mesmo que meu trabalho era reconhecido. E Paloma? Paola? Paula? Pabla? Não importava qual fosse seu nome, ela não era uma amiga querendo me agradar e me botar para cima, e sim uma fã expressando gratidão e carinho pelo meu trabalho. Eu tinha noção de que meu webtoon fora lido milhões de vezes e já havia dado diversas entrevistas online e recebido algumas propostas de publicação. No entanto, nunca achei, de fato, que eu fosse bom o suficiente para isso. O meu problema era não ter autoconfiança.

— Me desculpa se isso soar rude, mas… se importa de dizer seu nome? Eu sei que começa com Pa… — pedi, sem graça, e ela riu alto, quase espirrando suco pelo nariz.

— Foi mal! — Se recompondo, estendeu a mão para um aperto. — Eu sou a Paola, sua fã número um e a responsável pelo fã-clube Huniart.

— Ah! Então você é a dona do único fã-clube que não faz montagem minha sem camisa? — Ri também, apertando sua mão gelada. Eu evitava ao máximo olhar as postagens dos fã-clubes porque sempre ficava constrangido. Malu, no entanto, adorava ler os comentários em voz alta para me envergonhar. As montagens eram o motivo de eu quase não postar fotos do meu rosto e, quando postava, tentava borrar ao máximo.

— Fico feliz que seja você. É um dos poucos que valorizam de verdade meu trabalho, e não minha nacionalidade.

— Eu não ligo pra sua aparência ou de onde você veio, Jae. Eu aprecio o seu talento.

Ouvir aquilo me deu uma sensação gostosa no peito e me fez sorrir, tímido, quando meu coração acelerou. Era agradável ser reconhecido daquela forma.

Não precisei me esforçar para achar assunto depois disso. Minha mãe tinha razão, ela era legal, além de muito engraçada e fácil de levar. Conversamos sobre diversas coisas, e Paola me fez rir a maior parte do tempo.

Ela falou sobre a faculdade, sonhos, sobre quase toda a sua vida e me fez contar tudo também. Foram horas, mas o tempo passou tão rápido que só reparei ao olhar o relógio e lembrar que precisaria ir ao escritório outra vez, talvez mais cedo, para que tivesse mais tempo para trabalhar à noite.

— Sabe de uma coisa que eu sempre quis perguntar? — Paola se apoiou sobre os punhos e piscou na minha direção. — *One More Try* tem muitas situações que você tirou da sua vida, né? Eu li isso numa entrevista. Agora, tenho certeza de que a Roxy foi inspirada na sua melhor amiga... Como é mesmo o nome dela?

— A Malu? — falei, sem graça, pego em flagrante.

— Isso! Eu conheço bem o rosto dela porque vocês têm muitas fotos juntos no Instagram, mas não me lembrava do nome. Aquela garota também não é brincadeira, tem um baita de um cargo bom na BookTour.

— A Malu é basicamente minha chefe, monitora e corrige todo o meu trabalho. E preciso dizer que, como chefe, ela é uma pedra no sapato.

— Tá brincando? Ela é demais! — Paola explodiu em euforia, batendo palminhas animadas.

Pelo jeito, eu não era o único de quem ela era fã.

— Ela é... — falei, o pensamento fugindo para longe.

— E você gosta dela.

Pigarreei. Eu não conseguia nem sequer negar. Paola arqueou as sobrancelhas e me observou, escavando o fundo da minha alma atrás de respostas.

— Eu poderia até negar, mas, estranhamente, você me conhece bem demais.

E então ri baixo ao constatar que qualquer chance que aquele encontro tivesse de dar certo já tinha ido por água abaixo.

A garota deu um sorriso largo e amarrou o cabelo num coque, animada.

— Caraca, meu ship é real! — vibrou. — Eu vou te falar, vocês formam o casal mais lindo da Terra inteira!

Tentei disfarçar a tristeza que aquele assunto me causava com uma risadinha. Ah, quem me dera se fôssemos um casal...

— Já fui recusado tantas vezes que perdi as contas.

Foram quatro no total.

— Eu tenho certeza de que ela gosta de você. — Seu tom de voz, além de penoso, também parecia horrorizado pela minha falta de fé. — Ela só precisa de um empurrãozinho.

— Vai por mim, mesmo que você a derrubasse do penhasco, não ia adiantar.

— Vamos pensar num jeito! — falou, sugando o restinho do segundo milkshake do dia.

Aquele encontro podia não ter sido nada romântico, mas fora, com certeza, o momento mais divertido da minha semana. Fazia muito tempo que eu não saía para conhecer pessoas novas.

Não que tivesse algo errado em sair sempre com Toni e Malu, já que, no fim das contas, eles eram os únicos com quem eu queria estar. Eles eram o suficiente para mim. No entanto, as coisas haviam mudado... Eu precisava sair da zona de conforto e me esforçar para seguir em frente.

De preferência por um caminho cujo fim não me levasse direto a ela.

— Paola, muito obrigado por hoje. — Cocei a nuca, sem graça; eu não era muito bom com despedidas. — Fazia tempo que eu não me divertia tanto, principalmente sem... bom, você sabe.

— Ah, Jae, você é uma graça! Tô muito feliz por finalmente ter te conhecido.

Seus olhos e lábios entravam em sintonia quando ela sorria. Paola tinha mesmo um charme irresistível.

— Eu preciso ir nessa, tô garrado com o trabalho e nem sei se vou dar conta. — Suspirei só de pensar no tanto de coisa que me esperava.

— Na verdade, um estagiário não seria nada mau. Quem sabe um dia meu orçamento permita.

Ela assentiu com um sorriso e pensou por alguns minutos enquanto eu pagava a conta, depois de recusar quatro vezes o cartão de crédito que ela estendia à minha frente.

Gabriel, o amigo de Paola, não parecia ter mudado de opinião a meu respeito, mas, se ele prestara pelo menos um pouco de atenção na nossa conversa, com certeza tinha percebido que aquilo estava longe de ser um encontro. Uma sessão de terapia, talvez.

Agradeci mesmo quando ele devolveu o meu cartão com uma careta de desgosto.

— Jae... — chamou Paola, pensativa, ao que eu me aproximei da mesa. — E se eu te ajudasse com o seu trabalho... de graça?

— E por que você faria isso? — Ri.

— Você é cheiroso. — Todo o sangue do meu corpo pareceu subir para o rosto. — E porque seria uma honra para mim aprender com você, e isso ainda abateria minhas horas complementares na faculdade.

Olhei de relance para Gabriel e sorri amarelo. *Cara, escuta! Isso não é um encontro!*

— Hm... — murmurei, cheirando disfarçadamente o meu ombro. — Eu gosto desse perfume também.

— E então, o que me diz?

— Não tenho certeza se vou ser de muita ajuda...

— Pois eu tenho. — Ela sorriu. — Te assistir desenhando já seria o suficiente!

Respirei fundo, considerando a possibilidade.

Eu estava cheio de serviço e ela queria trabalhar de graça apenas para aprender comigo... Por que não?

— Tá legal — concordei. — Quer começar quando?

— Agora! Já! Neste segundo! — Ela vibrou com um sorriso lindo no rosto.

Paola lembrava a mim mesmo alguns anos antes. A versão com energia e as oito horas de sono em dia.

— Certo, vamos aproveitar enquanto você tá animada, então — falei, colocando a carteira de volta no bolso, e ela se levantou para caminhar ao meu lado. — Onde você mora?

— Perto da clínica da sua mãe.

Ótimo, daria tempo de explicar como as coisas funcionavam durante o trajeto e ainda ficava perto da minha casa. Uma mão na roda.

Eu havia falhado num encontro, mas, pelo menos, ganhei em alguma coisa.

— Então eu te dou uma carona. — Abri a porta da cafeteria para que ela passasse, e ela agradeceu com os olhos. — E a gente combina tudo certinho pra você começar amanhã.

— Que tudo! — vibrou. — Esse é o melhor dia da minha vida.

Expliquei que precisaria passar na BookTour mais uma vez, apenas para ter uma conversa rápida com Marcelo e pegar o carro que havia ficado no estacionamento do prédio. Ela concordou e disse que não reclamaria nem se eu lhe pedisse para me esperar por cinco horas, sentada na calçada, desde que eu não mudasse de ideia sobre o tal estágio.

Malu já estava de saída quando chegamos em frente ao prédio da editora. Ela estava distraída e com uma cara não muito boa enquanto andava ao lado de Luna e do garoto estranho que eu tinha visto mais cedo. Senti um frio percorrer minha espinha com o olhar que ela lançou em minha direção assim que viu Paola grudar no meu braço.

Eu me virei para Paola, confuso com a aproximação repentina. Ela fez uma careta insatisfeita.

— Confia em mim e aja naturalmente — cochichou.

— Ficou maluca? — cochichei de volta.

— Eu sei o que tô fazendo. — Ela beliscou minha costela e eu me ajeitei, fingindo que não estava tão confuso quanto todo mundo ali.

Luna me deu um sorrisinho malicioso e acenou com a mão.

— Ei, Jae!

Como quem não quer nada, Paola apoiou a cabeça em meu ombro e, conforme Malu se aproximava com uma carranca reprovadora, murmurou, entredentes:

— Aconteça o que acontecer, entre no jogo.

Tentei não esboçar uma reação forçada e funguei o nariz antes de arrumar minha franja com o indicador.

— Esqueceu alguma coisa? — Malu cruzou os braços e nos mediu da cabeça aos pés.

— Vim falar com o Marcelo. — Dei de ombros. — Paola, quer me esperar no carro?

Ela estendeu as duas mãos como resposta e me deu um beijinho na bochecha depois que apontei para o carro e lhe entreguei a chave.

— Parece que o encontro foi bom — resmungou Luna.

Tentei segurar o riso, mas senti o canto dos meus lábios se curvar mesmo assim. Eu finalmente iria dormir um pouco mais depois de encontrar uma estagiária que aceitava horas complementares como pagamento.

— Bom demais.

Malu fingiu atender o telefone e me deu um aceno rápido antes de puxar os amigos para longe. Não consegui conter o riso quando vi que ela o havia atendido de ponta-cabeça.

10

Malu

Uma semana.

Fazia exatamente sete dias que Jae não dava as caras, não respondia às minhas mensagens com mais do que o necessário e quase nunca atendia às minhas ligações. Eu sabia que ele estava ocupado com o trabalho e a faculdade, mas isso nunca foi um empecilho para que ele pelo menos me perguntasse sobre o meu dia.

Claro que eu podia só aparecer na casa dele, colocá-lo contra a parede e perguntar o que estava acontecendo, porém, por algum motivo, eu sentia que não devia. Algo havia mudado entre nós, estávamos mais distantes do que nunca.

— Você ouviu o que eu falei, Luísa? — Minha mãe deu um tapinha na mesa, fazendo meu café balançar na xícara. — Faz dez minutos que estou falando sem parar e você tá aí, com esse bocão aberto e o pão de queijo na beira da boca. Pelo menos morde esse diacho!

— Desculpa — falei, acordando do meu transe e abocanhando o pãozinho. — Pode repetir?

— Filha, tá tudo bem com você? — perguntou meu pai, com os braços cruzados, do outro lado da mesa. — Você anda meio desligada ultimamente.

— Eu tô bem, uai... — Pigarreei.

Ora, eu estava mesmo bem, não estava?

Talvez um tanto distraída, mas bem.

Um pouco ofegante e com o coração acelerado, mas ainda bem.

— Não sei não, viu? — Papai franziu o cenho. — Conheço essa carinha sua, sei que tem alguma coisa errada, mas você não quer dizer o quê.

Eu não diria mesmo, mas sabia que não era necessário. Nunca era. Vicente, meu padrasto, me conhecia melhor que qualquer um.

Ainda que não fosse meu pai de sangue, eu havia nascido de seu coração. Ele conhecia cada expressão minha, cada mudança no tom de voz. Sabia quando eu estava triste, feliz, confusa, com medo — e, arrisco dizer, ainda melhor que minha própria mãe.

Em contrapartida, o homem cujo sangue corria nas minhas veias nem reconheceria meu rosto se me visse na rua algum dia. Pensar nele me fazia vagar para longe e cair em lembranças que eu não gostava de trazer à tona.

Dois dias depois do meu aniversário de nove anos, meu genitor decidiu ir embora de casa. Assim, sem mais nem menos. Disse que não estava feliz, que atrapalhávamos seu crescimento profissional e que estava sempre irritado, porque minha mãe vivia brigando com ele por chegar tarde do trabalho.

Ele não se preocupou em saber como a filha de nove anos se sentiria ao ser abandonada ou que consequências aquilo traria para a vida dela, nem que medos se instalariam em seu coração por causa de uma atitude tão idiota e insensata.

Chorei muito naquele dia. Chorei a ponto de dormir jogada no chão, cansada, depois de vê-lo sair de casa com duas bolsas, uma garrafa de vinho nas mãos e sem mim. Ele nem sequer olhou para trás.

Nos momentos ruins, quando a ansiedade decidia me visitar e eu escorregava para dentro do quarto do medo, ainda conseguia escutar a gritaria daquele dia. Conseguia ouvir claramente o barulho da porta se abrindo com um estrondo na sala e os pais de Jae vindo em nosso socorro. Podia ver a tia Boram se ajoelhando em frente à minha mãe, caída no chão ao redor dos cacos de porcelana, e, como se tivesse acontecido segundos antes, podia ver um Jae de sete anos correndo até mim como se sua vida dependesse daquilo.

No entanto, tudo virava um borrão no momento em que Jae me levantava e me guiava até o quarto. A última coisa que eu conseguia ver era o pai dele com o telefone na orelha, gesticulando muito enquanto gritava com alguém, e nossas mães ainda abraçadas no chão. Aquilo foi demais para a Malu de nove anos suportar. Depois de enfim garantir que minha mãe estava a salvo, senti a minha própria dor e me escondi em algum lugar dentro de mim.

Esse fora o acontecimento-chave para me tornar a pessoa mais desconfiada e afastada de todas. Eu sentia como se tudo fosse sempre minha culpa, como se eu fosse horrível e não merecesse fazer parte da vida de ninguém. Luna e Jae permaneceram com muito esforço, mas, depois deles, mais ninguém conseguiu ocupar meu coração.

Eu sabia que era difícil, só não conseguia mudar.

No dia que Vicente entrou para a família, custei a aceitar. Ele passou poucas e boas comigo, até que eu entendesse que não havia ninguém melhor para fazer minha mãe feliz. Mesmo quando eu parecia um cavalo arisco, no começo da nossa relação, ele agiu com muita paciência e carinho, um passo após o outro, conquistando minha confiança aos poucos, até que eu, finalmente, o visse como pai.

Desde então ele tem sido meu porto seguro.

— Filha? — chamou meu pai, dando cascudinhos na minha cabeça. — Ei, tem alguém aí?

— Acho que ela tá precisando descansar — falou mamãe. — Vai deitar um pouco, filha, seu quarto ainda é seu.

Concordei no piloto automático e subi a escada em silêncio.

Sim, eu estava cansada, mas, mais que isso, me sentia aérea a ponto de, às vezes, parecer que nem estava acordada. Eu não conseguia me concentrar em nada, tinha múltiplos ataques de ansiedade no trabalho e precisava correr para o banheiro para ninguém perceber. Mesmo que a ansiedade fosse algo comum na minha vida, nunca tinha sido tão frequente.

Eu me deitei na cama por alguns minutos, de costas, os braços cobrindo os olhos. Respirei fundo pelo nariz e soltei o ar pela boca, sentindo meu coração — que batia forte sem razão mais uma vez — se acalmar aos poucos.

Tentei listar todos os motivos que poderiam me desencadear uma crise de ansiedade daquela dimensão.

— *E aquilo é o quê?* — Uma voz feminina entrou, baixinha, pela minha janela. Abri os olhos e encarei o teto, as mãos entrelaçadas sobre a barriga. — *Meu Deus, como assim você tem o PlayStation 5 que acabou de lançar?* — continuou a voz chata.

— *Ganhei de presente de aniversário...* — Foi a vez da voz grossa de Jae invadir meu quarto, o que me fez levantar de uma só vez da cama, a ponto de me dar uma tontura leve.

Então ele *estava* em casa.

E não me respondia por *escolha*.

Eu me agachei embaixo da janela, deixando apenas um olho à vista ao espiar o quarto dele, que ficava de frente para o meu. Vi a garota de uns dias atrás andando pelo cômodo, e Jae, como sempre, colocando uma tiara para segurar o cabelo antes de começar a desenhar. O que estavam aprontando?

Um frio esquisito no estômago me pegou desprevenida, me arrepiando da cabeça aos pés. Minha respiração falhou.

— Eu só posso estar ficando maluca — me repreendi ao notar que estava espiando a vida particular de alguém e, então, me joguei de bunda no chão.

Respirei fundo e me levantei, indo me sentar em frente ao computador na expectativa de distrair a cabeça. Eu estava com uns pensamentos estranhos nos últimos dias, talvez devesse parar de faltar às sessões de terapia.

NO DIA DO SEU CASAMENTO

Abri meu e-mail sem nenhuma pretensão e me deparei com um milhão de spams, e-mails sobre dieta, compra de livros e casamento.

— Vê se me erra — murmurei para o computador, como se ele tivesse alguma culpa de eu colocar meu e-mail em todo canto.

Em meio a tantas ofertas e promoções, um e-mail marcado como importante chamou minha atenção. Abri quando li *Conrad Maldives* no assunto e levei um susto.

A viagem!

Faltava apenas um mês para a viagem de lua de mel que se transformara em viagem de férias com Huni. Eu havia esquecido completamente.

Como eu iria pras ilhas Maldivas com o Jae se ele nem se dava ao trabalho de atender a droga do celular, caramba?

Eu me levantei de mansinho e corri até a janela outra vez. Jae estava sentado em frente à mesa digitalizadora e a garota de cabelos cacheados estava ao seu lado, com uma mão apoiada no ombro dele, observando o que ele fazia. Aquele seria um péssimo momento para eu falar sobre a viagem, certo? Se aquela garota estava no quarto dele, significava que o encontro *bom demais* tinha mesmo dado certo, e a última coisa que eu queria no mundo era atrapalhá-lo.

Ok, talvez não fosse *a última coisa no mundo*, mas eu definitivamente queria que ele fosse feliz.

No entanto, deixá-lo ser feliz não significava sair da vida dele... significava? Ele não me deixaria fácil assim. Qualquer outra pessoa talvez deixasse, só que ele, não... Não o Huni.

— Droga de semana — murmurei, me sentando no chão outra vez. — Por que tudo tem que ser tão difícil, hein, Malu? — briguei com meu reflexo no espelho vertical, que havia sido colocado em pé no canto da parede.

Tentei deixar toda a confusão de lado e pensar de modo racional. Aquela viagem para as Maldivas tinha custado uma fortuna e era presente de uma amiga da minha mãe que nem pôde ir ao tal "casamento". A dona Vera morava nos Estados Unidos havia anos e era muito ocupada, nem devia saber que a coisa toda não tinha acontecido.

Eu poderia apenas ligar para ela e dizer para pedir reembolso. No entanto, mesmo que o casamento não tivesse acontecido, eu queria fazer a viagem. Depois de tudo o que aconteceu, passar férias na beira da praia, bebendo cerveja e fingindo gostar de camarão, era o mínimo que eu merecia. Com ou sem Jae.

E daí que ele não queria me atender ou que tinha arrumado uma namorada e não queria mais saber de mim? Eu iria nadar com os golfinhos e molhar a bunda na água salgada, sim! E, se ele não quisesse ir, eu poderia levar Luna, minha mãe ou até mesmo Marcelo no lugar dele. Uma coisa era certa: eu não ficaria sem companhia.

— É isso! — falei para mim mesma. — Se ele não atender dessa vez, eu desisto. Azar o dele!

Ainda abaixada ao lado da janela, liguei para o número de Jae enquanto o espiava com um olho só. Ouvi o telefone tocar e o vi encarar a tela e jogar o aparelho sobre a cama depois de recusar a ligação.

— Mas que desgraçado! — resmunguei, me segurando para não gritar.

Respirei fundo, tentando juntar o restinho de dignidade que eu sabia que existia em algum lugar dentro de mim.

— Bom... problema dele, né? Quem liga? — Dei de ombros, tentando não me importar. — Também não vai me ver tão cedo. Isso eu prometo!

Eu me levantei, trêmula, e andei de um lado para o outro, nervosa. A ponta do meu dedo doía de tanto que eu tentava roer o que me sobrava de unha.

Cracolhas! Quem ele achava que era para me ignorar daquele jeito? Eu nunca o ignorei, por motivo algum!

Insatisfeita, dei um chute no pufe que ficava perto da minha cama e, contrariando totalmente a promessa que tinha feito momentos antes, me coloquei de pé um segundo após me sentar no colchão. Sem pensar duas vezes, saí em direção à casa do meu vizinho, que havia acabado de entrar numa fria daquelas.

— Pois deixa ele comigo!

11

Jae Hun

— Tá tudo bem? — Paola olhava de mim para o telefone lançado em cima da cama. Eu me sentia péssimo.
— Não, não tá.
A garota juntou as sobrancelhas de um jeito que só reforçou como a minha situação era deplorável. Eu fui pego desprevenido diversas vezes com suas perguntas durante a semana e, de alguma forma, acabei revelando todos os detalhes do caos que eu havia criado.
— Ah, Jae… — falou ela, com uma voz carinhosa, e me abraçou. Foi naquele momento que desabei. Droga!
— Desculpa te colocar no meio disso — falei, limpando o rosto.
— Escuta, eu sei como é querer estar com uma pessoa e não poder, e eu sinto muito por você! — falou, dessa vez segurando meu rosto com as duas mãos e secando minha bochecha com o polegar.
— Poxa, me parte o coração te ver assim. Juro que vou fazer de tudo pra te ajudar.

Tombei a cabeça para trás, chorando ainda mais. Paola continuava sentada à minha frente, segurando meu rosto e secando as lágrimas que caíam sem parar.

Então, num rompante, um barulho alto ressoou atrás de nós: a porta do quarto sendo aberta com toda a força e batendo na parede, uma marca registrada que eu conhecia bem.

Paola olhou para trás, ainda segurando meu rosto, fazendo com que eu fosse puxado para a frente sem intenção. A cadeira de rodinhas foi para trás e, incapaz de me levar junto, me fez perder o equilíbrio e cair de joelhos no chão, com as mãos espalmadas nas coxas da minha estagiária. Meu rosto enrubesceu no mesmo instante. Senti todo o sangue do corpo subindo para as bochechas.

Malu congelou sob o batente da porta, a boca aberta e os olhos arregalados.

— Ops! — falou, o rosto inteiro corando. — F-Foi mal... Acho melhor voltar outra hora.

Paola olhou de mim para Malu, ainda segurando meu rosto. Soube que ela aprontaria assim que vi seus lábios se erguerem discretamente num sorriso.

— Não precisa, já terminamos aqui — respondeu ela e me deu uma piscadela, me dizendo para entrar no jogo. De novo. — Te vejo amanhã, Jaezinho.

Ela se inclinou e deu um beijinho leve na ponta do meu nariz, que, confesso, me arrepiou inteiro, então se levantou.

— O-Oh, huh... — gaguejei, secando o rosto discretamente.

Paola desfilou para fora do quarto e me deu um último aceno antes de sumir. Malu escaneou o cômodo com os olhos enquanto caminhava até a minha cama e, ainda sem me olhar, se sentou na ponta do colchão.

Um silêncio constrangedor se instalou por alguns segundos.

— Por que você não atende às minhas ligações? — Sua voz enfim ressoou pelo quarto.

Dei de ombros.

— Não ouvi tocar.

— A semana inteira? Eu não te liguei apenas uma vez, Jae — ralhou Malu, então apontou para a janela de seu antigo quarto. — Eu vi você jogando o celular na cama.

Respirei fundo.

— Eu estava... hum... ocupado.

— É, isso eu percebi!

Novamente, um silêncio desconfortável tomou o cômodo. Ouvir apenas o som da nossa respiração chegava a ser opressor.

Não fazia ideia do que dizer e, mais do que eu, ela parecia perdida.

— Eu... — falamos juntos.

— Desculpa, pode falar — continuei.

— Hã... recebi um e-mail hoje cedo.

— Sobre...?

— A nossa viagem... — Seus lábios se comprimiram, formando uma linha, e os dedos apertaram a ponta da colcha da cama. — Falta um mês.

Droga! A viagem.

Qual era a possibilidade de eu passar uma semana com ela no meio do nada e não fazer nenhuma cagada que pudesse acabar com a nossa amizade para sempre? Eu não conseguiria e tinha certeza de que, se ficássemos a sós mais uma vez, falaria toda a verdade sem voltar atrás e acabaria melando tudo definitivamente.

— Hm... quando vai ser mesmo? — perguntei, tentando ganhar tempo para inventar alguma desculpa.

— Dia 2 de dezembro... — Ela encheu as bochechas de ar, fazendo um barulhinho engraçado.

Eu queria perguntar por que seus olhos estavam vermelhos e ela parecia tão cansada. Suas sardas estavam mais escuras, coisa que acontecia quando Malu tomava qualquer quantidade mínima de sol, e suas bochechas tinham corado, assim como seu nariz. Seu cabelo escuro estava preso numa trança lateral, com alguns cachos soltos, que eram curtos demais para serem presos à trança, fazendo com que ela tivesse aquele ar adorável de sempre. Sua camiseta azul-clara ressaltava ainda mais a cor alva de sua pele e os lábios rosados. Eu adorava aquela estampa de margaridas.

Fiquei tanto tempo sem vê-la que só naquele momento pude perceber quanto aquele rostinho me fazia falta. Senti falta da pintinha que ficava logo abaixo do lábio inferior e da outra, na ponta do nariz, assim como de seus dentes caninos, que eram um pouquinho mais compridos e pontudos que os outros, e principalmente de sua franja ondulada, que caía sobre os olhos quando estava grande demais.

— Eu... — Hesitei. — Você vai ficar chateada se eu não for?

Um vislumbre de decepção perpassou seus olhos. Ela me encarou daquele jeito que me partia o coração e estampou um sorriso falso.

— Não se preocupa, posso chamar a Luna pra ir comigo.

— Certo... É que vou ter muito trabalho pra fazer depois que apresentar o TCC em algumas semanas e...

— Tudo bem, não precisa se explicar.

Encarei o chão por alguns segundos, sem forças para enfrentar seu sorriso fraco e ensaiado. Era estranho aquele clima entre nós, como se estivéssemos mutuamente nos machucando e nos magoando o tempo todo.

— Você tá bem? — Enfim tive coragem de perguntar; dava para ver que algo não estava certo.

— Não, não tô — falou, com os olhos fixos nos meus. — Tive uma semana difícil... *bem difícil*. E foi ainda pior passar por isso sem você.

Meus olhos se encheram no mesmo instante, porque eu sabia que não estava presente, e essa tinha sido mesmo a minha intenção.

— Sinto muito... Eu...

— Sabe, Jae? — interrompeu ela. — Eu já tive uns oito namorados...

— Dez — corrigi.

— Que seja. — Bufou, seus olhos fitavam o próprio pé direito, que desenhava círculos no chão. — Sejam dez ou vinte, todos me fizeram escolher entre você e eles. — Isso era verdade. Agora que eu parava para pensar, talvez fosse minha culpa que nenhum relacionamento dela tivesse dado certo. — E eu sempre escolhi você... e escolheria mais trinta vezes se fosse necessário, porque você é e sempre foi a pessoa mais importante pra mim, e você sabe disso, certo?

— Sim... — Foi aí que a culpa pesou.

— Tô triste com você. Tipo, ok que você tem uma namorada nova, mas por que isso automaticamente me exclui da sua vida? — Dessa vez, seus olhos fitaram os meus, e vi que estavam prestes a transbordar. Se isso acontecesse, eu não conseguiria conter as minhas lágrimas, que também batiam à porta. — Quero que você seja feliz e vou te apoiar em qualquer decisão. Eu só esperava mais de você. Achei que eu tivesse mais importância na sua vida.

— Malu, não é...

— Tudo bem — interrompeu ela outra vez. — Não quero que me explique nada. Eu tive um dia difícil hoje... Tenho tido crises constantes de ansiedade, e a única coisa que me acalmava era ouvir sua voz.

— Você pode me ligar sempre que quiser — falei, baixo. — Sabe disso.

— E eu liguei. — Dessa vez uma lágrima solitária caiu de seus olhos, e ela a secou rapidamente. — Mas você estava ocupado demais pra me atender.

Encarei o teto, tentando impedir as lágrimas de escorrerem. Suas palavras eram como um tapa na cara.

— Me desculpa, Malu... — falei, fraco, me levantando do chão e indo me sentar ao seu lado na cama. Ela não olhou para mim, apenas mordeu o lábio inferior, dando o seu melhor para não chorar. Passei o braço esquerdo em volta de seus ombros e a apertei num abraço. — Não passou pela minha cabeça que isso poderia estar acontecendo.

— Você me abandonou, Jae. — Não houve método que a ajudasse a segurar a enxurrada de lágrimas e soluços que vieram em seguida. — *Igualzinho a ele.*

Ser comparado ao pai biológico dela feriu meu peito como uma lança afiada. Eu sabia o peso que aquilo tinha para ela, o abandono.

— Eu não te abandonei, só... — Tentei terminar a frase, mas não consegui. Será que não tinha abandonado mesmo? Não estava muito certo daquilo.

— Eu te amo, Jae — falou Malu de repente, fazendo meu coração acelerar —, mas nos últimos dias tenho te odiado de uma forma inimaginável.

— Malu, me perdoa.

Meu rosto molhado e vermelho refletido no espelho ao lado da cama me mostrava que, não importava qual caminho eu seguisse, alguém acabaria ferido.

— Tudo bem, as coisas mudam mesmo. Eu sabia que isso poderia acontecer algum dia. — Antes que eu pudesse dizer qualquer coisa, ela se levantou e secou os olhos. — Teremos uma reunião na quinta-feira, vou te mandar uma notificação por e-mail, não se atrase. — Engrossou a voz e checou o relógio em seu pulso. — Até mais.

Malu andou, apressada, até a porta do quarto e sumiu sem olhar para trás. Fiquei ali, com toda a culpa do mundo pesando nos meus ombros e as lágrimas escorrendo de uma forma que achei que nunca fossem parar.

Paola havia tirado o dia para tentar me convencer de que me declarar uma quinta vez seria a única saída.

— Ela já me deu um fora. O que você quer que eu faça? Me ajoelhe e implore?

— Tecnicamente ela não disse nada. — Paola se virou para mim, apoiando o cotovelo na mesa e o queixo no punho. — Pense bem, e se ela fosse falar "sim"?

— Quem aceita uma declaração de amor começando com "Meu Deus, isso é insano..."? — imitei.

— Então esqueça a garota, pronto. — Revoltada e sem um pingo de paciência, Paola deu de ombros e voltou a desenhar. — Que saco! Vou te arrumar uma namorada e te fazer esquecer a Malu, cortar os laços e seguir em frente. Posso ser sua melhor amiga no lugar dela, se quiser, mas já adianto que se apaixonar por mim não serve pra nada. Posso te apresentar minha amiga e...

— Ei! — interrompi, rindo. — Vai com calma, também não é assim.

Ela riu com a cabeça baixa, mordeu o lábio e me olhou, pensativa, rodando a caneta entre os dedos.

— Você não tem jeito! Você é o cachorrinho dela, por isso ela não te vê como homem. — Aquilo meio que feriu meus sentimentos, talvez por ter um pouco de verdade. — Chega na Malu, prensa ela contra a parede, solta um "Você me vê como homem agora?" e lasca um beijão na boca dela. Pronto, toda incerteza e rejeição vão pelo ralo, ela vai ficar com as pernas bambas, vocês vão casar e ter os três filhos e o cachorro que ela tanto quer.

— Não vou beijar a Malu contra a vontade dela.

— Contra a vontade de quem, pelo amor de Deus, Jae? — Ela arregalou os olhos e dilatou as narinas, exalando impaciência. — Uma garota que te beija toda vez que fica bêbada não faz isso por acaso, não, queridão! Bem no inconsciente ela sabe o que quer.

— Se concentra aí no seu trabalho e não me amola, vai? — Naquele ponto do nosso relacionamento, a garota de cabelos cacheados, que lembrava o meu primeiro amor, já era como uma irmã mais nova. Ela me atormentava como ninguém e tinha como missão consertar minha vida amorosa inexistente. — Inclusive, vamos virar o jogo aqui. Já faz dias que você trabalha comigo e não me falou sobre a sua vida amorosa nem uma única vez! E olha que eu sei até quantos gatos a sua avó tem e que ela é alérgica a nozes, mas nada sobre a pessoa que tem o seu coraçãozinho.

— Esse assunto fica pra um outro dia — debochou, fazendo biquinho. — Só tenha em mente que eu não estou disponível e, diferente de você, vou dar o primeiro passo, porque não sou uma medrosa.

— Então você ainda não tem ninguém? — provoquei, balançando as sobrancelhas.

— Tenho, ele só não sabe ainda.

Ri, invejando sua disposição. Se eu tivesse metade da coragem que Paola tinha, talvez minha vida fosse diferente.

Quando o alarme mostrou sete da noite, Paola juntou suas coisas e saiu saltitante pela porta, pronta para encontrar seja lá quem fosse seu namorado imaginário. Desliguei a mesa digitalizadora e tentei me concentrar nos últimos ajustes do TCC, que estava finalmente pronto. Em algumas semanas eu o apresentaria e estaria livre para viver a minha vida como um profissional formado.

Ah, como esperei por aquilo!

Mas, claro, como *alguns ajustes* na minha mão sempre viravam um "E se eu reescrevesse tudo?", gastei mais horas que o necessário consertando o que não precisava. Minhas mãos suavam de nervoso ao pensar na apresentação e questionar se o material estaria satisfatório para a banca. A frase típica de Toni se repetia diversas vezes na minha cabeça, até que decidi parar de paranoia. *Jae, relaxa! O ótimo é inimigo do bom.*

— É isso, já deu. — Bufei, descansando o corpo no encosto da cadeira estofada pela qual minha mãe pagara inimagináveis mil e duzentos reais, apenas porque o vendedor disse que seria bom para a minha coluna. Demorei muitas horas para montá-la do jeito certo e abasteci meu estoque de estresse ao máximo durante o processo.

Deixei o peso da cabeça pender para trás, ainda com o corpo jogado sobre a cadeira. Com os pés, eu girava o assento de lá para cá, ouvindo o barulhinho que o pino mal encaixado fazia. Meu telefone tocou algumas vezes em cima da cama, mas não me preocupei em atender, afinal quem me ligaria às duas da manhã?

— *Malu!* — gritei ao me lembrar, dando um pulo da cadeira e caindo sobre meu celular na cama, que apitava seu nome na tela. — Alô! Alô? — Não havia voz do outro lado da linha, apenas ruídos e fungadas vez ou outra. — Tá tudo bem?

— *Hã...* — murmurou ela, rouca, prolongando o fim da palavra por alguns segundos. — *Você quer... jogar videogame?* — A voz anasalada e sem fôlego preencheu o vazio da ligação, me mostrando que não, não estava tudo bem.

Esse pedido... era, na maioria das vezes, um pedido de socorro.

— Chego em cinco minutos.

Foi tudo o que falei antes de desligar, colocar um moletom e correr até o apartamento de Malu, que ficava a apenas algumas ruas de distância da minha casa.

12

Malu

Os últimos dias estavam sendo bem difíceis. Eu precisava encontrar uma forma de acabar com aquelas crises que antes vinham uma vez ou outra, mas que agora me atormentavam diariamente.

Meu coração acelerava de uma forma horrível e meus pulmões trabalhavam o triplo para, no fim, não conseguir ar algum. Minha cabeça girava, me fazia pensar coisas horríveis e me culpar por situações das quais eu nem mesmo tinha controle. Minhas crises de ansiedade estavam cada vez mais fortes, e a pergunta que não queria calar era: Por quê? O que tinha de tão mal resolvido dentro de mim que me fazia hiperventilar daquele jeito? O que me deixava com tanto medo a ponto de me fazer surtar de repente?

— Respira fundo — repeti para mim mesma, entre lágrimas, o corpo tremendo. — Vai ficar tudo bem, calma.

Meu coração acelerava cada vez mais, e era péssimo não poder ligar para os meus pais e pedir ajuda. Não que eles não fossem me ajudar. Eles, na verdade, se importariam demais e fariam daquilo um problema maior do que já era.

NO DIA DO SEU CASAMENTO

Tudo bem, eu odiava mesmo morar sozinha. Não vou negar que me passava pela cabeça, a cada cinco minutos, voltar para a casa da minha mãe e vender o apartamento que tanto ralei para comprar. Mas de que adiantaria? Eu precisava aprender a viver sozinha, não podia viver sempre dependendo de alguém. Ser deixada pelo babaca do meu genitor, tão nova, foi a pior merda que poderia ter me acontecido. Eu odiava a forma como aquilo me deixara cheia de complexos e medos. Odiava ainda mais não querer depender de alguém, mas não conseguir ficar sozinha. Talvez fosse por isso que me casar com Guilherme não parecesse uma ideia tão ruim assim no começo. Talvez, se eu me casasse, minhas chances de ficar sozinha no fim fossem menores, ainda que faltasse amor.

Eu sempre pensei demais. O tempo todo me questionava se era boa o suficiente, se era um problema na vida das outras pessoas e, principalmente, me questionava o porquê de ele ter me abandonado. Por esse motivo, por achar que eu não era nada, me revoltei. Brigava na escola, vivia afastando todo mundo de mim, e jurei para Deus e o mundo que nunca confiaria em ninguém além da minha mãe e de Jae, os únicos que me restaram.

Me lembro da primeira vez que vi o meu melhor amigo. Aquele garoto magricela, que vivia amuado nos cantos, me despertou uma vontade imensa de chegar perto e cuidar. Quando meu pai foi embora, me apeguei ainda mais a isso e me enrolei ao redor de Jae como um cobertor quente em um dia frio, para que nada pudesse lhe fazer mal, e talvez na esperança de que nada me fizesse mal também. Juntos nos mantínhamos aquecidos em meio às decepções.

Eu não sabia como era, mas conseguia imaginar como devia ser difícil sair do próprio país para viver em outro lugar, com uma língua que eu não falava. Esse pensamento fazia com que eu me sentisse solitária. Inconscientemente, quis abafar minha solidão com alguém que achei que sentiria o mesmo e nunca me deixaria. No fim das contas, eu estava certa... ou, pelo menos, em parte. Nos últimos quinze anos, Jae foi a pessoa em quem me apoiei. Eu contava tudo para ele e sentia que ele fazia parte de mim. Vê-lo me ignorar e ir embora aos poucos era como me quebrar em frações, e essa fragmentação de mim mesma doía.

E muito.

Eu não queria ter ligado para ele, mas não havia mais nada que me acalmasse naqueles momentos além de sua voz me dizendo que eu ficaria bem.

Quando ouvi o barulho da tranca da porta, ali, sentada no meio da sala, abraçada aos joelhos, senti um alívio absurdo invadir meu peito. Vendo-o passar correndo pela porta, sem nem tirar os sapatos, a franja grudada no rosto suado e as bochechas vermelhas de tanto correr, entendi o motivo do meu pânico: eu não queria perdê-lo.

O meu maior medo é uma vida sem ele.

— Eu tô aqui! — sua voz calma e ofegante falou docemente em meu ouvido enquanto seus braços quentes me apertavam contra o peito.

— Fiquei com medo de você não vir... — choraminguei entre soluços, abraçando-o forte.

— Eu sempre vou estar aqui quando você precisar. — Ele era tão amável e aquecia o meu coração de uma forma tão... louca. — Não importa o que aconteça.

Aos poucos, minha respiração voltou ao normal, e comecei a colocar os pensamentos no lugar outra vez. Ele era o meu remédio, meu porto seguro, meu melhor amigo e, por mais que eu lutasse para não admitir... *meu primeiro amor.*

Eu tinha o dom de estragar tudo. Qualquer relacionamento, qualquer amizade, qualquer coisa que pudesse se tornar importante demais para mim. E era por isso que eu não aceitava me envolver com ele. O que eu faria se a gente não desse certo? E se ele fosse embora? Eu vivia repreendendo meu coração acelerado e não admitia esse sentimento nem para mim mesma, mas agora eu podia ver que, por mais que passasse a vida inteira negando, nunca conseguiria esquecê-lo.

Ele era muito mais que o meu primeiro amor, e eu preferia perder qualquer outra coisa no mundo a ficar sem ele. E se a única forma de ficar ao lado de Jae, sem afastá-lo, fosse sendo sua amiga, então era o que eu continuaria sendo.

NO DIA DO SEU CASAMENTO

No fundo, eu sabia que ele gostava de mim, claro que sabia. Eu via em cada atitude dele, no jeito como sorria para mim, na forma como sempre cortava a carne do meu prato antes de me entregar ou no modo como abria as embalagens de comida sem eu pedir. Eu sentia esse amor sempre que ele insistia em me levar para casa, mesmo que eu morasse a apenas algumas quadras de distância, porque sabia que eu morria de medo de andar na rua sozinha.

Ao ouvi-lo se declarar na roda-gigante, quase o agarrei por impulso. Enquanto fazia piada e encarava as pessoas lá de cima, senti meu coração se quebrando aos poucos e, se ele não tivesse me interrompido, talvez eu tivesse sido imprudente. Por um segundo, pensei em deixar todos os meus medos de lado e aceitá-lo, mas foi aí que ele disse que tudo não passava de uma brincadeira. De início não acreditei; no entanto, quando a minha versão de nariz empinado apareceu na jogada, entendi: eu havia demorado demais.

Já tinha acabado para mim.

Jae..., eu repetia em minha cabeça desde o dia em que não pude terminar minha frase. *Eu... Meu Deus, isso é insano... Eu... Na verdade...* — talvez, se ele tivesse me deixado terminar... — *eu meio que gosto de você também*.

— Você quer uma água? — disse Jae, com um sussurro, interrompendo meus pensamentos, que se acumulavam todos de uma só vez, enquanto acariciava minhas costas. Eu o apertava tão forte que sua voz até saía mais fraca.

Talvez fosse hora de soltá-lo para não ficar constrangedor demais, certo?

— Não, eu já tô bem — menti. Eu não estava nada bem. Meu corpo ainda tremia e minha cabeça rodava. Mesmo assim, lutei contra mim mesma para soltá-lo e secar os olhos com a manga do meu pijama de lhama. — E para de me olhar desse jeito, droga! Eu me sinto uma idiota.

Suas sobrancelhas estavam juntas e sua boca, apertada numa linha fina.

— Desculpa, eu só tô preocupado.

— Não precisa ficar. — Apertei forte o punho atrás de mim, tentando disfarçar a tremedeira, e sorri. — Que tal uma partida de *Super Mario*?

Ele me olhou, desconfiado, por um momento, mas sabia que eu odiava mostrar minhas fraquezas. Melhor do que ninguém, ele sabia que insistir não ajudaria em nada e não me faria desabafar.

— Por que não? — Sorriu largo com os lábios fechados, mostrando as covinhas que eu tanto amava. — Quem não aceitaria jogar videogame às três da matina, né? Tô dentro! Só que, dessa vez, vou ser o Mario.

Ele ligou a TV e preparou tudo enquanto eu corria para a cozinha e engolia um calmante, tentando não ser pega no pulo. Agarrei um pacote de Cheetos e duas latinhas de guaraná. Era bom tê-lo de volta, ainda que fosse só por um momento.

— Sobre a viagem — falei —, não precisa se preocupar, a Luna vai comigo.

— Que bom, Maluzinha, espero que se divirtam.

Eu sabia que a namorada era o motivo de ele não ir. Queria saber mais sobre ela, mas talvez não fosse o momento apropriado para aquele tipo de conversa. Em vez disso, apenas aproveitei a hora seguinte ao lado dele, brigando com a televisão, pulando em cima de todas as tartarugas possíveis e gastando toda a minha concentração para não perder meu Yoshi azul mais uma vez.

Desde pequena, uma boa partida de videogame sempre foi o remédio para minhas crises de ansiedade. Era por isso que, na infância, Huni e eu passávamos a maior parte do nosso tempo livre no fliperama. Desde que começamos a fazer isso, minhas crises passaram a diminuir e eu aprendi a lidar melhor com esse tipo de situação.

Depois de morrer inúmeras vezes e perder o bendito Yoshi azul, Jae desligou a televisão ao me ver bocejar pela décima vez.

— Acho que já tá na hora de dormir, né?

— Mas... — protestei, fazendo bico.

Ele me olhou em repreensão, e eu enchi as bochechas de ar. Acabei concordando a contragosto e me ajeitei no sofá da sala, no qual eu insistia em dormir, mesmo tendo uma cama enorme no quarto.

— Nós dois temos reunião na editora de manhã, e eu não quero que você fique cansada.

— Jae — chamei quando ele me cobriu com uma manta azul —, você vai...

— Não se preocupa — sussurrou, muito perto, depositando um beijinho na minha testa, seguido de um sorriso doce. — Eu não vou a lugar algum.

Ele se ajeitou na outra ponta do sofá e fez cócegas na sola do meu pé antes de sorrir largo mais uma vez, deixando seus olhos ainda menores, e então apagou a luz.

Abracei a almofada com cheiro de gato, que eu havia trazido da casa da minha mãe, e suspirei.

Ah, esse sorriso ainda vai ser minha ruína.

Acordei desnorteada, talvez pela dose exagerada de calmante consumida na madrugada anterior. Abri os olhos lentamente, sentindo Jae agarrado ao meu pé. Levantei um pouco o pescoço e o vi jogado no sofá, todo torto, abraçando minhas pernas como se fossem um travesseiro. Esperava, do fundo do coração, que eu não estivesse com chulé... Meu pé costumava suar muito à noite.

Tentei sair da forma mais gentil, sem acordá-lo, e fui de fininho até o banheiro do meu quarto. Ainda faltavam quarenta minutos para o despertador tocar, mas eu não conseguia mais esperar para fazer xixi. Tomei um banho bem quente, daqueles que deixam a pele vermelha, mesmo sabendo que a temperatura fazia mal.

Eu seria uma velha enrugada e feliz.

Encarei meu reflexo no espelho embaçado, respirei fundo algumas vezes e estendi a mão para checar se ainda tremia. Por sorte, era apenas mais uma crise de ansiedade passageira, que eu esperava sinceramente que fosse a última em algum tempo, ou então eu iria precisar me internar para não sair correndo pelada e gritando no meio da rua.

Quando meu celular apitou, interrompendo meus pensamentos, corri até a cama para desligá-lo antes que Jae acordasse e acabei escorregando no chão molhado do banheiro, quase caindo de bunda.

Escolhi um salto qualquer no meu guarda-roupa, arrumei o cabelo, passei uma maquiagem básica e vesti uma calça jeans de boca larga com uma camisa social branca que eu amava.

Ninguém diria que eu havia tido uma crise existencial na noite anterior.

Jae ainda dormia como uma pedra, todo esparramado no sofá. Escorei o quadril na mesa de jantar e cruzei os braços, observando-o dormir. Seu lábio inferior se sobrepunha ao superior, esboçando um bico fofinho, e seus braços permaneciam jogados, um para cada lado, assim como suas pernas. Era a primeira vez que eu acordava ao lado dele depois de aceitar meus sentimentos.

Era estranho. Meu peito esquentava mais que o normal e minha barriga gelava ao olhar para o meu melhor amigo ali, dormindo no meu sofá. Eu, enfim, havia me permitido enxergar a situação da perspectiva correta e, sabia, estava andando por um caminho sem volta, no qual eu entrara havia muito tempo e só agora conseguia perceber.

Espantei meus pensamentos e me obriguei a tomar vergonha e parar de encará-lo. Enchi a caneca térmica com meu café matinal e me aproximei dele antes de sair. Diferentemente das outras vezes, pensei um pouco até dar um beijinho em sua testa, sentindo um perigo iminente no ato.

Não era mais a mesma coisa.

Passei a mão de leve em sua franja macia e lhe dei outro beijinho.

— Já vai? — murmurou, manhoso, sem abrir os olhos.

— Uhum — respondi, o coração na boca. Não esperava que ele acordasse.

— Te vejo mais tarde na reunião, então — disse ele, abrindo apenas uma pequena fresta dos olhos e um sorrisinho encantador. — Amo você.

Me engasguei com a minha própria saliva.

— Nossa, que bafo! — Foi tudo o que consegui pensar em responder. Ele reclamou baixinho.

— O que foi? — questionei.

— Não era isso que eu esperava ouvir.

— Que pena — pigarreei, juntando minhas coisas, pronta para sair.

— Você tem que dizer "Te amo muito mais!" — gritou, me corrigindo.

— Tchau, panaca. Vê se não se atrasa — gritei de volta e bati a porta.

Estava me sentindo bem melhor naquele dia, no entanto, mesmo tentando parecer animada, eu não conseguia esconder minhas preocupações dos olhos atentos de Luna.

— Eu tô vendo esse sorrisinho no seu rosto — ela falou, sem desviar os olhos da tela do computador —, mas você não me engana, não, viu, senhora?

— Nem passou pela minha cabeça que você não fosse perceber — respondi, no mesmo tom monótono que ela, sem desgrudar os olhos da planilha gigantesca que eu precisava terminar de preencher.

— Vai me contar ou vou ter que descobrir?

— Pode tentar. Sei que não vai precisar de duas tentativas.

Aquela conversa sem o olho no olho era engraçada. Apertei um risinho bobo no rosto.

— Jae.

Fiz um barulho de campainha que sinalizava o óbvio: ela havia acertado. Luna suspirou e entrelaçou os dedos, ainda encarando a tela.

— O que tá rolando agora?

— Ele tá... — respirei fundo — ... namorando.

— Nada novo sob o sol — exagerou. — Aquela menina que é a sua cópia, né? — Apenas assenti com a cabeça. Cópia uma ova! Queria eu ser esbelta como ela. — Ele mesmo te contou?

— Não, eu vi — falei, me lembrando da cena com pesar. — Ela estava no quarto dele e, quando cheguei, eles estavam... se preparando pra um beijo. Ele estava até com as mãos na coxa dela, e ela segurando o rosto dele e... Enfim... bizarro!

Suspirei.

— E isso te deixa triste?

— Deixa.

— Porque você gosta dele... — brincou Luna, como sempre fazia.

O que ela não esperava era que...

— É.

Minha amiga arregalou os olhos e fez um barulho estranho com a boca. O mouse sem fio caiu no chão, e ela olhou para os lados, como se aquele fosse um segredo nacional. Por sorte, naquele dia éramos apenas ela e eu.

— Eu ouvi o que acho que ouvi? — cochichou, deslizando a cadeira de rodinhas até o meu lado.

— Acho que sim. — Suspirei, cansada, sentindo o rosto enrubescer ainda mais. Eu não a encararia ao dizer aquilo.

Era o maior dilema da minha vida.

— *Ca-ra-ca!* — Ela afinou a voz, quase como um gritinho baixo, feliz da vida. — Ai, meu Deus! Caraca! — repetiu, dessa vez não tão feliz, chamando minha atenção.

— O que foi? — perguntei, assustada. — Uai, achei que você fosse soltar fogos de artifício e tal. Essa não era a reação que eu esperava.

— Você podia ter decidido assumir antes de ele arrumar uma namorada, né, sua palhaça?! — brigou, me dando um tapa no braço. — Agora eu vou ter que matar a garota e esconder o corpo.

— Credo! — Ri, devolvendo o tapa. — Nem fala uma coisa dessas! Vigia!

— Vigia? Vigia você! Mais uma enrascada pra conta — ralhou, então perguntou, preocupada: — E agora, o que vamos fazer?

— Definitivamente não vamos matar ninguém — falei. — Já era, acabou pra mim. Poderia até torcer pra eles terminarem e tal, mas que direito eu tenho? Ele já passou por poucas e boas com os meus oito namorados.

— Dez — ela corrigiu.

— Que inferno!

— Desculpa. — Luna levantou as mãos em rendição e deu um sorrisinho amarelo. — Então tá. Vamos esquecer isso e encher a cara hoje à noite?

Assenti e dei um tapinha leve no braço da minha amiga. Marcelo passou pela porta a passos rápidos, como sempre, e meus olhos se voltaram para o homem que vinha logo atrás dele, com passos maiores e mais lentos. *Jae.*

— Bom dia! — cumprimentou Marcelo, animado. O motivo da felicidade toda? Aposto que uma noite bem dormida, coisa que ele não tinha desde que a neném nascera. — Em breve teremos um autor novo na editora, temos muito o que conversar hoje!

Huni, dentro de uma camiseta azul-escura e uma calça jeans preta, seguiu Marcelo para a sala de reuniões, mas não deixou de me lançar um sorrisinho de lábios fechados e olhos contentes no trajeto. Quando se curvou um pouco para Luna, em cumprimento, minha amiga me olhou com a mão no peito e suspirou.

— Você tá muito na merda. Boa sorte.

Segui bufando até a sala de reuniões, planejando uma forma de olhar um pouco mais para aquele rostinho lindo sem entregar o jogo de que eu estava total e absolutamente rendida a ele.

13

Jae Hun

—Você fez o que eu te pedi? — me perguntou Paola, retocando o batom vermelho nos lábios, enquanto Gabriel segurava um espelhinho minúsculo à sua frente.

Olhei para o relógio e assenti.

Não dava para acreditar que eu estava mesmo acordado à meia-noite esperando numa fila de balada na Rua Augusta. Obviamente, aquilo estava longe de ser uma escolha minha, mas Paola e Toni insistiram à exaustão, dizendo que eu precisava sair para me divertir um pouco, alegando que eu estava muito estressado e que meu cabelo estava caindo por causa disso — o que, bom, não era nenhuma mentira. Além de tudo, Paola fizera um longo monólogo, tentando me convencer a chamar Malu para vir também. Neguei muitas vezes, já que, apesar de termos nos reconciliado, Malu e eu não estávamos cem por cento ainda. Só que Paola era um tanto persistente e, às vezes, aquilo era pior que tortura. De qualquer forma, eu sabia que Malu não viria. Era sexta-feira, ela devia estar morta de cansaço depois de uma reunião importante no fim do dia e, se era para ser honesto, assim como eu, Malu nunca foi muito fã de baladas.

— Ela não vem — falei.

— Ela *disse* que não vinha? — Paola franziu as sobrancelhas e cruzou os braços.

— Ela disse "talvez", e isso sempre significa "não".

A garota fez um bico enorme e agarrou o braço de Gabriel.

— Então vamos ter que nos divertir sem ela.

O conjunto de tudo era um pouco desconfortável. Eu não gostava muito de música alta e, para ser sincero, o piscar constante das luzes coloridas me dava tontura. Além disso, eu não era um cara que curtia multidões. Procurei um canto menos barulhento para me sentar com Toni e pedi uma torre de chope. Ele seria minha companhia, enquanto Paola gastava os pés dançando com o amigo por aí.

Toni e eu não precisávamos de muito para jogar conversa fora por horas a fio. Bastou que ele me perguntasse sobre o lançamento de *Returnal* para que tivéssemos assunto suficiente pelo resto da noite. Quando engatávamos em assuntos de jogos, gráficos, cenários e afins, não havia nada que nos tirasse da nossa bolha nerd. Ao chegarmos ao tópico inevitável — o amor —, bebemos mais que o necessário para conseguir lidar com as frustrações.

Meu amigo não tinha nenhuma paixão em especial, mas fora um bom companheiro ao cair no choro comigo quando, um pouco alcoolizado, abri o berreiro falando de Malu. Nem liguei quando Paola ressurgiu das cinzas zombando de nós, completamente suada e com um nível elevadíssimo de estâmina para alguém que havia trabalhado o dia todo.

— Que cena, hein?! — gritou. — O intuito era que você dançasse e beijasse umas bocas, e não que ficasse chorando no escuro.

— Exatamente, por isso eu preferia estar chorando na minha casa. — Sequei os olhos, percebendo o efeito da bebida nos meus sentidos. Olhei ao redor procurando por Gabriel, mas Paola estava sozinha. — Onde o seu amigo tá?

— Já foi pra casa, ele só deu uma passada. — Ela secou o suor da testa e puxou uma cadeira até nossa mesa. Aposto que ele viera apenas conferir se eu não ia aprontar; talvez estivesse convencido de que eu não era nenhum perigo depois de me ver chorar como um bebê. — O que causou esse chororô todo?

Toni e eu nos entreolhamos. Fiz bico, estendendo meu copo vazio. Eu já estava me sentindo tonto demais, mas, se íamos continuar tocando naquele assunto, era melhor que eu não estivesse sóbrio.

— Certo, antes de tudo, vamos igualar nosso nível. — Paola encheu um copo também e suspirou. Um garçom chegou com uma bandeja cheia de shots coloridos e deixou alguns na nossa mesa. — Gabriel também tem me dado motivos pra chorar como um bebê.

Toni e eu arregalamos os olhos, nada preparados para aquela revelação. Eu sabia que havia algo ali!

— *Eu sabia!* — gritei, dando um pulo da cadeira. — *Eu sabia, eu sabia, eu sabia!*

— Seu melhor amigo? — Toni riu. — Não me diga que...

Paola bateu a testa no tampo envernizado da mesa. Quase vi sua estâmina saindo do corpo e acenando um adeus quando ela virou um shot inteiro.

— Como pode alguém ser tão... *tapado*? — choramingou Paola.

— Tá explicado por que você quer me obrigar a ficar com a Malu, nem que seja a última coisa que você faça. — Virei um dos shots, sem entender o sabor daquilo. — Sua vida tá uma merda também, né? É bom não ser o único na fossa.

— Por que você não me erra? — ralhou ela. — Eu tenho um plano, diferente de você, seu bunda-mole. — Em resposta, levei a mão ao peito, me fingindo de ofendido. — Eu tenho, sim, vários empecilhos, mas nenhum deles é capaz de me fazer desistir. A mãe dele ainda ama a ex-nora, e o pai dele é superinimigo do meu pai, o que nos dá *quase* zero chance de ficar juntos. *Porém, todavia e entretanto*, meus amigos, eu não sou do tipo que desiste sem tentar. — Sua voz saiu tão alta que parecia que estava brigando comigo. — Só preciso que ele acorde pra vida. O que há de errado nessa espécie de vocês? Esquisitos molengos!

— E como você pretende passar por isso? — perguntei, finalmente interessado numa desgraça que não fosse a minha. Toni, fuxiqueiro como era, se aproximou para escutar melhor, e eu fiz o mesmo.

Paola fez uma pausa dramática, tomou mais um gole grande de fosse lá o que não parava de chegar à nossa mesa e bateu o copinho no tampo.

— Eu vou dizer o que sinto, mesmo não tendo muita certeza de que ele sinta o mesmo. — Com um olhar sonhador, ela ergueu o punho cerrado. — Se ele me rejeitar, vou conquistá-lo todos os dias, até ele mudar de ideia.

Toni e eu explodimos numa risada histérica, que a fez esboçar um bico enorme. Eu deveria dizer que aquele garoto estava caidinho por ela ou deixá-la descobrir sozinha? Talvez ela fosse a única tapada daquela relação por não perceber.

— Você é maluca — falou Toni, virando um shot e beliscando a porção de linguiça acebolada que àquela altura já devia estar gelada.

— Isso se chama *coragem*. — Paola cruzou as pernas e jogou o cabelo para trás. — Se o Jae tivesse a mesma determinação, provavelmente estaria casado e com filhos.

— Você acha que sabe de tudo, né? — Mostrei a língua. Ela deveria se preocupar com a própria vida amorosa.

— Te falta atitude, meu caro.

Paola, que, eu percebera, era muito mais fraca para bebida do que dizia ser, puxou Toni para um canto e deu um berro para que eu levantasse também.

— Olha e aprende! — ordenou, prensando Toni contra a parede com uma só mão. Por maior que o cara fosse, naquele momento não passava de um ratinho encurralado. — Primeiro, você olha bem no fundo dos olhos dela. — Suas íris escuras fitaram o fundo da alma do meu amigo. Aposto que ele segurava a força dos joelhos para não ceder. — E então diz: *Você me vê como homem agora?* — Toni soltou um suspiro e eu, uma risada. — Ela não vai falar nada, óbvio. Vai ficar com as pernas bambas, igual o Toni, e encarar sua boca. É aí que você vai tascar um beijão e pronto! Problema resolvido.

Paola largou a muralha indefesa e me puxou até que eu ficasse de frente para ele.

— Anda, tenta.

Estagnei. Toni entrou no personagem, amarrando o cabelo inexistente num coque e piscando os olhos escuros para mim.

— Finge que eu sou a Malu — encorajou meu amigo, colocando a mão na cintura e fazendo charme.

Bufei.

Em dias normais, eu não teria aceitado nada daquilo, mas, como contava com uma quantidade considerável de álcool dentro de mim, apenas bufei, me aproximei devagar do meu amigo e, sem graça, o prensei contra a parede.

— Vai, olha bem no fundo dos olhos da Malu e diz: *Você me vê como homem agora?* — ordenou a coach Paola.

— Ele definitivamente não é a Malu.

— *Anda, Jae!* — gritaram os dois, fazendo com que eu me encolhesse.

Bufei outra vez.

Respirei fundo e encarei Toni. Eu queria rir e ao mesmo tempo chorar. Para ser sincero, até de brincadeira fazer aquilo era difícil para mim.

Você me vê como homem agora?, ensaiei em silêncio. Eu meio que queria provar para os dois que podia fazer aquilo, mas não tinha muita certeza se podia mesmo.

— V-Você me... — Por que era tão difícil? — Você me... — Talvez porque, em vez da garota de cabelos cacheados que eu amava, estava prensando um *homem gigante* contra a parede? — Tá legal, isso é pra lá de estranho. Não tô tão bêbado assim, não.

Toni riu e Paola praguejou alto, sem acreditar.

— Melhor você vir no meu lugar — disse meu amigo, trocando de lugar com a garota. Pressionei as têmporas, prestes a ter um ataque. —

Você se parece muito mais com a Malu do que eu. Na verdade, você se parece mais com a Malu do que a própria Malu.

— Eu tenho que fazer tudo sozinha mesmo? — bufou Paola, levando aquilo muito a sério ao prender o cabelo num coque real, diferente de Toni. — Presta atenção, porque eu só vou fazer uma vez!

Paola pegou minha mão esquerda e a colocou sobre sua cintura, posicionando minha mão direita na parede, do jeito que eu deveria prensá-la.

— Desse jeito — ensinou. — E vê se não bate minha cabeça na parede.

— E não esquece de olhar no fundo dos olhos, eu achei meio *blé* a sua encarada, não fiquei de perna bamba. — Toni pegou uma bebida com um guarda-chuvinha da bandeja de um garçom e me observou ao sorver um gole. Cerrei os dentes para ele, quase rosnando.

— Vai, *atitude*! — ordenou Paola.

Tomei mais um gole do meu chope, respirei fundo e sacudi os braços e as pernas, como aqueles jogadores prestes a entrar em campo. Sem pensar demais, segurei a cintura do projeto de Malu à minha frente e a prendi contra a parede.

Paola arregalou os olhos e Toni soltou um "waaaa", como se estivesse assistindo a uma novela.

— *Você me vê como homem agora?*

Ela engasgou e deu uma leve tossida na minha cara. Sorte a dela que eu estava bêbado demais para me preocupar com germes, ou a jogaria no chão.

— Tá ótimo — disse, corada, desviando o olhar e, por fim, me encarando de novo. — Mas, se você me beijar de verdade, eu soco suas bolas.

Só de pirraça, a segurei por mais alguns segundos, fazendo-a se debater, e depois a soltei. Ponto para mim!

— Viu? Eu não sou um bunda-mole — falei, vitorioso, voltando para o meu lugar.

Ela pigarreou e refez o coque, marchando à minha frente.

— Faz isso com ela, então.

14

Malu

— Certo, acredito que a Malu tenha colocado tudo nas cinco páginas de anotação dela. — Marcelo ajeitou os óculos na ponte do nariz e olhou para mim, do outro lado da mesa. Ergui o dedão em aprovação. — Ótimo, precisamos que esse autor assine contrato conosco não importa o que aconteça.

Rabisquei "custe o que custar" no canto da página e circulei algumas vezes de caneta azul.

— Outra coisa: temos alguns autores marcados para visitar o escritório essa semana, entre eles a autora de *Me leve pra casa para o Natal*. — Marcelo olhou de relance para Luna e eu fiz o mesmo, esperando pelo piripaque que eu sabia que viria. Luna era a maior fã da Thaís Dourado. — Pelo amor de Deus, alguém se certifique de que a Luna não vai pular no pescoço da garota, não podemos correr o risco de ela entrar em colapso como quando a N.S. Park veio.

Minha amiga esfregou as palmas, provavelmente suadas, na calça e tentou não demonstrar que estava soltando fogos por dentro.

— Imagina, Marcelo, se o Billie Joe aparece na sua frente. O que você faria? — Ela se defendeu, cordial.

— Um cantor mundialmente conhecido seria mais que motivo suficiente pra surtar; autores nacionais, não.

— E internacional pode? — Ela arqueou uma das sobrancelhas, pronta para brigar.

— Eu não vou entrar nessa discussão com você novamente, Vieira. — Ele balançou as mãos no ar. — Apenas se comporte.

Luna bufou.

— Sem mais delongas, se esforcem para que *Excelência na paternidade: como suprir as necessidades afetivas do seu filho* seja publicado conosco. Fim de reunião. — Marcelo recolheu suas coisas da mesa e saiu resmungando, bravo por Luna comparar sua autora favorita com Billie Joe.

Fechei o caderno e suspirei, relaxando o corpo na cadeira quando Marcelo saiu da sala de reuniões.

Eu amava meu trabalho e era um sentimento maravilhoso toda vez que começávamos um novo processo de publicação, no entanto também era um pouco cansativo. Cuidávamos de várias publicações ao mesmo tempo e, como produtora editorial, cabia a mim elaborar e acompanhar a edição de cada uma e cuidar de todos os mínimos detalhes.

— O que temos pra hoje? — perguntou Lu, colocando os pés em cima da mesa e cruzando os braços atrás da cabeça.

— O Jae me chamou para ir numa balada na Augusta — resmunguei.

— Perfeito, dá tempo de a gente se arrumar?

Franzi as sobrancelhas para a garota, que checava seu reflexo na tela do celular.

— Eu não vou.

Luna se virou indignada na minha direção, como se eu tivesse dito que estava planejando matar o presidente da República.

— Como assim, você *não vai*?

Fiz um barulho engraçado com a boca, enchendo as bochechas de ar.

— A namorada dele vai também.

— Ótimo! Essa é uma boa ocasião pra gente sequestrar ela — falou minha amiga, séria até demais.

Às vezes, eu me perguntava se ela estava mesmo considerando o sequestro.

— Você anda assistindo muito *Vincenzo*. — Dei um tapa em seu braço. — Não vamos sequestrar ninguém.

— *Un diavolo scaccia l'altro* — ela imitou a fala do personagem, que significava "Um diabo persegue o outro", fazendo uma coxinha com a mão e chacoalhando, fingindo saber o mínimo de italiano.

— Estou cansada e odeio balada, qual é a minha razão para ir? — Suspirei. — Não tô pronta pra outra crise de ansiedade.

— Tá com medo de gostar dela e não poder odiá-la pelo resto da vida? — Luna arqueou uma sobrancelha.

— Eu só prefiro não saber quanto ela é superior.

Senti os olhos da minha amiga me queimarem como laser.

— Eu vou enfiar sua cabeça na privada se você disser isso outra vez, *Maria*!

Como ela ousava me chamar por aquele nome?

— Não abusa, Luna! — falei, num tom de aviso.

— Não gostou? — Ela mostrou a língua. — Que tal *Maria Pra...* Ai! — gritou Luna quando agarrei seu cabelo, antes que ela terminasse de dizer o inominável. — *Ai, Maria!*

Lu agarrou meu cabelo também e ficamos enroscadas uma na outra, até que Fabrício abrisse a porta, de boca aberta, e tentasse nos separar.

— Que é isso, gente? — perguntou o estagiário, desesperado, tentando me desgrudar do cabelo da minha amiga. — Marcelo!

Meu chefe nem se deu ao trabalho de se levantar, apenas gritou de sua sala:

— Você se acostuma, garoto! Se ficar no meio, o próximo cabelo agarrado vai ser o seu.

Marcelo nos conhecia bem até demais.

— Me chamar de Maria eu até aceito — gritei, agarrando também o cabelo de Fabrício, que tentava nos separar. — Agora, ameaçar com o último nome foi de lascar, Luna!

— Você é muito superior àquela imitação barata sua! — berrou minha amiga, puxando a parte de trás do meu cabelo, me fazendo dar um gritinho. — Não vou deixar você se achar inferior a ninguém nesse mundo, *Maria*! Eu te amo, sua cachorra. *Ai, meu cabelo!*

— Eu te amo mais! — gritei, puxando mais forte.

Luna grudou na cabeça de Fabrício também.

— Gente, me solta, pelo amor de Deus! — gritou o estagiário.

— *Vamos tomar um café?* — gritou Luna, como se estivesse me xingando de um palavrão bem feio.

— *Agora!* — devolvi no mesmo tom.

Então, ela soltou meu cabelo e eu soltei o dela. Nós duas ainda segurávamos o cabelo do garoto.

— Se eu soubesse que um café resolveria tudo, eu mesmo teria trazido — murmurou Fabrício. — Andem, me soltem!

Sorrimos amarelo, soltando seus fios que, com muita sorte, não desgrudaram de sua cabeça.

— Elas se entendem. — Calmamente, Marcelo entrou na sala bebericando uma caneca cheia de café e pegando uma pasta em cima da mesa. — Esqueci isso, podem continuar.

E saiu.

— A gente vai nessa balada hoje de qualquer jeito, e eu não aceito "não" como resposta! — ordenou Luna, colocando seu cabelo de volta no lugar e desenrolando dos dedos alguns fios cacheados tirados da minha cabeça.

— Que seja. — Bufei. — Se eu tiver uma crise, a culpa é sua.

— É pra isso que existe cachaça — falou, séria, ao passar pela porta e me ver ainda sentada. — Você não vem?

Eu não conseguia acreditar que Luna tinha me convencido a fazer aquilo. Eu nunca escolheria ir a uma balada por vontade própria, ainda mais usando um vestido desconfortável daqueles. Que eu estava linda era fato, mas se eu caísse de bêbada, o que era totalmente possível, não teria uma só parte minha que não ficaria à mostra.

Encarei minha imagem no espelho: até que não estava nada mal. O vestidinho branco de franjinha desenhava bem o meu corpo, mas eu não tinha muita certeza de que não ia chamar atenção demais.

— Não tá muito exagerado? — murmurei, murchando um pouco a barriga em frente ao espelho.

Lu saiu em direção ao banheiro de seu quarto, sem dizer nada, e, em alguns minutos, voltou dentro de um vestido vermelho de alcinha.

Uma ao lado da outra, parecíamos um conjunto de enfeites de Natal.

— Brilho nunca é demais — disse, posando para uma selfie no espelho. Me ajeitei ao seu lado também e fiz o sinal da paz com os dedos antes de o flash estragar a foto.

Luna tirou diversas fotos de mim e de si mesma no nosso caminho até a Augusta. O motorista do Uber provavelmente não aguentava mais a garota tentando colocar minha autoestima lá em cima sempre que tirava uma foto minha. Na porta da balada, lutei contra mim mesma diversas vezes para não dar meia-volta e ir para casa.

— Isso tem cara de lugar que eu odeio.

— Pois aprenda a gostar, pelo menos por hoje. É dia de conhecer a namorada do seu irmão mais novo — zombou Luna, segurando o riso. — O que foi? Era você quem dizia que...

Pressionei o indicador em seus lábios para que ela calasse a boca.

— Eu sei exatamente o que eu dizia, Luna — reclamei, brava com minha própria estupidez. — Vamos entrar logo. Quanto antes isso acabar, melhor.

Mergulhamos naquele mar de gente suada e fedida. O cheiro de maconha era forte demais logo na entrada, e a máquina de fumaça fora colocada exageradamente no máximo, com certeza, já que eu mal era capaz de enxergar as pessoas à minha frente. Liguei para Jae algumas vezes, mas ele não atendeu, e eu sabia que isso aconteceria. Ele nem devia saber onde estava o telefone.

— Como vamos achar eles? — reclamei, sacudindo o telefone na frente da Luna.

— Procurando.

Andamos no meio da multidão, nos esquivando de caras que tentavam dançar com a gente e dançando de vez em quando com algum grupo de garotas, tentando localizá-los.

— Acho que tô vendo o Toni! — gritou Lu ao meu lado, apontando para a direção dele, enquanto eu tentava a todo custo dispensar um loirinho gato que não saía do meu pé.

— Moço, me desculpa — falei quando ele chegou perto demais de mim sem dizer nada. — Hoje não vai rolar, não.

— Você tem namorado? — perguntou o garoto, mais novo que eu com certeza, fazendo um biquinho fofo.

— Não tenho, eu só...

— Luísa! — gritou minha amiga enquanto nos aproximávamos de Toni.

O garoto segurou minha mão de leve no mesmo instante em que eu vi Jae agarrado na cintura da namorada, prensando-a contra a parede, os lábios próximos de seu rosto corado.

Sem controle nenhum de mim mesma, fechei os olhos no mesmo instante e me virei para o loirinho, que me encarava com esperança. Quando olhei de novo para a cena que partiu meu coração, Jae estava de volta à mesa. De repente, seus olhos estavam nos meus.

Eu não sabia onde enfiar a cara. Ele me encarou em um misto de felicidade e dúvida que me revirou o estômago e, quando dei por mim, já estava com a boca colada na do garoto insistente.

Luna gritou um "uhuuuuu" e as pessoas à minha volta fizeram o maior auê, gerando uma grande comoção com o beijo. Em um timing inconveniente, a música mudou para a versão funk remix de "Eu era", de Marcos & Belutti, e não consegui acreditar em como o destino podia ser malvado comigo.

> *Beijou a boca errada, lembrou da boca certa*
> *Entrou numa gelada, lembrou da minha coberta*
> *Sabe esse alguém perfeito que você tanto espera?*
> *Eu era, eu era.*

Droga de DJ.

Terminei aquele beijo, que não foi nada ruim, na verdade, e empurrei o garoto para longe. *Para longe de Jae.*

— Como é o seu nome, garoto? — perguntei em seu ouvido.

— Pedro.

— Certo, obrigada por isso, Pedro, mas eu preciso ir embora. — Meu Deus, agora que eu prestava mais atenção, o garoto parecia *muito* mais novo que eu.

— Já? — Ele arregalou os olhos e segurou minha cintura. Aproveitei para dar uma olhada por cima do ombro e ver Jae nos encarando, horrorizado.

— Pois é, eu não devia nem ter vindo — falei, desnorteada. — Anda, me leva até aquela porta e vai procurar uma garota mais nova pra dar em cima.

Dançamos rápido demais no caminho até a porta de saída, o garoto ainda grudado no meu cangote. Desgrudei suas mãos da minha cintura quando vi Luna correndo para nos alcançar, parando para dançar rapidamente com algum rapaz que chamara sua atenção. Aquele lugar parecia um campo minado.

— Me dá seu telefone? — ele pediu e eu chacoalhei a cabeça em negativa, como se uma abelha tivesse pousado em mim. Ele riu. — Posso saber seu nome pelo menos? — Juro que quase dava para ver corações no lugar de suas pupilas.

Mordi o lábio. Minha amiga que me perdoasse.

— *Luna* — falei.

— Te vejo por aí então, *Luna*. — Ele me deu uma piscadela.

— Aposto que não — gritei, puxando a verdadeira Luna pelo braço e correndo quando ela finalmente chegou perto de mim.

Minha amiga estava ofegante, mas não mais do que eu. Seu cabelo preto e escorrido estava jogado para trás das orelhas, e o batom vermelho, um pouco borrado. Eu havia perdido alguma coisa?

— O que acabou de acontecer aqui? — perguntou Lu, e eu choraminguei enquanto pedia um Uber pelo aplicativo.

— Nada que não fosse esperado de uma Malu em desespero, Luna! — falei, brava. — Eu não devia ter vindo, sabia que ia fazer merda! Eu sempre faço.

— Isso não foi por causa das cervejas que tomamos antes de sair, foi?

— Não, estou bastante consciente, infelizmente.

Um carro preto encostou na frente da balada depois de um silêncio intenso e cheio de agonia e, no momento em que minha amiga abriu a porta para que eu pudesse entrar, Jae apareceu correndo, gritando meu nome.

Luna me empurrou para dentro do carro com uma bundada e entrou logo depois. Atrás dele, a tal da namorada veio correndo também e, em seguida, Toni.

— Foi mal, Jae! Temos que correr! — falou Luna.

— O que aconteceu? — perguntou ele, desesperado, encostando na janela aberta do carro. — Por que você tá chorando, Malu?

— Ela... hã... — Luna gaguejou. Ela ainda não havia percebido meu choro. — Ela... Sabe o que é? Dor de barriga! Isso! Aposto que você entende — completou, e eu dei um pisão com o salto em seu dedo. — *Ahhhh* — grunhiu. — Ela quase fez nas calças, igual no casamento. Precisamos correr, porque essa é das bravas. *Não é, Maluzinha?*

Não queria dizer a Jae que estava quase me borrando de novo, porque não era verdade e eu sabia que Lu estava exagerando por vingança. Por outro lado, eu não queria ficar ali com ele e a namorada, ainda mais depois de vê-los quase se beijando.

— Hm… é verdade. — Fingi dor, colocando a mão na barriga. — Motorista, corre, por favor.

— Ela vai ficar bem? — perguntou a namorada de Jae, segurando num dos braços dele.

— Espero que sim — respondeu ele, sincero, e nos deixou ir quando Luna subiu o vidro da janela e o carro saiu.

Encarei minha amiga e cruzei os braços. Que desculpa mais horrível!

— Não acredito que você disse aquilo na frente dele — briguei.

— Amiga, você *literalmente* se borrou enquanto ele segurava seu vestido de noiva. Você acha mesmo que só dizer que tá com dor de barriga vai causar alguma comoção? — Riu.

O pior de tudo é que ela tinha razão.

— Ah, droga! Antes era diferente…

Joguei a cabeça para trás e resmunguei, ao passo que o motorista tentava, ao máximo, fingir que não estava no carro. O coitado mal respirava.

Minha amiga chegou com o ombro mais perto de mim e eu inclinei a cabeça sobre ela, podendo enfim chorar, como se fôssemos as únicas no carro.

Nós duas e os meus problemas.

15

Jae Hun

— Eu preciso ver se tá tudo bem com ela, Toni — choraminguei, fazendo um sinal com a mão para pegar um táxi.

Toni fechou a porta do carro assim que a abri e se desculpou com o motorista, dizendo que eu não estava muito bem e esperaria um pouco para ir embora.

— Cara, você bebeu demais, não tá em condições de cuidar nem de si mesmo.

Tudo bem, há alguns minutos eu não estava mesmo, mas ver Malu beijando outro cara fez com que qualquer resquício de embriaguez parecesse evaporar.

— Eu estou ótimo! — esbravejei, talvez nem tão ótimo assim.

— Jae, a garota tá sofrendo com uma dor de barriga. — Paola deu dois tapinhas camaradas nas minhas costas. — Não acho que ela vai te querer por perto.

— Isso nunca foi um problema pra nós, acredite.

Na verdade, naqueles momentos, eu era o *único* que ela iria querer por perto.

Toni me lançou um olhar reprovador, que eu sabia exatamente o que significava: eu estava em pedaços por flagrar Malu com outro cara e ainda assim insistia em ir vê-la. Eu estava triste, claro, mas já estive nessa situação vezes demais para perder o chão de novo.

— Quer saber? — falei, sentindo o álcool voltar a fazer efeito depois da dose de adrenalina. — Eu vou me declarar pra ela.

— *Você vai o quê?* — Paola riu, tirando o telefone do bolso e apontando a câmera para mim. — Fala de novo.

— Eu vou me declarar pra Malu! — Coloquei a mão na cintura, decidido. — Tá rindo do quê, ô, palhaça?

— Ah, é? — Ela gargalhou. — E como você vai fazer? Mostra aí.

Sem pensar duas vezes, cambaleei até Toni e o empurrei contra a parede. Talvez forte demais.

— *Você me vê como homem agora?* — falei, sedutor, olhando no fundo dos olhos do meu amigo, levando toda aquela situação *muito* a sério.

Era o que eu faria! Nem que fosse a última coisa da minha vida.

— Uau! — gritou Paola, ainda gravando. — Bambeou as pernas, Toni?

— Questionei minha sexualidade duas vezes depois dessa — respondeu Toni, ainda bem perto, então me deu um tapinha amigo na bochecha. — Você tá pronto, cara! Melhor irmos enquanto você tem coragem, então.

— *Kaja!* — gritei em coreano, uma mão apontando para o céu e a outra apoiada na cintura.

Decidido, dei o primeiro passo em direção à rua. Minha confiança e bravura esfriaram um pouco ao dar o segundo, e eu precisei me curvar no terceiro, apoiando as mãos nos joelhos.

— Mas só depois que eu...

Game over.

Eu sempre me perguntei qual seria o gosto da coragem, já que nunca fui um cara muito destemido e, quando a joguei para fora, finalmente descobri.

Era amargo.

NO DIA DO SEU CASAMENTO

— *Malu!* — gritei, com força, assim que abri os olhos e senti o teto girar. A primeira coisa que recebi foi um tapa.

— Não te carreguei nove meses na barriga, vomitando e fazendo xixi na calça, pra você gritar o nome de outra pessoa quando acordasse do coma, Park Jae Hun! — Minha mãe, que estava parada com uma bandeja em frente à minha cama, desatou a falar, brava, batendo uma almofada na minha cara.

— Coma? Ai! — exclamei, confuso, cuspindo os pelos azuis da almofada. — Como eu vim parar em casa? Que horas são?

— Ah, bonitão! Não lembra, é? — Mamãe colocou a bandeja em cima de uma caixa fechada ao lado da minha cama e arregaçou as mangas da blusa. Eu não precisava pensar duas vezes para saber o que estava prestes a acontecer. — Você. Voltou. Bêbado. Pra. Casa. Carregado. Pelos. Seus. Amigos. — Cada palavra dita era seguida de um tapa bem ardido. — Foi isso que te ensinei, Park Jae Hun? Eu não gastei um rim pra te formar numa escola adventista e você virar um alcoólatra, não! — gritou. — *Sseulegi!*

— *Omma!* — gritei. — *Apayo!*

— Se eu te pegar nesse estado de novo, Jae Hun, não vai sobrar um pedacinho seu pra contar história.

Assenti, cobrindo o rosto enquanto ela saía, brava, do meu quarto.

— E coma a droga da fruta que eu trouxe! — gritou antes de bater a porta.

Omma às vezes era assustadora.

Meus amigos sempre achavam que, por ter crescido nos Estados Unidos, ela fosse do tipo carinhosa e cuidadosa — o que de fato era, na maior parte do tempo. Porém o que eles não sabiam era que, aos dezoito anos, quando mamãe voltou para a Coreia, ela aprendeu *tudo* com as *ahjummas* que trabalhavam na casa dos meus avós.

Na minha infância, quando ainda morávamos em Nova York, *omma* sempre me levava para brincar com outras crianças no parque. Era engraçado quando algum amigo se machucava. Suas mães corriam até eles, davam beijinho no ferimento, assopravam e diziam que tudo ficaria bem, enquanto a minha só levantava a cabeça e gritava: *Sacode a poeira e levanta, do chão não passa.*

Além do mais, pensa numa criança que levou cascudo? Fui eu! Eu ainda acharia as *ahjummas* de Busan e reclamaria por elas terem ensinado a maternidade coreana para minha mãe.

— Levanta dessa cama! — A voz da minha mãe interrompeu meus pensamentos como um barulho de trovão e, mesmo que ela estivesse lá embaixo, dei um pulo da cama para evitar mais um tapa. Nunca se sabe, mães têm superpoderes.

Olhei para a caixa fechada ao lado do meu colchão e decidi, de uma vez por todas, comer as frutas que mamãe me trouxe e montar aquela bendita cômoda, antes que o restante dos móveis do quarto chegasse e se acumulasse para eu montar de uma vez só. Onde eu estava com a cabeça quando deixei minha mãe doar tudo do meu quarto?

Coloquei a bandeja em cima da cama e rasguei a caixa, tirando tudo de dentro e procurando o manual. Me lembrei da minha situação fatídica assim que ouvi o celular vibrar embaixo da cama. Por que aquilo estava ali, caramba? A última coisa que eu me recordava era de vomitar tudo que eu tinha dentro de mim do lado de fora da boate.

Você foi adicionado ao grupo
~ o dia mais louco de nossas vidas ~

Paola: E aí, manezão, tá vivo?

Toni: Não acredito que me fizeram pagar a conta sozinho! O rico é o Jae, não eu! Quero reembolso com bônus, te arrastei sozinho pra casa, a Paola só olhou. Não sabia que osso pesava tanto!

NO DIA DO SEU CASAMENTO

> **Paola:** Toma vergonha, Toni! Você é maior que uma porta, o que é o peso desse magrelo desnutrido pra você?

> **Jae:** O que rolou?

> **Paola:** Ah, Jae! Nada de mais... *Você só desfaleceu depois de tomar a decisão mais importante da sua vida, seu mané!*

> **Jae:** O quê? Que decisão?

> **Toni:** Tá me zoando? Você finalmente decidiu se declarar pra Malu e arcar com as consequências e não lembra?

> **Jae:** HAHAHAHA tem base um trem desse? Eu nunca disse isso!

Paola enviou um vídeo.

Droga!

> **Paola:** Se der pra trás dessa vez, eu mando esse vídeo pra ela.

Ela não faria isso.

> **Paola:** Tá duvidando de mim?

Pensando bem...

> **Jae:** Me deixa pensar um pouco, acabei de acordar de uma noite louca.

> **Paola:** Acho bom pensar bem! Dessa vez você não me escapa, Jae Hun!

Droga! Minha vida era um caos atrás do outro, e tudo sempre tinha a ver com Malu.

Lancei o telefone sobre a cama e me joguei sobre o tapete cheio de pedaços de isopor. E agora?

Minha cabeça era um misto de "resolvo", "não resolvo", e a cada cinco segundos eu mudava de ideia. O fato de estar acostumado a ver Malu com outros caras só me provava que estava mais do que na hora de dar uma jogada decisiva na minha vida. Aquele sofrimento todo teria que acabar um dia, certo? De um jeito ou de outro. E, se eu já tinha decidido que não poderia viver o resto da vida assim, por que foi que voltei atrás?

Respirei fundo algumas vezes antes de digitar o número de Malu, que eu sabia de cor e salteado.

— *Alô?* — Ouvi sua voz baixinha do outro lado; ela devia estar mal mesmo.

— Maluzinha — chamei, carinhoso —, você tá melhor?

— *Hã... é, mais ou menos.*

— Tá precisando de alguma coisa? Já comeu? Quer que eu te leve comida? A *omma* disse que vai fazer lasanha hoje e...

— *Não precisa!* — interrompeu. — *Eu... Eu tô bem. Já tô acostumada com isso, você sabe.*

— Tomou remédio?

— *Aham.*

— Quer... ir ao fliperama hoje?

Um silêncio doloroso se fez na linha. Pensei que, talvez, se fôssemos ao fliperama, poderíamos conversar e ser honestos um com o outro. Aquilo não podia continuar.

— *Não posso, tô arrumando as malas* — ela finalmente respondeu, depois do que pareceu uma eternidade.

— Que malas? — Franzi a testa.

Ela suspirou, como se não tivesse mais forças.

— *Da minha viagem, Jae.*

Droga, a maldita viagem já era naquela semana? Ela pelo menos assistiria à apresentação do meu TCC, né? Eu precisava dela lá!

— Malu... — perguntei, incerto. — Estamos bem?

Outro silêncio longo se fez na linha.

— *Claro que estamos* — disse, por fim.

— Tá legal. — Sua resposta não me convencera muito. — Te vejo amanhã, então?

— *Te vejo no dia da sua apresentação* — respondeu ela, seca. — *Boa sorte.*

Então desligou sem dizer mais nada.

Eu precisava encontrar a raiz do nosso problema e resolver, não aguentava mais sentir que havia alguma coisa acontecendo com ela e que eu não podia ajudar. E que tensão era aquela entre a gente? Em quinze anos nós *nunca* tivemos uma fase tão ruim. Nem quando, mais novo, eu insistia que gostava dela e ela vivia dizendo: *Nós somos melhores amigos, Jae! E vamos continuar assim!*

Ciente de que não encontraria respostas naquele momento, me concentrei em levar o resto do dia para montar aquela maldita cômoda com trezentas gavetas. Afinal o que mais eu poderia fazer além de ocupar a cabeça e me impedir de enlouquecer?

Eu não sabia se era pela convivência extrema com Malu ou por algum outro motivo, mas, de repente, tudo que me deixava nervoso demais afetava minha barriga. Eu estava a trinta minutos de me apresentar para a banca da faculdade e não conseguia sair do banheiro.

— Cara, você precisa sair daí! — disse Toni, desesperado, batendo na porta. — É sério agora! Sua vez tá chegando.

— Não consigo, Toni — choraminguei. — Se eu sair daqui...

— O que você vai fazer? Eu deveria entrar lá e avisar todo mundo que você tá com piriri?

— O quê?! — gritei. — Lógico que não!

Ele riu.

— O que eu faço, então?

Droga, droga, droga!

— Acha a Malu.

— Por acaso ela tem uma rolha ou algo do tipo? — zombou, e eu dei um chute em seu pé pela abertura embaixo da porta da cabine.

— Ela tem remédio, idiota!

Cinco minutos se passaram depois que Toni saiu... Então dez, e foi aí que o desespero começou a me apertar. Eu não podia arruinar tudo no dia da apresentação do meu TCC, aquela era a última missão para acabar com minha tortura! Eu só queria meu diploma, paz e algum dinheiro na conta. Era pedir demais que as coisas dessem certo pelo menos no último dia da minha guerra como estudante?

— *Jae?* — Ouvi a voz de Malu gritar do lado de fora. — *Jae!*

— Tô aqui dentro — gritei, aliviado.

— Não se preocupa, eu cheguei! Vem pegar!

Juntei as calças para sair, mas não precisei nem de meio segundo para provar que aquilo seria uma missão impossível.

— Malu? — gritei, envergonhado. — Sabe o que é? É que...

Com que cara eu pediria a ela que entrasse no banheiro masculino?

— Tá legal, Huni, eu já entendi. — Ela bateu a porta na parede e entrou com tudo no banheiro, procurando pela minha cabine, como uma super-heroína.

Eu não tinha tempo para ficar bravo por ela entrar e resmungar um: *Um dia é da caça e o outro, do caçador, hein?* Apenas aceitei o remédio e a garrafa de Gatorade que ela me passou por baixo da porta e esperei.

— Jae? — ela chamou antes de sair. — Vou avisar o seu professor pra passar alguém na frente, mas antes disso só queria... sabe? Te dizer uma coisa que eu sempre quis dizer e...

O quê? Ela iria se declarar para mim ou algo do tipo? Enquanto eu estava numa situação daquelas? Pensei duas vezes antes de responder. No entanto, se aquele fosse mesmo o caso, era melhor daquele jeito do que nunca, certo?

— O q-quê? — perguntei, baixo.

Ela coçou a garganta, respirou fundo e então disse:

— *Cuida da alma, porque o corpo tá podre!*

Uma risada estridente explodiu, ecoando por todo o banheiro. Nem precisei olhar para saber que ela devia estar saltitando banheiro afora, com os olhos cheios d'água e batendo nos joelhos de tanto rir.

Se declarar? *Hunf,* como se eu não conhecesse Malu.

Respirei fundo várias vezes antes de decidir que estava pronto para me levantar. Eu estava com medo do quê, se sabia que estava mais do que preparado para a apresentação?

Corri em direção ao auditório e cochichei no ouvido do orientador, dizendo que estava pronto para começar e que poderia ser o próximo.

De longe, minha mãe fez mímica com os lábios, perguntando se estava tudo bem. Fiz que sim com a cabeça ao subir no palco, me preparando para entrar em cena, e cerrei os punhos para Malu quando ela tapou o nariz e zombou de mim. Salvei aquela ingrata de um vexame pior na cerimônia de casamento dela para, na hora do meu aperto, me zoar daquele jeito? Uma pentelha, como sempre foi desde criança!

Bufei, tentando não pensar nisso, e procurei pelos rostos que me confortavam na plateia. *Omma* estava sentada ao lado de Malu, segurando sua mão, emocionada. *Appa* e os pais de Malu me encaravam, orgulhosos, me desejando força, e, bem no fundo da sala, no cantinho da última fileira, encontrei Paola ao lado de Toni, erguendo o dedão em apoio.

Ajeitei o microfone de lapela e soltei uma lufada de ar assim que a luz do auditório se apagou e um holofote acima de mim se acendeu aos poucos.

— Olá — comecei, exalando confiança. Minhas mãos estavam suadas; as pernas, bambas. Eu odiava ser o centro das atenções, mas ninguém precisava saber. — Meu nome é Park Jae Hun e hoje vou falar sobre a cultura visual coreana: a interseção entre a arte e o design gráfico.

16

Malu

— Tem certeza de que já tá tudo na mala? — perguntei pela milésima vez enquanto Luna tentava terminar uma diagramação.

— Malu, pelo amor de Deus, cara! — esbravejou ela. — Você já perguntou umas seis vezes, a droga da mala tá pronta! Tem roupa pra eu viver um mês fora se quiser.

Respirei fundo e me sentei novamente, batucando os dedos sobre o tampo da mesa.

A ansiedade de voar, sem culpa, para as ilhas Maldivas estava nas alturas. Eu estava certa de que voltaria uma nova pessoa. Seria uma versão purificada e bronzeada de mim mesma e, com sorte, teria também um pouquinho de vergonha na cara.

— Agora para de falar comigo! Preciso terminar isso antes da reunião, que é em trinta minutos — ralhou.

Luna enfim conheceria a sua autora do coração e não poderia estar mais nervosa. O resumo do dia foi tentar acalmar seu surto e fazê-la parar de hiperventilar. Seus dedos pareciam bicas, suando a ponto de melecar o mouse rosa-choque, e eu podia ver as gotículas de suor se amontoarem em seu buço por fazer.

— Amiga, relaxa aí, vai? — Ergui a cabeça da tela do meu computador, apenas para encontrá-la fazendo uma careta, me imitando. — Ela é uma pessoa normal, assim como você. Não tem motivo pra essa paranoia toda.

— Eu vou fazer a melhor diagramação de todos os tempos! — bradou, decidida, coçando a pintinha acima da boca e colocando o cabelo atrás da orelha. — E isso vai deixá-la ainda mais famosa! O livro vai ficar tão lindo que ela vai querer chorar, e nós vamos virar melhores amigas e sair para beber.

Juntei as sobrancelhas e cruzei os braços.

— Se você se comportar, posso te levar também. — Ela franziu o cenho, percebendo meu ciúme. — Agora, para de me amolar.

Esbocei um bico enorme e me virei para a mesa de Fabrício, que, ciente de que seria o próximo que eu aporrinharia, deu um suspiro longo em resposta.

— Não, eu não terminei os orçamentos ainda, Malu. — Ele ensaiou um sorriso, ainda que cansado, e voltou a mastigar seu chiclete de menta.

Pelas horas seguintes eu estaria livre. Depois da cena de Jae com a namorada na balada, tentei fingir que nada estava acontecendo. Fui à sua apresentação, jantei com nossos pais para comemorar — me questionando um milhão de vezes por que ele não tinha levado a namorada — e segui a vida, me convencendo de que estava tudo normal. Além disso, me entupi de trabalho e adiantei tudo o que podia, fugindo de qualquer momento de descanso que me desse tempo para surtar.

Até agora.

Naqueles meros minutos, batucando a mesa e tentando arrancar uma figurinha velha da Hello Kitty grudada no meu monitor, me lembrei do fato infeliz de que Jae estava mesmo namorando. Tentei concentrar toda a minha atenção na árdua tarefa de não pensar demais, falhando miseravelmente. *Será que ele gosta mesmo dela? Por que não a levou ao jantar? Será que os pais dele ainda não sabem da garota? Mas por que ele não contaria? Além do mais, por que diabos ele não falou dela para mim? Será que...*

— Ah, inferno! — gritei, chacoalhando a cabeça com força, de um lado para o outro, na esperança de afastar os questionamentos.

Marcelo levantou os olhos de seu computador, e consegui ver pela sua porta entreaberta que ele ria da minha cara. Fabrício riu baixo com Luna, e os demais funcionários, que ficavam do outro lado da sala, apenas me encararam como se eu fosse maluca.

Não que eu não fosse mesmo. Já não tinha muita certeza de nada àquela altura do campeonato.

Escrevi na minha agenda "voltar para a terapia" e sublinhei a frase duas vezes com caneta roxa. A primeira coisa que faria quando retornasse da minha viagem terapêutica seria marcar uma terapia *de verdade*.

— Com licença... — Ouvi uma voz acanhada e fina ressoar da porta automática e, assim que Luna se virou e deu de cara com uma cabeleira ruiva enrolada, ficou petrificada.

Minha amiga não se mexeu nem disse nada. Tudo o que fez foi congelar, com um sorriso assustado e desespero estampado nos olhos esbugalhados. Ela tinha mesmo que ter uma crise de pânico agora?

Eu me levantei rapidamente e fui receber a garota, que esperava em pé na entrada, sem saber o que fazer.

— Oi... — falou ela, com um sorriso sem graça, coçando o pescoço.
— Hã... eu tenho uma reunião com o Marcelo.

— Thaís, certo? — Esbocei um sorriso, e a jovem assentiu.

Não era possível que ela tivesse vinte e quatro anos. Eu não sabia se era pelo fato de estar usando um vestidinho escuro de alcinha por cima de uma blusa branca de manga curta ou pela forma que piscava, sem graça, enquanto eu a analisava, mas ela não parecia ter mais que dezesseis anos. Marcelo só podia ter me dado as informações erradas.

Desviei o olhar para a aliança brilhante em sua mão esquerda, que tamborilava a coxa, e suspirei. Talvez ele não estivesse errado. Ela só parecia nova demais e não teve muita sorte ao passar pela fila do peito no céu, tadinha.

— Certo, vem comigo.

Guiei a garota até a sala onde meu chefe já a esperava e corri até minha mesa. Luna ainda estava paralisada.

— Acorda pra vida, pelo amor de Deus. Se você não se recompuser, o Marcelo vai surtar! — Estalei os dedos em frente ao rosto dela. — A menina tá mais perdida que amendoim em boca de banguelo, Lu. Veste sua cara profissional e move essa bunda pra sala de reuniões, agora! — briguei, empurrando-a até a sala.

Luna se arrastou devagar até a porta, me lançou um último olhar daqueles que pediam socorro e respirou fundo antes de entrar na sala.

Eu me joguei novamente na cadeira e tirei meus saltos novos, que eram lindos de morrer. Chequei as redes sociais e acabei caindo no perfil de Jae e rolando seu feed até a primeira publicação, de muito tempo atrás. Rolei de volta para o topo: fotos de paisagem, fanarts de seus webtoons, marketing das suas histórias novas e algumas fotos nossas formavam uma harmonia de cores, cada foto com uma quantidade absurda de likes.

Entre dois banners de divulgação, encontrei algo que ainda não tinha visto: uma foto minha segurando uma arminha de mentira, com a língua para fora e um dos olhos fechado. Era do dia em que quase perdi a minha pouca sanidade tentando ganhar aquele urso maldito em seu aniversário.

Na legenda da foto, com mais de vinte mil curtidas, ele escreveu:

Roxy, eu daria meu mundo por você.

Eu conhecia aquele nome e aquela frase bem até demais. Roxy era o nome que eu havia escolhido para a personagem do webtoon, que ele insistiu em desenhar igualzinha a mim. Em *One More Try*, Jae escreveu sobre uma garota, estudante de medicina, que era apaixonada pelo melhor amigo de infância, o qual trabalhava como pintor. A história deles era uma delícia e me fazia sentir como se nós fôssemos os próprios personagens. Jae conseguia falar claramente sobre todos os sentimentos envolvidos, e eu, como uma boa leitora, ficava fascinada a cada capítulo e ilustração. Era incrível!

Quando ele começou a postar a história, três anos antes, não tínhamos nenhuma expectativa. Um ano depois, o webtoon foi indicado num canal superfamoso de uma youtuber americano-coreana, e foi aí que a mágica aconteceu. Eu comecei a trabalhar na tradução para o português, já que o webtoon era originalmente em inglês, e ele, para sua língua nativa, o coreano, o que o fez virar febre logo que lançou. E foi assim que, mesmo sem querer admitir, Jae ficou famoso.

Ele não era muito fã de aparecer e odiava ser o centro das atenções. A maioria das fotos que postava de si mesmo era com o rosto escondido num capuz e máscara, ou então embaçava o suficiente para que ninguém fizesse uma daquelas montagens constrangedoras dele sem camisa.

No começo, ele vivia dizendo que morria de medo de ficar muito famoso e perder a liberdade, e eu precisei lembrá-lo várias vezes de que ele estava no Brasil. Aquele tipo de coisa só acontecia em seu país de origem e em dramas.

— Luísa, o autor de *Excelência na paternidade* mandou um e-mail dizendo que não pode vir pra reunião, a mulher dele acabou de entrar em trabalho de parto — informou Fabrício, interrompendo meus pensamentos, com uma careta engraçada no rosto.

— Certo. Boa sorte pra vocês que vão cuidar disso, porque eu só volto na semana que vem — vibrei.

— Bom, acho que vai sobrar para o Marcelo então, já que eu vou estar em semana de provas e não venho trabalhar. — Ele sorriu triunfante e eu dei de ombros, não era problema meu.

Se a minha última reunião do dia seria com esse autor, o tal de P. Prado, e eu não tinha mais nada de interessante para fazer, aquilo significava que eu estava livre para ir embora e terminar de arrumar minhas coisas para a viagem. Quer dizer, não que já não tivesse arrumado tudo uma semana antes, por ansiedade, mas eu tinha certeza de que, se conferisse pela quarta vez, perceberia que estava faltando algo.

No intervalo da reunião com Thaís, bati à porta e falei com meu chefe. Luna já estava bem mais calma e convencida de que a autora era uma pessoa mais normal do que ela havia imaginado. Era gostoso vê-la conversar com um sorrisão no rosto, eu sabia como minha amiga admirava aquela autora.

Marcelo cochichou que Huni teria problemas para fazer aquela capa, porque a autora era muito indecisa, e fez uma careta, o que acabou me fazendo rir também. Quando ele me dispensou, peguei minha bolsa e fui embora o mais rápido que pude. Será que eu deveria levar secador de cabelo? Mesmo que odiasse alisar meus cachos, era possível que eu precisasse por algum motivo, certo?

Por via das dúvidas, assim que cheguei em casa, coloquei dois na mala, só para o caso de um queimar.

Acordei uma hora antes de o despertador tocar. O dia ainda nem clareara, e eu já estava como uma coruja, com os olhos arregalados na janela, olhando a rua.

Não havia muitos carros ou pessoas ali às cinco da manhã; tudo o que eu podia ver eram alguns cachorros andando pelas calçadas e um bêbado dormindo no banco da praça na frente do meu prédio.

Fechei a cortina e encarei o teto, me deitando de barriga para cima na cama. Eu esperava de verdade que uma semana longe do caos mudasse a minha vida como um milagre. Minha cabeça estava uma zona e meu coração, mais ainda.

Guilherme havia se irritado e decidido me mandar mensagem todos os dias depois do incidente no shopping, o que eu ignorava por completo. Ele não cansava de insistir que precisávamos conversar, que ele queria me ver e saber onde errara comigo, e que não deveríamos jogar fora os três anos da nossa vida juntos. Eu me senti péssima, porque, aliás, a pessoa má da história não era ele, e sim eu.

NO DIA DO SEU CASAMENTO

A decisão de abandonar cruelmente o noivo chato no altar fora minha. No entanto, por mais que refletisse sobre aquilo, eu faria tudo outra vez. Eu nem pensaria antes de fugir de novo, com a diferença de que, dessa vez, seria inteligente o suficiente para tomar a decisão antes de passar três horas no salão fazendo aquele maldito penteado, assim eu também não precisaria colocar aquele vestido pesado que fazia meus peitos pinicarem.

Tomei banho, juntei minhas duas malas pretas, coloquei os óculos de sol e mandei uma mensagem para Luna dizendo que já estava indo para o aeroporto. Havíamos combinado de nos encontrar às sete no portão de embarque, perto do banheiro feminino, o que era ridículo, porque ela morava no prédio ao lado do meu.

Nosso voo era às oito e meia. Eu estava apreensiva com a possibilidade de Luna ter inventado de fazer seja lá o que fosse antes da viagem, porque ela era mestre em se atrasar, porém estava decidido que, se ela não chegasse a tempo, eu pegaria aquele voo sem ela.

Nada me impediria de passar minhas merecidas férias nas Maldivas. *Nada!*

Eu me sentei sobre a mala maior e abri o WhatsApp, enchendo minha amiga de mensagens. Já havia passado meia hora desde o horário marcado, e eu não poderia esperar demais para despachar minha mala gigante. Me enfiei na fila do check-in, ligando incansavelmente para ela, que não deu nem sinal de atender.

— Essa cachorra tá quieta demais — resmunguei para mim mesma.

Mesmo com raiva, tentei ser racional e cheguei a me preocupar com a possibilidade de ter acontecido algo. Ela teria me mandado pelo menos uma mensagem caso decidisse simplesmente não vir. E se ela tivesse sofrido um acidente? Liguei mais algumas vezes e mandei mais mensagens, mas...

> Eu tô te vendo online, cadê você?

> Vai me deixar sozinha mesmo?

> Não acredito que vai fazer isso comigo de propósito.

> Achei que fôssemos amigas!

Luna abriu as mensagens e não respondeu nenhuma.

Eu não tinha como esperar mais. Vi minha mala sumindo na esteira e, com uma enorme cara de bunda, segui um grupo de pessoas que se direcionavam até a área de embarque.

Ela que aguardasse minha volta. Eu arrancaria cada tufo daquela cabeça cabeluda!

Cruzei os braços e bufei, batucando o pé direito várias vezes no chão enquanto esperava. Foi aí que meu telefone vibrou.

> **Luna:** Você sabe que eu te amo, né?
> Vê se não estraga tudo dessa vez!

Ela estava mesmo dizendo que me amava depois de me abandonar no aeroporto? E estragar o quê? Qual era a chance de eu estragar uma viagem para as Maldivas *sozinha* numa droga de bangalô enorme? Droga... Droga, Luna!

Mostrei meu cartão de embarque e o passaporte para uma moça simpática e passei pelo detector de metal. Depois que fui revistada, peguei a mala de mão e andei até as cadeiras no portão de embarque. Pela grande janela de vidro, encarei o dia brilhante lá fora e assisti a alguns aviões decolarem e pousarem, até que anunciaram meu voo, e me arrastei até a aeronave.

Eu deveria me certificar de que beijaria os pés da amiga rica da minha mãe quando a encontrasse. Além de uma viagem para as ilhas Maldivas, a senhora tinha me colocado num voo de primeira classe. Aquela poltrona bege de couro era quase mais confortável que a minha própria cama.

Me arrependendi até o último fio de cabelo de ter abarrotado minha mala de mão com roupas. Lutei para erguer e enfiar aquela droga de coisa pesada no compartimento acima do meu lugar. Com os braços esticados e xingando baixo até a última geração da pessoa que projetou aquilo tão alto, tentei abrir a portinha e empurrar minha bagagem para dentro.

Quando estava quase desistindo e considerando passar o voo todo com a mala sob meus pés, senti alguém passar atrás de mim e tirar o peso das minhas mãos, erguendo-o até o compartimento. Suspirei, aliviada, pronta para agradecer.

No entanto, ao me virar, senti toda a força dos meus joelhos ceder e meu coração martelou forte contra o peito.

— J-Jae? — gaguejei, quase sem voz.

— Achou mesmo que eu ia te deixar viajar sozinha?

17

Jae Hun

Já eram quase dez e meia da noite, e Paola e eu ainda estávamos trabalhando nas artes que Marcelo me pedira. Ela com uma cara de bunda gigante por não conseguir me convencer a ir à viagem, e eu quase desmaiando em cima da mesa. Meus olhos meio que se fechavam sozinhos enquanto eu tentava prestar atenção no que estava fazendo. Eu não dormia direito havia dias.

— Não acha que já tá na hora de ir embora? — perguntei.

Se ela fosse embora, eu não me sentiria culpado por tirar um cochilo sobre a mesa digitalizadora.

— Tá me expulsando? — Paola apertou ainda mais o bico que já estava em seu rosto. — Já disse que vou terminar isso hoje, junto com você.

— Eu consigo dar conta.

— Não vou embora até terminar, Jae! Você tá exausto, não é justo.

Respirei fundo, porque sabia que aquilo era um jogo perdido. Eu estava cercado de pessoas teimosas, e meu poder de persuasão era quase nulo.

Bocejei e cocei os olhos algumas vezes. Exausto era apelido para o estado em que me encontrava. Talvez eu devesse ir dormir e terminar tudo no dia seguinte.

— *Adeul*. — *Appa* apareceu na porta do meu quarto depois de bater duas vezes. — Tem visita pra você.

Visita? Às dez e meia da noite?

Franzi as sobrancelhas e olhei para a porta, curioso. Paola fez o mesmo e esboçou uma careta engraçada quando uma garota de cabelos escuros e quadril largo passou sorridente atrás do meu pai.

— Luna? — falei, confuso.

Nossa amizade não era daquelas que permitiam ir à casa um do outro... pelo menos não sem Malu.

— Eu sabia que você ia estar acordado — vibrou ela, então encarou Paola, medindo-a da cabeça aos pés. — Ah, oi.

Minha estagiária fez uma careta, imitando o tom de deboche no cumprimento de Luna.

— Hm, Luna... — intervim. — Essa é a Paola, minha...

— Namorada — completou Luna —, já sei.

— *Estagiária*. — Suspirei, tentando consertar a situação.

Aquilo já tinha ido longe demais. Luna apertou os olhos, confusa, e, depois de olhar de mim para a garota algumas vezes, riu baixinho.

— Então vocês não tão namorando?

Paola me olhou com cara de tédio, vendo nossa farsa ruir, e eu assenti em resposta.

— Não estamos namorando e, se você quer saber, quero ver esses dois juntos tanto quanto você. — Paola bufou, girando a caneta entre os dedos, arrancando um risinho de Luna. — Então, se não for pedir demais, não me olha assim.

Eu me levantei da cadeira, empurrei Luna para que se sentasse e me joguei de costas na cama.

— O que aconteceu para você aparecer aqui a uma hora dessas? — Minha voz saiu como um sopro. Sentir o colchão quentinho e macio contra minhas costas me fez desejar ainda mais cair no sono.

— Eu tinha todo um discurso preparado pra te persuadir a terminar com a sua namorada e tudo mais, mas parece que não vou precisar — confessou Luna, cruzando as pernas e jogando uma mecha de cabelo para trás.

Paola cruzou os braços e bufou; eu sabia que ela estava guardando seu discurso sobre sororidade para outra hora.

— Sabe que a viagem é amanhã, né? — Luna trançou os cabelos pretos para o lado, dando de ombros.

— Sei, sim.

— Bom, eu não vou — disse, por fim, olhando para suas unhas longas e coloridas. — Você tem que ir no meu lugar.

Eu me levantei tão rápido que senti como se o teto tivesse caído sobre mim. Chacoalhei a cabeça algumas vezes, tentando me livrar da tontura repentina.

— Tá doida? Não tem chance nenhuma de isso acontecer, eu preciso trabalhar e…

— Não se preocupa com isso, eu cuido de tudo — Paola se apressou a dizer.

Traidora.

— Por que você não vai? — perguntei, incrédulo.

— Era para termos uma reunião com um autor hoje, mas ele não pôde vir porque a mulher dele entrou em trabalho de parto, então vamos ter que fazer essa reunião amanhã — explicou. — Se nem eu nem a Malu estivermos aqui, o Marcelo vai ficar sobrecarregado e, você sabe, isso nunca é bom, por isso decidi não ir.

— Você falou isso pra ela? — Franzi o cenho, tamborilando os dedos na calça jeans.

— Não, porque eu queria que fosse surpresa. Acredite, a Malu ficaria muito feliz se você aparecesse no meu lugar, já que eu não fui a primeira opção mesmo.

— Não sei, não, Luna, isso não vai dar certo. — As duas garotas me encararam, bravas, me fazendo recuar. — O que foi?

NO DIA DO SEU CASAMENTO

— Você é um bunda-mole, Jae! — Eu já havia perdido as contas de quantas vezes Paola tinha me chamado disso só naquela semana.

— O quê? — contestei, bravo. — Eu não sou bunda-mole!

— *É, sim!* — gritaram as duas em uníssono.

— *Qual é o problema de vocês?*

— Qual é o *seu* problema, Jae? — Luna se levantou, brava, falando muito sério. — Você gosta da Malu desde pequeno que eu sei! Ela já me contou que você se declarou pra ela várias vezes.

— Exatamente! Inclusive, ela me recusou em todas! — retruquei, me levantando e andando de um lado para o outro no quarto.

Elas estavam tocando na minha ferida.

— É aí que você se engana! — gritou Luna, e depois cobriu a boca, se arrependendo. — Olha, Jae, pela paz mundial, eu te imploro, vai nessa viagem e se acerta com a Malu. Eu sei que é cansativo e que ela é complicada, mas prometo que vai ficar tudo bem.

— Eu tô cansado de quebrar a cara com ela, Luna! — confessei. — Quantas vezes ela já deixou claro que não gosta de mim? Sim, você tá certa, eu amo a Malu, mas…

— Não existe "mas" — Luna me interrompeu. — Eu tô dizendo, Jae Hun, para você enfiar meia dúzia de roupas na mala e aceitar essa merda de viagem grátis pras Maldivas. É tão difícil assim? Você quer perder a Malu pra outro cara, de novo? Já parou pra pensar que, se você não tá com ela hoje, a culpa pode ser toda sua por ser um covarde? Por não ter coragem de admitir o que sente *de verdade* e aceitar as consequências? O que foi aquela droga que aconteceu no seu aniversário? Você fingiu mesmo que sua declaração era uma pegadinha? Você não sabe quanto a… — Ela praguejou baixo. Depois de um silêncio esquisito, respirou fundo. — Não cabe a mim dizer nada, nem resolver o relacionamento de vocês. Eu só tô pedindo pra você pegar a droga daquele avião pras ilhas Maldivas e consertar o coração quebrado da minha amiga. É pedir demais? — Sua voz foi aumentando gradativamente, de modo que ela estava quase berrando no fim da frase.

Do que aquela doida estava falando? Eu não havia quebrado o coração de ninguém! O único coração quebrado ali era o meu.

— Luna, eu...

— Não, eu não quero saber! Você vai e ponto-final! — gritou outra vez. — Paola, tira umas roupas do guarda-roupa para eu enfiar na mala.

— É pra já! — Minha estagiária estava amando toda aquela intervenção, eu podia ver em seu rosto.

Eu me sentei de volta no colchão e cruzei as pernas.

— Pode tirar, não tem mala aí pra você enfiar as coisas — debochei.

Quem ela achava que era para entrar no meu quarto e me obrigar a fazer qualquer coisa depois de gritar comigo daquele jeito?

— Aqui está. — Meu pai apareceu pela porta puxando uma mala azul gigante para dentro do quarto, com a ajuda da minha mãe. — E essa bolsinha aqui tem protetor solar, coloque aí dentro.

— Paola, vê se não esquece o spray de cabelo dele, tá? — minha mãe pediu enquanto abria a mala no chão. Tenho certeza que eles estavam escutando atrás da porta. — O Jae tem o couro cabeludo meio sensível ao sol. Se ele não cuidar, vai descascar e...

— *Omma!* — gritei.

— *Wae?!* — ela gritou, chegando perto de mim e me dando uns tapas. — Se você não acordar cedo pra ir pegar esse avião amanhã, eu juro que te arrasto de pijama!

— E eu vou ajudar! — *Appa* apontou o dedo para mim. Para alguém tão quieto, ele até que estava bem falante e ousado!

— O que tá acontecendo com vocês hoje, hein? Todo mundo enlouqueceu?

— Você vai nessa viagem nem que seja amarrado, Jae Hun! — ralhou Paola, enfiando as roupas na mala.

Luna fez um grande monólogo sobre por que eu deveria ter mais atitude e dar a cara a tapa, e *omma* e *appa* concordaram com cada palavra, brigando comigo. Paola resmungava sozinha enquanto jogava um monte de roupas, com cabide e tudo, dentro da mala e bagunçava meu guarda-

-roupa perfeitamente arrumado. Como se aquela zona toda já não fosse o suficiente, a garota responsável pelas minhas roupas acendeu minha paranoia ao colocar três blusas azuis dentro da mala, em vez de duas ou quatro. Além de tudo, enfiou sete meias — *sim, eu disse sete* — na bolsinha do protetor solar. Quer dizer, por que eu usaria meia na praia? E ainda por cima sete? E meus chinelos... Poxa vida, ela só pegou um e... Calma, Jae, calma...

Droga, Paola, minhas cuecas, não!

— *Chega!* — gritei, as veias do pescoço saltando.

O *zum-zum-zum* dos quatro falando ao mesmo tempo deu lugar a um silêncio constrangedor, enquanto eles me olhavam com expectativa. Eu não podia mais assistir àquela garota colocar todo o meu guarda-roupa dentro da mala. Meu rosto estava vermelho, quente, e meu peito subia e descia, ofegante.

— Eu vou nessa droga de viagem, mas, pelo amor de Deus, parem de falar! — surtei. — E, Paola, não ouse colocar mais nenhuma meia nessa mala!

18

Malu

Eu deveria falar alguma coisa? Puxar assunto ou fingir que estava brava por ele vir no lugar de Luna, mesmo estando radiante? Já fazia, pelo menos, meia hora que o avião decolara, e eu ainda não havia conseguido pensar em nada inteligente para dizer.

— Hã... Jae? — chamei, incerta, me ajeitando na poltrona.

— Hm? — murmurou ele, do banco da frente.

Não conseguia vê-lo, já que, como um assento de primeira classe, nossas poltronas ficavam dentro de cabines individuais, e a minha estava fechada.

— É só que... — murmurei, abrindo a minha portinha, e o ouvi fazer o mesmo. — Hã... o que aconteceu?

O garoto tirou a máscara de dormir e se virou para minha cabeça esgueirada no corredor, cansado.

— Como assim?

— Bom... — Pigarreei, cochichando mais perto de seu rosto, como se fosse um segredo. — Não era você que eu esperava aqui.

— Tá achando ruim? — Ele franziu o cenho com um ar brincalhão e arqueou uma das sobrancelhas.

— Não! Claro que não! É só que...

— Ótimo, essa passagem era minha de qualquer forma. Você me prometeu essa viagem grátis e, uau! Preciso dizer, a primeira classe é melhor do que eu imaginava. Será que eles têm champanhe? — tagarelou.

— Hã, não sei...

— Olha... — Suas mãos finas buscaram meus dedos suados de ansiedade, que tamborilavam na lateral da cabine. Ele me olhou no fundo dos olhos e suspirou. — Eu não sei o que há de errado entre a gente ultimamente, mas exijo uma trégua de uma semana. Se quiser continuar brava comigo quando voltarmos, ok, eu aceito. Mas nós vamos nos divertir muito essa semana, tá legal? Como sempre fizemos.

— Certo. — Ri. Eu não estava de todo brava, mas de fato precisava conversar com ele e ser sincera sobre meus sentimentos. — Como sempre fizemos — repeti.

Mesmo que eu entendesse que aquele era só um momento entre muitos, senti que ele estava de volta. Mas, claro, eu sabia que não seria a mesma coisa. Jae, o *meu* Jae, aquele que sempre me dava um sorriso despretensioso e me abraçava do nada, aquele com quem eu me divertia por horas no fliperama ou até mesmo na calçada, jogando conversa fora... *aquele* Jae não voltaria para mim. Agora ele tinha outra pessoa, e eu precisava me acostumar com isso. Talvez eu dissesse para ele o que estava sentindo, sem esperança alguma, no entanto.

Sempre tive meu lado ruim, e ser egoísta era uma característica minha, mas eu sabia que não dava mais para continuar pensando apenas em mim. Eu não tinha o menor direito de arruinar o relacionamento dele e entendia que, se ele a tinha escolhido, era porque gostava mesmo dela e já nem se lembrava do que, um dia, sentiu por mim. Minha chance de consertar tudo viera incontáveis vezes, e eu sempre a deixei escapar. Agora era tarde demais.

Sendo assim, me ajeitei de volta no meu assento e respirei fundo, fechando a portinha de novo.

Não sabia o que seria daquele passeio ou quantas merdas eu faria inconscientemente dessa vez, mas me prometi duas coisas: eu não podia magoar Jae e, definitivamente, não deveria encher a cara.

As Maldivas eram ainda melhores do que eu imaginava, mas, claro, não pude deixar de sentir certo desespero em saber que a única maneira de entrar e sair daquele lugar era no hidroavião. Se, por um acaso, aquela ilha inteira pegasse fogo, eu provavelmente teria que me salvar nadando. Bolei, pelo menos, uns três planos de fuga durante o caminho, só para o caso de aquilo acontecer.

— Eu nunca me senti tão cansado depois de dormir tanto — murmurou Jae ao pisarmos em terra firme.

— Nem me diga.

Mesmo que tivéssemos voado de primeira classe, meu corpo inteiro doía e cada junta minha parecia ter sido esmagada. Eu estava cansada de tanto fazer *nada*. No entanto, todo o cansaço pareceu me dar uma trégua rápida conforme analisava o lugar em que passaríamos os próximos dias. Era tudo muito surreal!

A água cristalina, o céu que formava uma infinitude perfeita quando se juntava ao mar, de forma que chegavam a parecer um só… Nunca tinha conseguido me imaginar ali. Estávamos no meio do nada e, ao mesmo tempo que era reconfortante, aquilo me fazia beirar o desespero.

A ilha em que estávamos tinha basicamente uma passarela com várias bifurcações, que se ligavam aos bangalôs, com um bangalô central, maior, que julguei ser a recepção.

— Bom dia — arrisquei com meu inglês enferrujado. Eu não lembrava qual havia sido a última vez que precisei usá-lo para algo que não fossem séries de TV e tradução de livros. Eu me garantia muito na escrita, mas falar era bem diferente. — Quer dizer, boa tarde. Meu nome é M... — *droga de nome* — M-Maria Luísa Guimarães, eu tenho uma reserva de uma semana.

— Certo — respondeu, com um sorriso, a moça, os lábios pintados de vermelho e os cabelos pretos presos num coque extremamente apertado.

Seus olhos desviaram de mim para o computador, procurando a reserva na tela.

— Maria Luísa Guimarães... Ah, sim, é o quarto com pacote completo para lua de mel, correto?

Franzi o cenho para Jae, que me fez uma careta engraçada de volta. Dona Vera tinha mesmo nos dado uma viagem com tudo pago para as Maldivas e um pacote *completo* para lua de mel?

— Isso — confirmei, sem jeito.

— Certo, seu acompanhante é... — Encarou a tela mais uma vez, dizendo o nome devagar e com sotaque: — Guilherme Soares?

— Hm... não — falei, sem graça. — Na verdade...

— Me desculpa, deve ser algum erro no sistema. — A moça abriu um sorriso gentil, encarando o anel de noivado no meu dedo. Por que eu ainda não havia tirado aquilo, caramba?

Talvez porque fosse incrivelmente bonito, e brilhante, e *caro*.

— Posso ver o documento do seu acompanhante, por gentileza?

Jae entregou o passaporte para a moça e cochichou no meu ouvido:

— Não gostei muito do jeito que ela me olhou... — Dei uma cotovelada leve em sua costela e murmurei um "Fica quieto". — Achei que você tinha mandado um e-mail com meu nome — brigou.

— Eu esqueci, tá legal? — briguei de volta, ainda em um cochicho. — Afinal de contas, você nem ia vir mais, que diferença faz agora?

— Certo, sr. e sra. Park, vou mostrar como chegar às suas acomodações.

Meu coração deu um pulinho e meu estômago gelou ao ver como Jae sorriu orgulhoso quando a moça nos chamou pelo sobrenome dele.

A mulher nos deixou em frente ao nosso bangalô, com as malas e o cartão de acesso, e eu continuei me perguntando quanto dinheiro a amiga da minha mãe devia ter para me dar um presente de casamento daqueles, como se não fosse nada. Eu deveria me mudar para os Estados Unidos também?

— Meu Deus... — exclamou Jae, boquiaberto. — Uau!

— Falou aquele que morou numa mansão em Busan — impliquei.

Jae mordeu o lábio e me olhou feio. Ele *odiava* falar daquela época.

— A mansão não ficava numa ilha, e eu só tinha dois anos — falou de novo, deixando a mala ao lado de uma poltrona no canto do cômodo e correndo para o deque privativo que dava para a piscina. — Meu Deus, eu preciso ir ali!

Ele parecia uma criança num parque de diversões. Era tudo tão incrível que nem sabíamos por onde começar. Jae voltou para dentro do quarto, tocando tudo o que podia, então colocou a mão na cintura ao perguntar, cheio de expectativa:

— Onde fica a minha cama?

Olhei em volta do quarto incrivelmente luxuoso, com teto pontiagudo e uma vista incrível. Abri a primeira porta e dei de cara com um banheiro muito bonito, uma banheira maravilhosa e uma pia que devia custar um rim. Abri outra porta e me deparei com um closet, e isso foi tudo o que encontrei nas portas seguintes também: closets e mais closets.

Ops! Será que caberia um colchão ali?

— Hm... Jae... — Cocei a garganta, desesperada, ao constatar algo que não havia passado pela minha cabeça até então. Ele me olhou, atento. Aquele quarto luxuoso era perfeito, com exceção de uma coisa... — Acho que só tem uma cama.

— Certo — murmurou ele devagar, com os olhos arregalados, como se estivesse digerindo aquilo. — Só tem uma cama...

Eu podia ver uma nuvem cinzenta se formando sobre sua cabeça e jurava que ele iria explodir a qualquer momento, de tanto que fazia força para não pensar naquilo.

— Eu posso ligar e pedir outra cama — completei, com um sorriso amarelo.

— Onde vai caber outra cama aqui, Luísa?

Seu rosto se contorcia numa expressão muito clara: *desespero*.

— Talvez um colchão? A gente pode mover o sofá, no qual você obviamente não cabe, e colocar ali.

Meu Deus... que furada!

— Não acredito que vou ter que dormir no chão por uma semana — choramingou.

Eu estava tão constrangida que não sabia onde enfiar a cara.

Jae passou a mão pelos cabelos e deixou a cabeça pender para trás depois de um longe suspiro.

— Quer saber? Ótimo! Que seja. Eu durmo na piscina se precisar, nunca teria dinheiro pra pagar uma viagem dessas mesmo. Dormir no chão vai ser moleza.

Eu não duvidava daquilo.

Peguei o interfone do quarto, meio trêmula com toda a situação, e liguei para a recepção. Tentei uma, duas, três vezes e ninguém atendeu.

Estava começando a sentir o desespero atingir minha barriga e, naquele momento, a última coisa de que eu precisava era uma crise de Malu!

Pedi que Jae fosse à recepção comigo e corremos até lá, procurando pela moça que havia nos atendido mais cedo, mas não a achamos em lugar nenhum. Em vez dela, havia uma senhora atrás do balcão.

— Com licença — chamei, o que a fez virar para nós num susto. — Oi... me desculpa. É... — Se eu falasse que eu e Jae não éramos um casal, seria estranho, já que tínhamos um pacote de lua de mel pago? — Tem alguma chance de conseguirmos um colchão de solteiro?

A senhora me olhou da cabeça aos pés, encarou Jae com um sorriso assustador e se sentou em frente ao computador.

— Vou checar pra você — disse ela, e, juro, não demorou nem dois segundos para responder: — Não temos.

— O quê? Como assim, *não temos*?

Não tinha nem dado tempo de olhar! Não era possível que eu teria que...

— A política do resort é não colocar acomodações extras.

— Mas é só um colchão, moça.

— Sinto muito — repetiu, firme.

— Certo... Não tem como conseguir pelo menos um sofá maior? — Sorri amarelo.

— Não. — A senhora riu, enfiando um pedaço de donuts na boca. — Agora, com licença, tenho que finalizar meu turno.

— Certo, obrigada — respondi, cabisbaixa.

Voltamos em silêncio até o bangalô. Derrotada pela vergonha, encarei a cama com a mão na cintura, mordiscando o lábio atrás de respostas. Jae parou ao meu lado, a mão na cintura também, e encarou o colchão.

— E se cortássemos esse colchão no meio? — sugeri.

— Tá brincando? Pelo preço do quarto, isso aqui deve ser feito de plumas de algum animal raro, extinto em mil novecentos e bolinha. Você teria que vender três órgãos para pagar — retorquiu, inteligente, ainda na mesma posição. — Isso se eles estiverem em bom estado, o que eu duvido muito.

— Ok, que seja. Isso nunca foi um problema pra gente antes — falei mais para mim do que para ele, ignorando seu comentário. Talvez, dizendo em voz alta, eu conseguisse me convencer de que aquilo era completamente normal.

— Verdade. — Sua feição contorcida me mostrava que ele estava *muito mais* incerto do que eu sobre tudo aquilo.

— Não vai ser a primeira vez que dividimos uma cama — falei após um suspiro.

— É, não mesmo.

— Podemos fazer isso, né?

Coloquei a outra mão na cintura também e o encarei, firme, decidida.

— Hm, c-claro que podemos.

— Certo, então... o lado esquerdo é meu.

Ai, *cracolhas*! Uma semana presa numa ilha no meio do nada nas Maldivas com o cara que eu amava, dormindo na mesma cama que ele. Qual era a chance de eu não fazer merda?

Estávamos tão cansados que não tivemos coragem para nada além de aproveitar a piscina do bangalô naquele restante de dia. Coloquei um maiô azul-claro, ele um calção amarelo, e nos sentamos na borda da piscina com os pés na água. Eu ainda não sabia direito o que dizer... Eu deveria perguntar sobre a namorada e matar minha curiosidade ou apenas puxar um assunto nada a ver sobre o dia a dia? Nunca precisei pensar tanto para engatar uma conversa com meu melhor amigo. Era como se tivéssemos erguido um muro tão grande quanto a Muralha da China entre nós.

— E aí, como tá o trabalho?

Sério, Malu? Essa é a sua melhor pergunta?

Óbvio que eu sabia como estava o trabalho! Talvez porque eu fosse quase *chefe* dele?

— Hã... bem, eu acho... — Salvos pelo gongo, Jae precisou se levantar para atender à porta quando a campainha ressoou com um som engraçado.

Ele deixou o celular ao meu lado e correu até a porta, arrastando a pantufa no chão.

— *Serviço de quarto* — ouvi o moço dizer ao entregar um carrinho cheio de comida para meu amigo.

Senti o telefone vibrando ao meu lado e me arrependi amargamente de ter olhado para a tela. O nome Paola, seguido de um coração roxo, piscava. Foram, pelo menos, três chamadas perdidas naquele curto espaço de tempo.

— Malu... — chamou Jae do quarto.

— A comida chegou? — Tentei não me mostrar balançada pela ligação que ele nem tinha visto e me recompor. — Ainda bem! Tô varada de fome

— Chegou, mas parece que... hã, você pode vir aqui um minutinho?

Eu me levantei e fui até ele com seu celular na mão. Jae encarava a bandeja como se tivesse uma cabeça nela.

Olhei o balde com um vinho que parecia mais caro do que meu apartamento, duas taças, dois roupões brancos, pétalas de rosas e um... *lubrificante*?

Meu rosto enrubesceu no mesmo instante. Precisei cobrir os olhos e respirar fundo. O que era tudo aquilo?

— Você não viu nada... — Tão vermelho quanto eu, Jae apontou para a cama.

No lençol branco, o rapaz havia feito um coração com pétalas de rosas e colocado dois... bom, sei lá que droga de animais feitos de toalhas eram aqueles, mas estavam bem no centro da cama, me encarando como quem diz: *Eu sei que hoje tem!*

— Ai, meu Deus, Jae!

— Eu não tenho culpa! Tentei dizer que não precisava, mas ele disse que era uma especificação clara desde a reserva do quarto.

Ah, dona Vera! Sua velha safada com cara de santa.

— Certo... Deixa que eu limpo isso aqui. — Respirei fundo. Pelo menos a comida estava ali também. — Toma, seu celular estava tocando, era... hã... a Paola.

— Ah, obrigado. — Ele pegou o telefone, retornando a ligação de vídeo enquanto me ajudava a tirar as pétalas da cama e a enfiá-las dentro de uma taça vazia.

— *Por que diabos você não atende à minha ligação depois de passar mais de vinte e quatro horas fora do ar, inferno? Achei que você tinha morrido!* — Foi a primeira coisa que a garota disse.

Fiquei com vontade de entrar na frente dele e dizer: "Quem você acha que é para gritar com o meu Huni?", mas lembrei que... bom, ele não era meu. Não mais.

— Calma, garota — resmungou Jae, saindo do quarto e batendo a porta.

Respirei fundo mais uma vez, o que já estava se tornando um hábito. De certa forma, eu esperava que, ao suspirar, o peso do meu coração saísse junto, o que obviamente não aconteceu nenhuma vez.

Jantei sozinha, tomei um banho, coloquei o pijama mais comportado que tinha, já que não estava preparada para dormir ao lado do meu melhor amigo, e encarei aquele colchão de novo. Eram apenas sete da noite, porém eu não aguentaria nem mais um minuto em pé. Me sentei na borda da cama, olhando para o chão enquanto fazia círculos em volta da minha sandália com o pé descalço.

Quando eu já estava desistindo de esperar, Jae voltou suado, correndo direto para o banho, e depois engoliu a comida, sem nem mastigar direito.

— Eu preciso tanto dormir — falou, coçando os olhos e espalhando o cabelo com as mãos.

Eu gostava dele.

Gostava tanto que pensar apenas no conceito de *amor* parecia piada. Mas a verdade era que, mesmo que eu ainda não estivesse caidinha por ele, tudo mudaria naquele instante.

Seu short preto de tecido fino, a camiseta branca de gola V e uma toalha azul-clara em volta do pescoço… Eu gostava de tudo nele. Seus olhos angulados, injetados de sono, os lábios vermelhos e carnudos, as bochechas rosadas, o nariz fino e pontudo, as orelhas, que ficariam lindas com alguns brincos… Eu me sentia tão mal por não perceber antes.

Se eu soubesse que iria perdê-lo…

O meu erro foi achar que ele sempre esperaria por mim.

Apaguei a luz, fechei as cortinas e me deitei no lado esquerdo da cama. Jae plugou o telefone no carregador, abriu uma garrafa d'água e me entregou.

— Tá quente aqui e não te vi beber água hoje.

Sorri, aceitando a gentileza, então me ajeitei no travesseiro, de barriga para cima. Encarei o ventilador de teto, tentando acompanhar uma só lâmina enquanto ela rodava devagar.

Seria estranho se eu me deitasse sobre o ombro direito e ficasse virada para ele? Ou talvez fosse melhor dormir com a cabeça na outra ponta da cama? E se eu batesse o pé na cara dele durante a noite? Eu não estava com chulé, pelo menos; tinha certeza de que havia lavado bem os pés no banho e passado creme... talvez até demais. Droga. Meus pés provavelmente suariam mais do que deveriam.

Que se dane. Eu ficaria onde estava, do jeito que estava.

— Boa noite, Jae.

— Boa noite, Maluzinha. — Sua voz grossa e sonolenta reverberou pelo quarto. — Eu te amo — completou.

Droga.

— Eu te amo *muito mais...*

E o pior de tudo é que era verdade.

19

Jae Hun

— Mas que droga de coração é esse no seu nome? — perguntei para Paola, encarando a tela do meu telefone do lado de fora do quarto.

— *Ah, isso? Foi a sua mãe que colocou quando você saiu bravo atrás de um calção.* — Riu, colocando o cabelo para trás da orelha e ajeitando uma máscara de cravos no nariz. — *Procura o nome dela.*

Procurei o número que antes estava salvo como 우리 엄마 — *Woori omma* — e agora estava salvo como "Preciso de uma nora".

Grunhi baixo.

— Enfim, tô vivo.

— *Sei disso* — falou. — *Só liguei pra te dar força e dizer para não desistir. A primeira coisa que você precisa fazer é explicar que não tem namorada, e aqui eu reconheço que o meu plano de fazer ciúme foi mesmo uma porcaria.*

— Eu te avisei. — Fiz bico.

— *Agora é você e Deus, garotão, não tem ninguém aí pra te ajudar.* — Assenti, pensativo. — *Liga pra sua mãe, ela tá preocupada.* — A garota franziu as sobrancelhas. — *Ah, e não se preocupa com o trabalho, tá tudo em ordem por aqui.*

Eu estava grato de verdade. Não imaginei que fosse ter alguém para segurar as pontas quando eu não estivesse por lá.

— Valeu! Vou desligar e ligar pra minha mãe.

— *Ok, mas não esquece o truque.*

Ela fez questão de demonstrar outra vez o lance da prensada na parede, dessa vez com um ursinho. Eu já não costumava levá-la a sério, com aquele negócio preto de cravo no nariz, então...

— Certo, não vou fazer isso. Se eu precisar de socorro, prometo te ligar.

— *Liga logo pra sua mãe. Tchau!*

E desligou na minha cara.

Liguei para a minha mãe, que ficou quase uma hora e meia me perguntando se estava tudo bem, como estavam as coisas com Malu, se o quarto era confortável, se era seguro e blá atrás de blá. Me fez andar por quase toda a passarela da ilha para mostrar o mar, os bangalôs, as árvores, pediu para ver golfinhos — que, óbvio, eu não mostrei, porque não fazia ideia de onde encontrar um —, e enfim desligou. Depois disso, ainda tive que ficar lá fora mais uns quarenta minutos, explicando tudo para a tia Ana, já que a desnaturada da filha desligara o telefone.

Quando voltei para o quarto, Malu já havia jantado e estava de pijama, sentada na beira da cama, encarando o chão com uma expressão estranha.

Tomei um banho rápido, comi na velocidade da luz e me deitei. Meu corpo inteiro doía. Ainda que no conforto da primeira classe, era horrível ficar vinte e poucas horas no mesmo lugar, sem contar o jet lag.

Malu se deitou do lado esquerdo da cama, desajeitada, e eu me joguei no lado oposto.

Aquilo era estranho...

Geralmente me sentia com o coração na mão, claro, mas eu já estava acostumado a dormir na mesma cama que ela. Ou no sofá, ou no colchonete... Nós sempre fomos inseparáveis. No entanto, era esquisito como até as coisas pequenas começavam a mudar.

Dormir na mesma cama nunca fora um problema. Ela sempre grudava na minha perna ou eu na dela, e Malu insistia em ficar apertando o lóbulo da minha orelha, que, segundo a tia Ana, era uma mania que ela tinha desde neném.

Porém, daquela vez, nada disso estava acontecendo. Minha amiga só ficou parada ao meu lado como uma pedra, fingindo não estar ali. Ela encarava o ventilador no teto escurecido, como se aquilo fosse a única coisa para se fazer no mundo. Eu podia ouvir o barulho do dedo dela batucando de leve na barriga e, além do som do oceano do lado de fora, nossa respiração pesada era tudo o que ressoava pelo quarto.

Naquele momento, nenhum de nós se sentia confortável o suficiente para sequer se atrever a respirar mais alto.

— Perdeu o sono? — perguntei depois de, pelo menos, meia hora deitado de barriga para cima também.

— Tô tendo... uma crise de ansiedade — confessou.

Percebi como sua voz estava começando a embargar e sua respiração, a ficar ofegante.

— Tá sentindo o quê? — perguntei, me virando para ela, preocupado.

— Meu coração tá muito acelerado, não consigo acalmar a mente, e está começando a ficar difícil respirar... Você sabe, o de sempre.

— Tá com dor no peito?

— Não... — falou, baixinho.

Eu me levantei num pulo e peguei um copo d'água, misturando uma colher pequena de açúcar, mesmo sabendo que ela odiava o gosto e que não havia nenhuma prova científica de que aquilo ajudasse em alguma coisa.

Malu levantou a cabeça de leve, bebeu a água com relutância e se recostou sobre o travesseiro. Me deitei ao seu lado mais uma vez e me apoiei sobre o cotovelo esquerdo, depois de acender o abajur. Seu rosto estava suado, apesar de o ar-condicionado estar numa temperatura boa, e suas bochechas estavam vermelhas. Seu peito subia e descia rapidamente enquanto ela tentava não demonstrar fraqueza.

— Malu? — chamei. — Malu?! — Ela não respondeu, apenas virou o rosto vermelho e molhado na minha direção. — Por que você tá tentando segurar? Eu tô aqui com você.

Me partia o coração vê-la daquele jeito, e partia mais ainda perceber que ela já não confiava mais em mim como seu porto seguro.

— Eu... E-Eu não...

Não esperei que ela dissesse nada. Puxei seu corpo contra o meu e a abracei apertado, acariciando sua cabeça. Eu adorava aquele cheirinho de baunilha do hidratante que Malu usava e a sensação de ter seu corpo quente contra o meu.

Malu deu um suspiro baixo e, ainda em silêncio, apoiou a testa em meu peito. Sem se mexer, sem me abraçar de volta, sem dizer nada.

— Vai fica tudo bem — falei baixinho. — Não sei do que sua mente está tentando te convencer, mas não é verdade.

Geralmente, quando Malu tinha crises, era porque se culpava por algo ou se arrependia de alguma coisa. Eu sabia como aquilo a machucava. Ela respirou fundo e disse, tão baixo que quase não ouvi:

— O que a sua namorada vai achar se souber que você tá dormindo na mesma cama que eu e me abraçando desse jeito no escuro?

— Bom, *se* eu tivesse uma namorada, acho que nem estaria aqui. — Pigarreei, o silêncio tomando o cômodo.

Ela ergueu o rosto de leve e me olhou brava, o cenho franzido.

— E a Paola é o quê?

— Minha estagiária. — Encarei seu rosto tão perto do meu, seu hálito quente com cheiro de menta sapecando minha pele. — E uma boa amiga. Nada além disso.

Malu mordeu o lábio inferior, franzindo as sobrancelhas. Seus olhos se encheram de lágrimas e ela recostou a testa no meu peito outra vez, passando um braço sobre mim e me apertando.

Fiquei em silêncio.

NO DIA DO SEU CASAMENTO

Não demorou muito até que eu sentisse, com as mãos em suas costas suadas, pequenos espasmos. Ela estava chorando baixinho.

Sorri e a apertei ainda mais, acariciando seu braço.

— Tá tão feliz assim que eu tô solteiro? — arrisquei a brincar. Aliás, eu estava na chuva para me molhar, não é mesmo?

— Cala a boca, seu mala sem alça. — Sua unha beliscou de leve minhas costas. — É só ansiedade.

Ri baixinho, deixando-a ainda mais brava, e depositei um beijinho no alto de sua cabeça. Recebi um tapa leve nas costas, embora ela não tenha me soltado em momento algum. Malu dormiu agarrada ao meu corpo a noite inteira, como se fosse me perder caso se soltasse de mim.

Mas estava decidido: eu nunca iria deixar que isso acontecesse outra vez.

Eu não sabia como descrever aquilo, porém abrir os olhos e vê-la colada ao meu corpo, como se eu fosse seu travesseiro, era uma das melhores sensações que já tinha experimentado. Claro, não era a primeira vez que isso acontecia, só que tudo parecia... diferente.

Era engraçado como os cachos de Malu mudavam durante a noite. Os pequenos rolinhos de cabelo, sempre bem largos e definidos, se desmanchavam com o passar das horas e, ao amanhecer, não passavam de fios desgrenhados, sem definição. Sua franja enrolada estava metade grudada na testa e metade arrepiada, a boca aberta, como um filhote de passarinho esperando por uma minhoca da mãe. Eu não podia dizer que ela era a coisa mais linda dormindo, ou que não tinha remela ou um bafo insuportável pela manhã, mas esse era o motivo de eu não ter dúvidas de que ela seria a única que eu amaria pelo resto da vida. Porque, mesmo daquele jeito, ela ainda fazia meu coração acelerar.

Respirei fundo e, de leve, puxei meu braço, que servia de travesseiro para seu pescoço. Malu tossiu, resmungou alguma coisa e virou para o outro lado, atravessada na cama.

Saí de fininho para o banheiro, sacudindo o braço dormente, e tomei uma ducha gelada. Passei protetor solar e o tal do spray que minha mãe insistia que eu passasse no couro cabeludo, então saí em silêncio para não acordar a garota que era um poço de mau humor de manhã.

Diferente do que eu pensava, Malu já estava sentada na cama com o cabelo jogado sobre o rosto, um bico enorme e a testa franzida.

— Hã... *bom dia*?

Eu não estava muito certo de que deveria falar com ela a uma hora daquelas. Malu não parecia totalmente acordada.

Ela fungou, impaciente, cambaleou até a porta do banheiro, onde eu estava parado, e me puxou para fora, entrando ali e batendo a porta.

— Foi o que pensei — caçoei, baixinho.

Ela sempre foi assim. Desde pequena, sempre teve um péssimo humor pela manhã. Algumas vezes acordava tão estressada que parecia que alguém a torturara durante a noite; outras, despertava brava comigo por coisas que eu não fazia ideia de que tinha feito em algum de seus sonhos.

Fui até a porta para receber o rapaz com nosso café da manhã assim que a campainha tocou e me certifiquei de que não acharíamos nenhuma surpresa estranha dessa vez.

Vinte minutos mais tarde, Malu abriu a porta e apareceu como se fosse outra pessoa: sorridente, cantando e saltitando pelo quarto.

— Bom dia, Hunizinho! — cantarolou, roubando um morango da bandeja de café da manhã.

— Onde você deixou o monstro mal-humorado que passou por mim alguns minutos atrás? — Ri, me aproximando e chacoalhando seu cabelo molhado. Ela me mostrou a língua. — O que temos pra hoje?

— Hmm... — murmurou Malu ao se sentar na cama, olhando os panfletos de atividades que estavam na mesinha lateral. — A moça disse que temos um pacote completo de lua de mel, isso significa que as opções são: assistir ao pôr do sol num caiaque, ver o mar de estrelas, e amanhã à noite vai ter uma festa na piscina que eu quero muito ir, mas pra hoje... hmm... — Ela continuou encarando o folheto, virando o papel de trás para frente, e então arregalou os olhos. — Já sei!

Não gostei nada da forma como ela ergueu as sobrancelhas para mim.

— Hm... Malu — chamei, baixinho. — Eles são fofos e tal, mas... isso não me parece uma boa ideia.

— Ah, Huni, qual é? Olha pra essa coisinha, como você pode ter medo disso? — Malu se pendurou na proteção da lancha e passou a mão na cabeça de um golfinho.

Ele era bonitinho, não dava para negar.

— Fofo... mas parece, sei lá... — *Como eu descrevia aquilo?* — Molhado demais...

— Você queria que ele estivesse seco, ô, bobão? — Recebi um tapa na nuca e ela me puxou para perto do instrutor. — Anda logo, larga mão de ser bundão.

O instrutor desceu primeiro, já dentro daquela roupa preta engraçada. Malu desceu atrás, com seu maiô amarelo e um colete, escorregando com seu pé de pato na escadinha e caindo de barriga na água.

Prendi os lábios para segurar o riso, mas não tive o mesmo sucesso quando ela emergiu cuspindo água e xingando, usando termos que substituíam palavrões, como *cracolhas*.

— Cê para, trem! — Malu apontou o dedo para mim em aviso e franziu o cenho ao me ver rir.

Eu me desculpei com uma mesura, nada arrependido e ainda rindo.

A água era tão cristalina que dava para ver peixes e tartarugas nadando no fundo. De certa forma, me tranquilizava saber que, se alguma vida misteriosa ou duvidosa nadasse para perto de mim, eu não seria pego *totalmente* de surpresa.

Assistimos a um pequeno show de demonstração, no qual os instrutores interagiam com os golfinhos e faziam alguns truques maneiros. Em certo ponto, um dos instrutores pediu que Malu cruzasse os braços em frente ao corpo e girasse. A reação em seu rosto foi a coisa mais linda quando ela o fez e notou os bichinhos fazerem o mesmo, usando as nadadeiras para girar em círculos.

Meio metro atrás, filmei tudo. Não que eu estivesse com medo, claro, só estava sendo... cauteloso. Sabia que eles não me morderiam nem nada, só era estranho demais por ser minha primeira vez.

— Jae, vem aqui!

Eu não queria, claro que não, mas como podia negar diante de um sorriso tão lindo?

Nadei até o lado dela e acariciei a pele lisa daquele bichinho com cheiro de peixe. Um da dupla havia sido completamente enfeitiçado por Malu e não saía de perto dela de jeito nenhum. Dava beijinhos em sua bochecha e fazia graça para chamar atenção com aqueles grunhidos estranhos; ele estava completamente encantado por ela, e eu não o culpava. Malu sorria, contente, nadava de lá para cá e batia palmas sempre que eles faziam algum truque.

Era lindo de ver, até que...

— Uai, tá faltando um. — Franzi a testa quando dei falta do fã número um da garota de sardas.

— Ele tá ali embaixo. — Malu apontou para o fundo do mar.

Aquele bicho me encarou bem nos olhos, como se risse de mim, então, impotente, assisti a ele nadar rapidamente para trás de Malu.

Ela arregalou os olhos e eu fiz o mesmo, sem saber o que estava acontecendo.

— *Ei! Aí, não!* — gritou ela assim que ele enfiou o focinho em seu traseiro. — *Ei! Ahhh!*

Olhei para os instrutores, que estavam ocupados demais falando com um casal que tinha acabado de entrar na água. Malu pulou em mim e me agarrou pelo pescoço, enlaçando as duas pernas em volta do meu corpo.

— *Tira ele daqui!* — ordenou.

— Ei, aí não! — gritei para o fofinho tarado, que continuava tentando cheirá-la, mesmo que ela estivesse agarrada ao meu corpo.

Cobri seu traseiro com uma mão e tentei espantar o danado com a outra, gritando pelo instrutor.

Quando o homem se deu conta, riu e chamou aquela criatura pervertida para o seu lado, enquanto eu nadava, desesperado, para a direção oposta, Malu ainda grudada em meu cangote.

— Tá tudo bem? — perguntei, preocupado, depois de ajudá-la a subir na lancha.

— Será que ele fez um buraco no meu maiô? — Seus olhos aliviados se encheram de lágrimas, que vieram com uma risada.

Aquela garota louca estava *chorando de rir*!

— Que susto, Luísa! — ralhei. — Achei que ele tinha te machucado.

— Eu tô bem — falou, agarrando meu braço. — Vamos dar um tempinho aqui em cima, daqui a pouco temos algo novo pra fazer.

— E o que seria?

— Você vai ver!

Hmm, eu não estava gostando nada daquilo.

— Você acha *mesmo* que eu vou mergulhar ali depois do que acabou de acontecer? — Ri de desespero no momento em que a lancha parou no meio do nada e nos mandaram descer.

— Mas é claro que vai, tá pago. — Ela deu de ombros, colocando o equipamento de mergulho.

— Pois você pode nadar duas vezes, então. — Cruzei os braços, mesmo que já estivesse com o cilindro nas costas. — Um golfinho tarado não é o suficiente pra você?

— Ah, Jae, qual é? Você veio aqui pra se divertir comigo.

— Vou me divertir muito te olhando daqui.

Malu pegou meu braço, me puxou para a beira do barco e me empurrou. Teria sido mais inteligente se eu tivesse tirado o equipamento antes de retrucar.

Como se eu não a conhecesse.

— Você me paga, tá escutando? — ralhei, cuspindo água e engolindo mais um tanto. Ela se jogou como uma bomba ao meu lado.

— Eu sei que você consegue, Huni! — Um sorriso radiante se formou em seu rosto, e ela me deu um beijinho estalado na bochecha, me fazendo enrubescer, então colocou a máscara e o snorkel e sumiu pela água atrás do instrutor.

Fiquei paralisado por alguns segundos, com um sorriso bobo estampado na cara, com direito até a bochechas vermelhas. Vencido pelo entusiasmo da paixão, coloquei o restante do equipamento de mergulho e os segui no mar.

Eu não sabia de onde Malu tinha tirado toda aquela coragem para nadar no meio de tantos peixes, mas, enquanto tentava me esquivar de cada um deles, ela rumava cada vez mais longe com o instrutor. Uma arraia, quase duas vezes maior que eu, passou tranquilamente ao meu lado e, por via das dúvidas, congelei, tentando não chamar muita atenção. Aquele bicho mordia?

Tentei acelerar um pouco e ficar mais perto de Malu e do instrutor. Eu podia ver os olhos dela sorrindo sempre que algum bichinho passava por perto e ri quando ela se remexeu, desesperada, ao ter o pé agarrado por uma alga marinha. Meu coração quase parou de vez quando, ao ver que fiquei muito para trás, Malu voltou e entrelaçou nossos dedos para que eu não ficasse longe.

NO DIA DO SEU CASAMENTO

O instrutor tirou algumas fotos nossas sobre as pedras, passando a mão nas arraias — atividade com a qual eu não concordei, mas tive que fazer a contragosto — e nadando distraídos. Em uma das fotos, Malu estava montada nas minhas costas e nós dois saímos com uma careta engraçada ao nos assustarmos com um peixe horroroso de olhos esbugalhados. Ao fim das fotos, ela nadou até o instrutor, pegou a câmera e voltou na minha direção.

Malu imitou uma nadadeira com a mão no topo da cabeça e veio até mim como um foguete, grudando no meu corpo mais uma vez. Eu queria poder falar embaixo d'água e perguntar que raios ela estava tentando dizer, no entanto ela só continuava balançando a mão aberta sobre a cabeça e apontando para as pedras à nossa frente enquanto se agarrava a mim, quase tirando meu calção. Olhei para o instrutor, assustado, quando vi um tubarão pequeno sair de trás das pedras, e ele apenas ergueu o dedão, mostrando que estava tudo bem. O problema era que *não estava tudo bem*, nem para mim nem para Malu, que se atracou a mim como uma sanguessuga.

Eu não sabia que tinha medo de tubarão, até ver um tão de perto. Fiz o possível e o impossível para voltar à superfície com aquele peso extra sobre mim, respirando ofegante. Parecia que nem dois daqueles cilindros de oxigênio inteiros seriam suficientes para nos fazer chegar até lá em cima.

Pulei para o barco em pânico, puxando Malu comigo. Os instrutores não conseguiam parar de rir e as outras pessoas que nadavam, também. Se era comum ou não ver aquele bicho ali eu não sabia, mas *eu* não pularia de volta naquela água tão cedo.

— Quero deixar registrado aqui que eu *nunca mais* vou assistir a *Terror na água* com você — balbuciei. — Nem a nenhum filme que tenha tubarão. Ou peixe!

— Nem *Procurando Nemo?* — zombou.

— Nem *Procurando Nemo!*

Malu riu até perder o ar e me pegou num abraço, mesmo que eu estivesse com um bico gigante no rosto. Com o som da risada dela, não consegui manter a pose de bravo. Era tão bom vê-la se divertindo daquele jeito depois de períodos tão ruins. Era ainda melhor estar perto dela novamente.

Eu me entreguei ao seu riso e abracei seu corpo molhado, rindo também.

— Que bom que você veio — disse ela, afastando um pouco o pescoço a fim de ficar frente a frente comigo.

Seu sorriso tão perto do meu me fez querer beijá-la.

— Eu prometo que você nunca vai se esquecer dessa semana — falei, com um sorriso no rosto e os olhos colados aos dela. E dessa vez eu pretendia cumprir.

— Tenho certeza que não.

20

Malu

Acordei no dia seguinte com Jae grudado na minha perna, como sempre, atravessado na cama. Que horas eram?

Eu me levantei em silêncio e fui até o banheiro checar meu celular pela primeira vez nos últimos três dias. Com a correria e bagunça que havia sido aquela viagem, nem me lembrei de ligá-lo depois de sair do avião. Tinha certeza de que Jae já falara com minha mãe, e ela devia ter avisado Luna e meu pai, então, na verdade, todos que precisavam saber que eu estava viva já sabiam.

Dei uma espiada pela porta do banheiro e me permiti assistir a Jae adormecido, grudado num dos travesseiros como um macaquinho. Era ótimo tê-lo de volta e estar ali, naquele lugar surreal que eu nunca daria conta de pagar. Além do mais, tinha o belíssimo fato de que, inacreditavelmente, ele não estava namorando.

Jae *não* tinha namorada!

Respirei fundo e tomei coragem de abrir o WhatsApp. Havia um milhão de mensagens de Marcelo, minha mãe, meu pai, Luna, Fabrício, as meninas do outro setor da editora pedindo ajuda com alguma coisa. Respirei fundo outra vez.

Ninguém entendia que eu estava de férias?

Escrevi uma mensagem padrão:

> Cheguei bem nas Maldivas e voltarei bem em alguns dias. Não me chamem a não ser que caia dinheiro do céu.

Enviei para todos, menos para Luna. Eu precisava xingá-la antes de avisar que estava bem.

> **Malu:** Você é uma cretina.

> **Luna:** Eu te fiz um favor.

> **Malu:** Poderia ter me avisado, quase me deu dor de barriga de desespero.

> **Luna:** Amiga, eu nunca te deixaria na mão. Tenho tudo friamente calculado.

> **Malu:** Ugh!

> **Luna:** Como estão as coisas? Já conversou com o Jae?

> **Malu:** Estão bem... Não conversamos ainda, mas parece que ele não tem uma namorada.

> **Luna:** Pois é, ele não tem. Estamos todos na torcida por vocês. Então, por favor, faça acontecer!

Apoiei o rosto sobre os punhos e os cotovelos nos joelhos, sentada no vaso fechado. Era a minha chance de consertar tudo, certo?

Entrei no chuveiro, me lavando o mais rápido possível, depois passei protetor solar, arrumei o cabelo e coloquei um maiô rosa-pastel, feliz por ter deixado Luna me obrigar a comprá-lo. Até que ficava fofinho em mim e modelava bem meu quadril largo. Joguei um vestido preto por cima e dei uma conferida rápida no espelho do banheiro. Bom, nada mau.

Saí do banheiro e tentei não demorar muito os olhos na imagem de Jae desarrumado sobre a cama, a barriga virada para cima e as mãos presas sob a nunca. Ele se virou na minha direção ao notar minha presença, e eu quase me engasguei.

— Vai se trocar, tô morrendo de fome — ralhei.

Eu precisava dar um jeito de ser mais legal se queria conquistá-lo. Daquela forma não iria funcionar. *Neurônios, é hora de voltarem a trabalhar!*

Jae reclamou do meu mau humor matinal, mas seguiu até o banheiro porque, no fim das contas, já estava acostumado. Quando voltou, quinze minutos depois, com o cabelo molhado e o corpo esbelto perfeitamente esculpido numa camisa azul cheia de flores e um short bege, me perguntei se eu não havia caído em algum tipo de feitiço. Eu me sentia capaz de qualquer coisa por aquele homem.

Para mim, seu rosto brilhava como o de Edward Cullen, e eu podia escutar anjos cantando ao seu redor, ainda que soubesse que ele devia ter lavado o rosto com o mesmo sabonete que usou para lavar a bunda.

Seus olhos encontraram os meus, que o escaneavam sem vergonha, e eu senti como se meu sangue inteiro tivesse subido para as bochechas. Sem dizer nada, saí na frente, batendo o pé.

Eu estava sendo uma baita de uma esquisita, mas ainda era um milagre que conseguisse lembrar meu próprio nome àquela altura.

Respirei fundo algumas vezes com seu olhar curioso sobre mim. Eu não podia ter outra crise de ansiedade. Estava decidida a falar sobre meus sentimentos abertamente pela primeira vez, e não havia crise que fosse capaz de me impedir.

Em silêncio, seguimos pelo caminho que mais parecia uma passarela infinita. Já que havíamos dormido mais que o necessário, teríamos que pular o café e ir direto para o almoço. A vista era uma mistura de céu e água, impossível saber onde começava um e acabava o outro, e tivemos que atravessar toda a passarela e contornar a ilha para chegar ao restaurante do outro lado. Olhei, confusa, para o lugar, que parecia composto de apenas dois bangalôs pequenos. Jae pousou a mão na cintura, provavelmente também tentando entender como caberia um restaurante ali dentro.

Quando uma das atendentes nos viu encarar a porta, intrigados, nos guiou até outra passarela. A escada espiral que descemos em seguida quase atacou a labirintite que eu nem tinha, mas fez tudo valer a pena. Ali embaixo havia um restaurante subaquático, um dos mais lindos que eu já tinha visto em toda a minha vida.

Nos sentamos a uma mesa à esquerda. Jae varreu o lugar com os olhos, definitivamente odiando o fato de estarmos rodeados de água e peixes, mas não disse nada. Em vez de reclamar, apenas coçou a garganta e cochichou:

— Me fala que já tá pago, pelo amor de Deus.

Deixei escapar uma risada; éramos tão parecidos.

— Você acha mesmo que eu pagaria quase trezentos dólares por um almoço que só tem peixe?

Ele arregalou os olhos, incrédulo, e logo abriu o menu para checar se eu não estava exagerando, então só faltou cair para trás quando viu que o que eu dizia era verdade. Apesar de espantado, reconheço seu esforço em fingir costume, como se trezentos dólares não fossem quase mil e quinhentos reais. Quase uma parcela do meu apartamento.

Como nenhum de nós comia peixe, escolhemos o que parecia menos estranho no cardápio, mesmo sem saber o que vinha. Quando o prato chegou, Jae me encarou, abismado, e meu olhar, claro, não estava diferente.

O prato de duzentos dólares era basicamente uma quantidade de comida do tamanho do meu punho, que consistia em: dois bolinhos que pareciam dois quibes mal assados e um salgadinho — ou seja lá o que fosse aquilo — que mais parecia uma prancha de Doritos. Dos lados, duas bolas amarelas que eu roguei aos céus para que não fossem ovos crus.

— Eu não vou comer isso — balbuciou ele.

A garçonete riu da nossa cara insatisfeita, provavelmente entendendo que éramos pobres demais para nos adequarmos ao gosto estranho dos ricos. Coloquei uma colherada na boca, sem conseguir identificar muito bem o sabor daquele prato sofisticado.

Segurei a comida, que ameaçou voltar diante dos olhares ansiosos sobre mim. Jae e a moça esperavam meu veredito com expectativa.

Bebi uma quantidade pequena de água, mesmo morrendo de sede depois daquela monstruosidade, ajeitei a barra do meu vestido e pigarreei sem graça, olhando em volta.

— Me traz um macarrão, por favor.

A garçonete assentiu com uma risada e anotou o pedido antes de sair.

Enrolei o guardanapo de pano no indicador e tentei tomar coragem para puxar assunto.

— Então, Jae, sobre a Paola...

Ele ergueu os olhos até mim, esperando para ouvir o que eu tinha a dizer.

— Não tem nada mesmo rolando entre vocês? — funguei, tentando parecer casual e desinteressada. — Só tô curiosa, vocês parecem bem próximos e... aquele dia na balada...

Eu tinha lá minhas dúvidas sobre aquele ser o momento apropriado para tocar no assunto, no entanto precisava esclarecer tudo antes de fazer qualquer uma das loucuras que eu planejava.

— O que aconteceu na balada? — Ele juntou as sobrancelhas e cruzou os braços, me encarando.

— É só que... eu vi... bom, vocês meio que se beijaram, não foi?

Senti as bochechas arderem e me arrependi da pergunta no mesmo instante.

— Não. — Ele desviou o olhar para os peixes que passavam do outro lado do vidro, mordiscando o lábio inferior, então pareceu ter um flash de lembrança ao completar: — Na verdade... não tenho muita certeza.

Murmurei algo que mais soou como uma lamúria. Seu corpo se inclinou sobre a mesa e seus olhos fitaram o fundo dos meus, de forma intimidadora.

— Mas por que a pergunta? Você pareceu se divertir bastante também, huh? Tenho certeza que aquele garoto sem sal *nunca* vai esquecer você.

Um suor gelado atravessou minha pele, e dei graças a Deus quando a santíssima garçonete apareceu com nosso prato gigante.

Agradeci e ataquei a comida, deixando-o sem resposta. A moça se afastou, mas me assistiu a comer o macarrão como se eu tivesse sido amarrada num porão por uma semana inteira sem comida. Jae não estava seguindo meu roteiro.

— Por que você tá curiosa, Malu?

Seus olhos angulados me encararam com uma força sobre-humana. Ele soltou o garfo e entrelaçou as mãos, com os cotovelos apoiados na mesa.

— Quem era aquele cara?

Tossi, me engasgando com um fiapo de macarrão, que provavelmente sairia pelo nariz se eu tossisse um pouco mais forte.

— Não sei. — Pigarreei, fugindo de uma resposta mais longa ao beber um copo de água.

— Você simplesmente beija as pessoas, fácil assim?

Dei de ombros.

Ora, eu não fazia mesmo ideia de quem aquele garoto era, e beijar um estranho nunca foi um problema para mim.

Ele bufou e enfiou um bocado de macarrão na boca, sem dizer nada. Ótimo, agora Jae estava bravo.

— Ah, qual é, Jae? Aquele beijo não significou nada — tagarelei, tentando consertar a situação. Se eu queria me declarar mais tarde, era bom que não estragasse tudo. — Você me conhece, eu sou a maior beijoqueira. Até você eu já beijei! Tantas vezes que não consigo nem contar.

O rapaz se engasgou com o macarrão e arregalou os olhos.

— *Ya!* — berrou. — Por que você tem que falar sobre isso como se não fosse nada de mais?

Àquela altura, as pessoas ao nosso redor já estavam nos encarando. Me encolhi, enchendo a boca de comida outra vez.

— Eu sou qualquer um pra você, por acaso? — Ele parecia um rabugento com o orgulho ferido. — *Você até me pediu em casamento!* Eu sei que você não pede todo mundo em casamento!

Suas bochechas estavam vermelhas e seu nariz fino e empinado apontava para todos os lados enquanto ele brigava sozinho, gesticulando com fervor.

— Eu não disse isso — ralhei de volta. — Quer parar de brigar comigo?

Fosse lá o que ele planejava dizer em seguida, nunca foi dito. Jae engoliu suas palavras no meio do caminho e deu um pulo quando uma sombra passou do outro lado da parede de vidro, atrás de mim, que dava para o mar.

— Tu-tu-tu-tubarão! — Não consegui conter a gargalhada ao me virar e ver que ele se tremia todo por causa de um peixe do tamanho do meu braço. — *Ele tá rindo de mim, Malu!*

Eu ria tanto que do canto dos meus olhos chegaram a sair lágrimas. Encarei o bichinho, que parecia mesmo estar sorrindo, com os dentinhos finos e separados à mostra.

— É só um tubarão feliz, Jae.

— Anda, vamos embora daqui! — ordenou, enfiando o resto do macarrão na boca. Afinal de contas, já estava pago.

A garçonete, que agora trazia mais dois pratos esquisitos, o encarou, provavelmente se perguntando de que buraco Jae e eu havíamos saído.

— Mas a sobremesa acabou de chegar...

— Moça, você se importa de colocar esse... — Ele olhou para o prato branco, que tinha um pedaço de bolo estranho, com um borrão vermelho que parecia ter sido melado com o dedo. — Esse *negócio aí* dentro de uma caixinha pra gente levar e comer no caminho?

A garçonete riu, assentindo. Todos naquele restaurante ficariam superaliviados quando os brasileiros escandalosos deixassem o lugar na completa paz que ele deveria ser.

Jae aceitou a sacola estendida pela garçonete minutos depois e, sem tirar os olhos do tubarãozinho, agarrou minha mão e me levou para terra firme outra vez. Eu conseguia sentir o coração na garganta, nos pulsos, nas pernas e na nuca quando ele entrelaçava nossos dedos daquela forma. Meu rosto esquentou uns quarenta graus e eu suspirei, tentando manter o controle.

Ele era o cara mais doce, medroso e sensível que já havia entrado na minha vida.

Seria egoísmo pedir que ele nunca mais saísse dela?

Encarei minha imagem no espelho do banheiro, mordiscando o lábio inferior ao analisar meu vestido. Eu me recusava a deixar a ideia de "preciso perder peso" cruzar meus pensamentos.

Passei um rímel de péssima qualidade, que fez meus olhos arderem, e molhei os lábios com lip tint. Eu não precisaria de blush depois de ter ficado o dia inteiro no sol e, se eu não fosse tão preguiçosa, até passaria uma base para esconder as sardas que estavam ainda mais evidentes.

Respirei fundo, me olhando no espelho.

Era hora de agir.

Já estava tudo planejado: eu o chamaria para dançar na festa na piscina, seria legal com ele, como sempre, então tentaria encontrar algum assunto para falar sobre o passado e aí, quando achasse uma brecha, falaria dos sentimentos que tinha por ele, com zero esperança de ser correspondida. Se não houvesse expectativas, também não haveria decepção.

Pelo lado racional, parecia um plano bem simples. Eu esperava ser rejeitada, de alguma forma, mas... e se ele correspondesse? Eu não tinha parado para pensar no que aconteceria depois.

Respirei fundo outra vez, coloquei um sorriso falso no rosto, para esconder meu desespero, e saí do banheiro.

Jae estava sentado na beira da cama, as pernas longas cruzadas enquanto mexia no celular. Ele ergueu os olhos até a altura dos meus, e eu reforcei o sorriso que fazia minhas bochechas doerem.

— O que foi? Tá com dor de barriga?

Desfiz o sorriso e bufei, marchando até a beira da piscina no deque do quarto. Ele também não ajudava em nada! Eu estava fazendo o meu melhor para parecer uma pessoa normal e tentando criar coragem para tomar a decisão mais difícil de toda a minha vida. Ele não podia pelo menos reconhecer meu esforço e fingir por algumas horas que não me conhecia tão bem?

Enchi os pulmões e soltei o ar devagar enquanto a brisa leve acariciava meu rosto, me trazendo um pouco de conforto. Tudo iria ficar bem. Eu precisava me acalmar. Se continuasse naquele desespero todo, meu plano meticulosamente calculado iria por água abaixo.

Abracei meu próprio corpo, me dando tapinhas de incentivo.

— Você consegue, Malu... — falei, baixinho, os olhos fechados.

Senti um calor gostoso me envolver quando os braços de Jae me apertaram contra seu peito e um beijinho quente alcançou minha bochecha.

— Não sei o que te incomoda tanto, mas, sim, você consegue, Malu!

Sua voz grossa, tão perto do meu ouvido, fez meu coração tocar uma batida de hip-hop tão louca que até a minha palma da mão formigou.

Contive um riso. Jae nem sequer sabia que ele próprio era o motivo da minha aflição.

Descruzei os braços e o puxei de volta quando se afastou, apoiando a cabeça em seu peito. Ouvir seu coração acelerar me dava a esperança de que, talvez, ele não estivesse cansado de mim.

— Vai chorar? — perguntou, preocupado, apoiando o queixo fino no alto da minha cabeça.

— Não, é só que... você sabe que eu te amo, né?!

Não gradualmente, mas de repente, suas batidas aceleraram ainda mais, de forma que quase me possibilitava ver sua camisa mexer a cada batida.

— Eu te amo *muito* mais! — Um abraço ainda mais apertado e um beijinho no topo da cabeça me fizeram desejar confessar tudo ali; no entanto, eu não tinha coragem ainda.

Talvez precisasse, sim, da ajuda do álcool, e aquilo me fez pensar que eu havia me tornado a pessoa que mais detestava: meu *pai*.

Não Vicente, mas aquele que me abandonou, levando uma garrafa de vinho no meu lugar.

A lembrança súbita me obrigou a fungar o nariz para barrar o choro. Pisquei algumas vezes antes de me afastar e dei um beijo no rosto de Jae quando ele me encarou, preocupado. Sorri.

— Tô bem.

Ele sabia que era mentira, porém optou por fingir que acreditava em mim.

Calcei minhas sandálias de tirinhas e esperei até que Jae pegasse seus óculos escuros e fechasse a porta do bangalô para que pudéssemos ir para a tal festa na piscina.

A ilha não estava cheia, e acredito que fosse pelo fato de que aquele luxo todo não cabia no bolso de qualquer um. Eu me sentia um pouco deslocada, como se não pertencesse àquele lugar, e Jae, assim como eu, parecia ter entrado num conto de fadas. Como se não tivesse sido podre de rico na infância.

— Ainda me impressiona que você fique tão encantado com tudo que é coisa de rico — provoquei, puxando um banco alto sob o balcão do bar.

Jae desviou a atenção da piscina e revirou os olhos para mim.

— Lá vem você com esse papo.

— Me conta de novo aquela história de quando você era pequeno?

Ele fingiu enfiar dois dedos nos olhos. Jae odiava falar sobre seu passado, mas eu amava ouvir.

— Por favorzinho!

Fiz beicinho e ele respirou fundo, se dando por vencido. Seus braços largos se estenderam na minha frente, puxando uma bebida colorida de uma bandeja, e ele se sentou ao meu lado.

— Vamos lá — pigarreou. — Era uma vez, um garotinho lindo de morrer...

Foi minha vez de revirar os olhos. Ele riu.

— Seu nome era Park Jae Hun, um carinha bacana.

— Se for contar em terceira pessoa, não vai prender minha atenção. — Me lembrei dos livros que eu precisava revisar e quase morria de tédio quando a narrativa era diferente da que eu esperava.

Jae deu um gole longo na bebida e ergueu um sorriso lateral. Ele sabia que eu não gostava de narrativas que não fossem em primeira pessoa porque praticamente o obriguei a mudar isso em suas histórias.

— Depois de morar muitos anos nos Estados Unidos, a *omma* voltou para a Coreia e se casou com o *appa*. — Ele entrou no personagem narrador e engrossou a voz, como se estivesse dublando um filme. Jae tinha muitos talentos e eu amava aquilo. — Meu pai não era rico, os pais dele morreram quando ele era novo e, por isso, ele morava com a avó. Os pais da minha mãe... bom, eles não aceitavam o namoro dos dois de forma alguma. Não rolou aquela história de envelope com dinheiro e "Quero que vocês terminem pelo bem da minha filha", copo d'água na cara e etc., apesar de isso ser algo que meu avô faria.

Eu já havia escutado aquela história muitas vezes, mas ainda me impressionava com o fato de que, não importava quantas vezes Jae me contasse, sempre seria de uma forma mais interessante e totalmente fiel ao enredo original. Verdadeiramente um escritor.

— A *omma*, sempre muito corajosa, foi contra a vontade dos meus avós e disse que amava o *appa* e não terminaria com ele — continuou.

Eu prestava tanta atenção que me esquecia até de piscar.

— No fim das contas, ela engravidou e o bonitão aqui chegou para abalar tudo. Meus avós ficaram quietos por um tempo, mas aí começaram com a história de que, por ser o neto mais velho, eu teria que herdar a empresa um dia e blá-blá-blá. E, claro, meus pais odiaram isso. Minha mãe sempre defendeu a ideia de que eu deveria ser quem eu quisesse, talvez pelo fato de ela ter sido tão controlada por meus avós quando jovem. Eu aprecio muito essa decisão, porque nunca quis ser taxado como herdeiro.

— Também tem o fato de que sua prima Mia é a mais velha — eu conhecia a história de trás para frente —, e você acha que ela não poder assumir a empresa por ser mulher é...

— *Sexista* — completou Jae, junto comigo. — Exatamente.

— Eu não me importaria nadinha em herdar um império daqueles — falei, dando de ombros.

— Não se preocupa, você será a primeira no meu testamento, e eu vou deixar *todos* os meus videogames de herança para você.

Dei um tapa leve em sua nuca e ele riu, bebericando a taça ao cruzar as pernas. Eu odiava quando ele brincava que morreria primeiro.

— Então sua mãe gritou um grande "Essa merda que se dane", foi embora e deixou tudo pra lá — resumi o fim da história.

Jae me olhava de uma forma diferente, demorando ainda mais seus olhos em meus lábios. Eu os umedeci, involuntariamente, e joguei o cabelo para trás, o que não adiantou nada por causa do vento.

— É... Mas tudo isso só aconteceu depois dos meus dois anos, quando nos mudamos da mansão do meu avô. *Omma* achou que morar em Nova

York faria tudo ser mais fácil e que o pai dela perderia o controle sobre nós, mas, ainda assim, ele insistia em tomar conta de tudo. Foi aí que o *appa* teve a ideia de ir pra BH, quando eu tinha cinco anos.

— A melhor decisão que ele poderia ter tomado. — Dei um sorriso largo e Jae o refletiu em seus lábios também.

— Aham...

Senti o coração palpitar pelo tempo que seu olhar se enlaçou ao meu. Havia tantas borboletas em meu estômago que eu quase pensei ter coragem suficiente para soltá-las em uma confissão.

— Já que o *appa* tinha família no Brasil, foi fácil para ele conseguir um emprego no banco em que trabalha hoje. O vovô foi *muito* contra, e o fim você já conhece.

— Ele deserdou vocês... — Senti uma pontinha de dó, mas não totalmente. Graças àquilo eu tinha Jae na minha vida e era grata por isso, ainda que fosse um pensamento egoísta. — Mesmo assim vocês ainda o visitaram por um tempo...

Fiz uma cara feia quando algumas meninas se aproximaram do balcão para pedir bebidas, praticamente berrando numa língua que eu não conhecia. Jae puxou seu banco para mais perto e os pelos do meu braço arrepiaram quando sua pele roçou na minha.

— Minha mãe não queria cortar os laços com a família, só queria ser independente. Demorou um pouco, mas meu avô entendeu que não faríamos a vontade dele.

— Sabe, às vezes o *harabeoji* até que era legal. — Me lembrei das vezes que Jae e eu corríamos pela mansão atrás do avô e dele mostrando, orgulhosamente, todas as medalhas e troféus que seus filhos ganharam em algum momento da vida.

— Não gosto muito do jeito que ele fala com o meu pai, mas nenhuma família é perfeita, né? — Suspirou. — Com o tempo, acabamos todos ficando mais distantes dos meus avós, tios e... bom, dos meus primos também. — Ele ergueu os ombros e tomou o último gole de seu copo.

Eu sabia que, apesar de tudo, ele sentia falta da família, principalmente da prima Mia. Também me lembrava muito bem de quanto Jae chorara de saudade dela, dizendo que eles eram "grude de chiclete" e que tinha medo de nunca mais vê-la. Por fim, acabei pegando raiva da garota que nunca conheci.

Espantei o pensamento para não atrapalhar o clima, porque aquilo era um tópico sensível para mim, e alonguei as costas, pronta para mudar de assunto.

Jae aceitou de bom grado quando o barman ofereceu uma bebida amarela com azeitona, e eu neguei quando ele estendeu uma igual para mim.

— Você tem algum suco natural? — perguntei, singela.

Não há palavras para descrever a careta que Jae me lançou, como se tivesse ficado com a azeitona presa na garganta.

— Tô proibida de consumir álcool. — Então dei de ombros e os olhos de Jae se arregalaram, a ponto de quase pularem para fora. — Não tô grávida, se é nisso que tá pensando.

Ele suspirou, aliviado, sem achar a menor graça. Eu poderia jurar que ele teria um ataque se minha resposta demorasse um pouco mais.

— O que é, então? — perguntou, sério.

— Eu só preciso ficar sóbria até o fim da noite.

E aquilo seria um desafio e tanto!

Até então, tudo estava indo muito bem. Nós dançamos, conversamos e nos divertimos. Eu finalmente havia recuperado a capacidade de conversar como um ser humano normal. No entanto, já haviam se passado duas horas daquela falação e eu não aguentava mais dançar. Precisava colocar meu plano em prática e me livrar da ansiedade e daquelas sandálias que apertavam os meus pés inchados pelo calor.

Huni parecia decidido a acabar com o próprio fígado em álcool naquela noite, e eu travava todas as vezes que tentava confessar meus sentimentos. Quando o vi voltar pela quinta vez com o copo cheio de uma bebida dourada, não pensei duas vezes antes de tomá-lo de sua mão e sorver o líquido em dois longos goles. Senti a coisa toda ameaçando voltar assim que bateu no meu estômago.

Segura essa, Malu! Você não vai conseguir sem uma dose de coragem.

— Achei que você não podia beber — provocou, um sorrisinho se erguendo em seus lábios.

— O que era?

Seja lá o que fosse, era amargo para diabo.

— Rum.

Certo, eu havia começado com uma bebida com quase cinquenta por cento de teor alcoólico... *Tudo ótimo!*

Minha intenção não era ficar bêbada, mas tomar coragem. Nesse caso, talvez o estrago fosse menor se eu tivesse bebido gasolina.

— Eu preciso falar com você — disse, sentindo uma tontura leve bater.

Era bom que quebrar minha promessa contra o álcool valesse a pena. Ele me olhou atento, curioso e até preocupado.

— Quer se sentar? — Jae arqueou uma das sobrancelhas ao me ver sacudir a cabeça e cobrir a boca, tentando não vomitar.

Rum era mesmo horrível. Alguém bebia aquilo por prazer?

— Podemos ir a um lugar mais... calmo? — pedi.

Tinha chegado a hora.

Força, Malu.

Segurei firme em sua mão, puxando-o para longe quando duas garotas asiáticas se aproximaram de nós, quase tendo um ataque.

— Ai, meu Deus! — gritou uma delas. — Você é o Park Jae Hun?

Jae me olhou, confuso, e eu fiz careta.

— Hã... sim?

— Caramba, eu sou muito sua fã! — Foi tudo que entendi a garota falar, antes de começarem um tiroteio de palavras coreanas que eu não conseguia acompanhar de jeito nenhum.

Jae sorriu largo, feliz por falar sua língua materna, que era, de longe, a que ele falava pior entre todas. Depois de tantos anos no Brasil, seu coreano acabou ficando bem mediano. Consegui entender, quando misturaram o inglês no meio da conversa, que *One More Try* fizera muito sucesso na Coreia e que elas amavam a história. Jae parecia muito orgulhoso de seu trabalho e, com toda a emoção, até se esqueceu da mulher semibêbada ao seu lado.

Eu estava feliz por ele, mas nada contente com a garota que grudava em seus braços e dava pulinhos, arranjando uma desculpa para tocá-lo.

— Vou me sentar ali — falei, num muxoxo, desviando sua atenção por um instante. — A gente conversa depois.

— Não, eu vou...

— Tudo bem, Jae. — Sorri fraco. — Não é todo dia que isso acontece.

Ele sorriu, radiante, ainda que com certo peso na consciência, e voltou a conversar com as garotas, animado.

Eu me enfiei numa muvuca de gente, pegando duas taças da bandeja do garçom e engolindo tudo de uma vez.

— Ei, vai com calma, gatinha — ouvi uma garota, vamos ressaltar aqui, *muito bêbada*, gritar em português para mim.

— Se eu não tomar todas, vou desistir do que tenho pra fazer, e eu juro que falta isso aqui. — Ergui a mão, fazendo um sinal de pouquinho com os dedos.

— Impressionante a capacidade de se achar um brasileiro em qualquer lugar do mundo — disse ela, rindo e prendendo o cabelo num coque suado. — Ouvi você falar com o bonitão ali. Que climão, hein?

— Deixa de ser intrometida, Isabella! — A amiga da garota deu um tapinha leve em suas costas. — Desculpa, ela bebeu demais da conta. Acabou de terminar com o namorado e veio pra essa viagem se consolar e tal, sabe como é.

— É... Sei, sim. — De certa forma, eu meio que sabia mesmo, apesar de nada daquilo ter saído do meu bolso.

— Meu nome é Joana — se apresentou a amiga aos gritos, com lindos cabelos enrolados e coloridos, quando o DJ aumentou ainda mais a música.

— Malu — gritei meu nome, pegando outra taça da bandeja do garçom.

— Jojo, ela tá caidinha nele, não tá? — gritou Isabella, a doida bêbada. Eu já estava vendo a hora de ela escorregar na borda da piscina e cair. Joana brigou com a amiga, dando um cutucão em sua costela, e eu soltei uma risadinha.

— Eu tô mesmo — confessei em voz alta, sem pensar duas vezes.

Uau! Aquele rum era dos bons!

A dose de coragem estava garantida!

— E por que não falou nada ainda? — perguntou Joana, balançando no ritmo da música.

Contei toda a minha história movida por um impulso enquanto, ao mesmo tempo, dançava de modo desengonçado. Estava sóbria o suficiente para perceber que o garçom passava longe de mim de propósito.

— Eu não acredito nisso! — gritou Isabella, brava. O que veio a seguir não aconteceria nem nos meus sonhos mais loucos e embriagados: a garota me deu um tapão na cara, assim do nada! — Você precisa se valorizar, garota! Você é incrível, linda, gostosa e sabe o que quer. Vai lá e beija ele *agora*!

Encarei a garota com uma das mãos cobrindo a bochecha, sentindo a ardência repentina, quando sua amiga veio me acudir. Existem coisas que apenas pessoas bêbadas são capazes de fazer, como acordar uma estranha para a vida com um tapa estupidamente forte sem arrumar qualquer indício de briga.

Joana cobriu a boca e me perguntou se eu estava bem. De alguma forma, aquele tapa inesperado me deu a força de que eu tanto precisava. A adrenalina combinada com a coragem do rum. Senti saudade de Luna quando a garota puxou o cabelo da amiga em repreensão... Era exatamente o que a Lu faria comigo naquela situação.

No fim das contas, Isabella tinha razão.

Saí sem me despedir e nem liguei quando as duas caíram de barriga na piscina enquanto brigavam. Eu não estava na minha melhor condição.

Apontei para a direção em que Jae estava, ainda com as meninas, e me esforcei para andar numa linha reta até ele. Um pé atrás do outro e a cabeça longe. Uma enorme comoção de gente atrás de mim tentava salvar as duas da piscina, e eu tinha apenas um objetivo em mente.

— *Park Jae Hun!* — gritei, fazendo-o arregalar os olhos, se despedir das meninas às pressas e vir na minha direção. — Escuta aqui uma coisa, *eu te amo*!

Jae correu com os braços abertos para me segurar, e eu nem me preocupei com o fato de que estava prestes a cair. Eu sabia que ele estaria ali antes de o meu corpo encontrar o chão.

Tropecei, estourando uma tirinha da sandália, e senti os braços do homem que eu amava me ampararem.

— Eu sei disso, mas o que aconteceu com você nesse meio-tempo, pelo amor de Deus? — Ele estava bravo, eu podia ver.

— *Eu te amo!* — repeti, dessa vez com um tom melancólico na voz, prestes a chorar. Seus olhos escuros encararam os meus, piscando os cílios longos rapidamente. Sorri quando suas bochechas coraram e seus lábios se comprimiram numa linha fina. — Eu sou uma ruína sem você, Huni — choraminguei, rogando aos céus em silêncio que ele entendesse o que eu queria dizer. Era tão difícil para mim

Ele não disse uma palavra sequer, apenas me segurou firme em seus braços.

Em um dia comum, eu me fingiria de doida, daria uma desculpa e sairia dali. No entanto, para o meu azar, a quantidade de álcool no meu sangue era demais para deixar passar batido. No impulso, o agarrei pela nuca e o beijei. Seus lábios tremiam sob os meus, mas seus olhos me fitavam, nada surpresos. Como das outras vezes, ele não correspondeu.

— *Casa comigo!* — gritei.

Opa! Essa parte *não* estava no roteiro.

Jae respirou fundo e mordeu o lábio, me encarando de um jeito que fez minhas pernas tremerem.

— É triste que seja tão simples pra você brincar comigo dessa forma. — Sua voz rouca e séria ressoou baixo, ao que ele se aproximou do meu ouvido: — Mas eu te avisei que, se voltasse a fazer isso, eu iria aceitar.

Fitei seu rosto com uma pontada de dúvida sobre o que aquilo significava, mas prendi o ar e arregalei os olhos ao sentir seus braços fortes me pegarem no colo e me arrastarem para longe dali.

21

Jae Hun

— Quando foi que suas costas ficaram tão largas? — perguntou Malu, a voz melancólica e baixinha ao pé do meu ouvido, enquanto eu a carregava em direção ao quarto. — Eu era tão mais alta que você.

— Escuta aqui, eu sei que não sou ninguém pra falar isso, mas você precisa parar de beber! — briguei, ajeitando-a nas minhas costas.

— Eu nem tô tão bêbada.

— *Ah, não?* Então o que foi aquilo agora há pouco?

Abri a porta do quarto com dificuldade, tirei os sapatos e a soltei sobre a cama.

Meu sangue fervia.

Eu estava bravo e fora de controle. Como ela podia continuar fazendo aquilo comigo? Aquela confissão e o beijo só serviram para me provar como ela estava acostumada a brincar com meus sentimentos, como se não fossem nada.

Eu já nem a levava a sério.

— Eu te beijei, ué — falou, inocente, com os olhos arregalados. — E disse que te amo.

Meu peito chegava a doer, de tão forte que meu coração batia. Uma confusão de sentimentos.

— Vai tomar um banho gelado, anda — ordenei. Puxei sua mão, a empurrei de leve para dentro do banheiro e fechei a porta. — Só volta pra falar comigo quando estiver sóbria, senão eu juro, Malu, eu *juro* que não me responsabilizo por nada.

— E se eu não quiser? Vai fazer o quê? — gritou, brava, do lado de dentro, tentando abrir a porta. Segurei a maçaneta. — Ir embora nadando?

— Olha que eu vou! — gritei ainda mais alto.

A boa notícia era que o quarto mais próximo ficava a uma boa caminhada de distância do nosso. Ninguém escutaria nossa gritaria. A má notícia era que ainda dormiríamos no mesmo colchão, mesmo depois da briga que estávamos prestes a começar.

Bufei ao me jogar sobre a cama arrumada, com os pés ainda tocando o chão. Por que era tão fácil para ela? Como eu podia me declarar sabendo que ela me levava tão na brincadeira? O que eu era, para ser tratado como um curativo para sua solidão toda vez que ela bebia?

Não havia real intenção em suas palavras. Eu sabia, porque não era a primeira vez que acontecia, e sabia que, depois que o efeito da bebida passasse, ela voltaria à sua versão sóbria, como se nada tivesse acontecido, e me pediria desculpas, dizendo que eu era como um irmão e que não queria me perder.

Irmão? Eu não permitiria que aquilo acontecesse outra vez. Estava decidido: até o fim do dia, ela saberia de tudo.

Por uma hora, eu não ouvi o barulho do chuveiro, de vômito, descarga ou qualquer outra coisa, e comecei a entrar em desespero quando bati na porta, chamando seu nome, e ela não respondeu.

— Malu? — chamei de novo, sem resposta. Meu Deus, e se ela tivesse se engasgado ou passado mal lá dentro? — Está tudo... bem? — Bati na porta mais duas vezes, o coração gelando de medo. — Vou entrar. — Se ela estivesse consciente, gritaria comigo por entrar no banheiro enquanto estava ali. — Tô entrando.

Girei a maçaneta, coloquei a cabeça para dentro e entrei em pânico quando não a vi. Procurei por ela em todos os cantos, mas não a encontrei. Ela não estava no vaso, no chuveiro ou no chão.

Malu não estava em lugar nenhum.

Meus olhos pinicaram e minha cabeça girou logo que olhei para a janela aberta. Ela seria doida o suficiente para pular pela única saída que dava para uma parte funda do mar?

Grunhi ao perceber que ela seria, sim!

Olhei, aflito, pela janela aberta e gritei seu nome algumas vezes, apontando a lanterna do celular para a água, na esperança de encontrá-la.

Nenhuma resposta, apenas um breu intenso.

Eu me sentei no vaso com a tampa fechada e apoiei os cotovelos nos joelhos, desesperado, deixando a cabeça pender sobre as mãos. Eu precisava pensar em alguma coisa...

Peguei meu telefone para ligar para a emergência e estranhei quando "online" apareceu embaixo do nome de Malu no meu WhatsApp aberto.

Fiz uma careta confusa e cliquei, apreensivo, em seu nome na tela, as lágrimas escorrendo sem parar.

Ela não atendeu na primeira, na segunda ou na terceira chamada, porém, na quarta, ouvi um zumbido baixinho em algum lugar no cômodo. Me levantei olhando de novo para todos os cantos daquele banheiro enorme, mas não vi ninguém.

Na quinta tentativa, soltei um suspiro longo ao ver um tufo de cabelo escuro saindo pela lateral da banheira branca circular. É claro que ela havia dormido na banheira vazia.

— Eu não sei o que faço com você — briguei, em meio ao choro, enquanto ela me encarava em silêncio, perdida, ao abrir os olhos. — *Droga*.

— Você achou mesmo que eu iria pular pela janela, seu palhaço? — Suas sobrancelhas se juntaram e seu rosto se comprimiu numa careta.

— Eu não sei mais o que esperar de você, Luísa! — confessei, sem forças.

Ela se ajeitou na banheira e alongou as costas, parecendo mais sóbria.

— Você me mandou não sair daqui enquanto não ficasse bem. — O deboche e a mágoa em sua voz deixavam claro que ela não estava em seu melhor humor. — Só tô fazendo o que você me disse pra fazer.

— Você podia, pelo menos, ter me respondido quando bati na porta! Tem ideia do medo que eu senti achando que você tinha pulado?

Saí nervoso do banheiro, fechando a porta forte demais, em direção ao deque do lado de fora do quarto. Ouvi Malu andar a passos largos atrás de mim, furiosa.

— Por que você tá tão bravo comigo? Não tô entendendo nada! — gritou.

Ela não entendia?

Eu me virei bruscamente, ao passo que ela me alcançou, e sequei o rosto com o dorso da mão.

— Me diz uma coisa, Luísa — comecei, apontando para mim mesmo com as duas mãos —, quem é essa pessoa na sua frente?

Ela franziu o cenho.

— Que pergunta idiota! O Jae, uai.

— E *quem* é o Jae?

— O meu melhor amigo? — Ela franziu a testa, sem saber aonde eu queria chegar com aquela conversa.

— Entende qual é a droga do problema agora? Nos conhecemos há quinze anos. *Você me olha, mas não me vê, Luísa!* — gritei. — Eu não sou só o Jae, seu melhor amigo! Eu sou o Jae que é apaixonado por você desde os sete anos! O Jae que dorme todos os dias pensando em você, preocupado se você tá se sentindo bem numa casa vazia, sabendo que você odeia a solidão! — Eu mal parava para respirar entre uma frase e outra. Havia tanto entalado, tanto para dizer. — Sou o Jae que acorda às três da manhã com uma ligação sua pedindo pra jogar videogame e que, mesmo cansado, tendo trabalhado até de madrugada, larga tudo e vai correndo te encontrar *porque te ama!*

— Eu também te amo, *cracolhas!* — gritou, brava.

— Não da forma que eu gostaria que amasse, Luísa! Abre os olhos e vê se me enxerga, caramba! — Minhas veias saltavam do pescoço e minha garganta ardia. Eu não estava acostumado a gritar daquele jeito, ainda mais com ela. — Depois que enche a cara e me beija, você sempre vem me dizer que sente muito e que eu sou como um irmão. Como acha que eu me sinto? — Acabei rindo, sarcástico, descrente de que enfim havia colocado tudo para fora. Era agora ou nunca. — *Irmão?* Isso quer dizer que você nunca me viu como homem?

Os olhos arregalados de Malu me fitavam, surpresos. Seus lábios nem sequer ameaçavam dizer alguma coisa.

Agarrei sua cintura, prensando-a contra a parede, sem pensar demais, e, exatamente como havia aprendido, olhei no fundo de seus olhos perplexos. Eu sentia meu corpo tremer, o rosto esquentar e meu coração bater como louco.

— *Você me vê como homem agora?*

Meu nariz estava ponta a ponta com o dela, e seu hálito quente tocava meus lábios e os fazia formigar. Suas pernas trêmulas batiam em meus joelhos.

Diferente de todas as outras vezes, fui eu a pessoa que tomou coragem. Beijei sua boca morna da forma que sempre sonhei, e meus olhos se encheram de lágrimas quando ela correspondeu, me agarrando forte pela cintura.

— *Eu disse que te amo!* — falou, sem forças, se afastando um pouco para me fitar. — Não como meu melhor amigo, mas como o homem que faz meu coração pular. *Eu te enxergo, Huni!* Me desculpa por demorar tanto pra perceber...

Congelei ao escutar a frase que me preparei a vida toda para ouvir. Suas mãos pequenas de unhas curtas me puxaram até a cama, me empurrando sobre o colchão e projetando seu corpo contra o meu. Eu poderia ter uma taquicardia a qualquer momento se continuássemos naquela velocidade. Toda a minha raiva evaporou assim que ela me puxou para mais perto.

Eu estava confuso com tudo aquilo, mas seus beijos eram quentes e macios. Eu sentia amor e desejo em cada movimento, em cada toque. Minha pele se arrepiava cada vez que seus dedos subiam pela minha nuca e puxavam de leve meu cabelo. Só precisei de dois minutos para me encontrar fora de mim.

Era incrível e surreal.

Foram minutos intensos de beijos e abraços, suspiros e respirações ofegantes, até conseguirmos acalmar parte da chama ardente que se acendera tão repentinamente.

Malu se aninhou no meu colo, com o braço direito sobre minha barriga, e suspirou, parecendo aliviada.

— Há quanto tempo você tem dito aquelas palavras com esse significado? — perguntei, confuso. Eu tinha tantas perguntas.

— Eu... já sinto isso há algum tempo, talvez desde que nos mudamos pra São Paulo? — O quarto escuro tinha apenas uma luz tênue, que vinha do abajur. — Quando fizemos aquela baderna toda para não sermos separados... acho que foi ali que comecei a ter sentimentos por você.

— *Tá brincando comigo?*

Malu se ajeitou no meu peito, de modo que pudesse olhar no fundo dos meus olhos, e esboçou um sorriso fraco.

— Sabe, Jae, eu não sou uma pessoa fácil — confessou, com uma voz triste. — O fato de eu ter tido tantos namorados e não ter parado com nenhum é porque, de verdade, eu não conseguia entregar meu coração pra ninguém... ele já era seu. — Sorri, bobo, sem dizer nada. — Eu não conseguia admitir para mim mesma o que sentia, porque tinha medo de te decepcionar. Ainda tenho, mas percebi que não posso seguir em frente sem você. Eu tinha medo de você me deixar, porque já fui deixada muitas vezes. Só que, se você me esperou por tanto tempo, acho que não vai simplesmente ir embora e me esquecer. Não depois de tudo.

— As braçadas foram fortes demais pra eu morrer na praia. — Apertei seu corpo contra meu peito e dei um beijinho em sua cabeça, feliz por ouvir o que ela sentia de verdade.

— Quando a Paola apareceu na sua vida, eu perdi a cabeça. Tive tantas crises de ansiedade que não consigo nem contar nos dedos das mãos e dos pés. — Essa versão dela, frágil, apaixonada, eu não conhecia, mas queria tão desesperadamente conhecer melhor... — Pensar que você poderia mesmo ter me esquecido e seguido em frente, pensar que eu te fiz esperar tempo demais até perceber o que eu sentia... foi como se o mundo inteiro estivesse desabando sob meus pés.

Eu sabia que ela podia escutar minhas batidas desgovernadas, deitada no meu peito. Não havia palavras que pudessem descrever o que tudo aquilo causava em mim.

— Sei que te fiz chorar e sofrer todo esse tempo, e eu sinto muito por não ter sido uma pessoa corajosa e enfrentado tudo por você — continuou Malu, com um choro quase inaudível. Sequei suas bochechas com o polegar. Seus braços me apertavam forte, garantindo que eu não saísse dali. — Não tenho certeza de quem eu sou, Jae... Pode parecer a desculpa esfarrapada de uma menina mimada, mas, desde que a pessoa que eu mais amava foi embora, sinto como se eu não fosse nada, como se não merecesse ser amada por ninguém. Como eu poderia te fazer feliz, se eu mesma não sou?

— Malu...

— Eu não sou a pessoa mais paciente ou empática do mundo e não penso duas vezes antes de tacar um sapato na cabeça de alguém que me irrita. Tem dias que não gosto do meu corpo, não confio na minha aparência nem nas minhas próprias habilidades como profissional. Eu me culpo por tudo, faço drama por nada e não me acho digna de ser amada por ninguém. Não sei se sou uma boa amiga, e sempre me questiono se sou, pelo menos, uma filha razoável pros meus pais. Eu não faço ideia de quem sou, nada em mim é certo.

NO DIA DO SEU CASAMENTO

— Precisa que eu te lembre de quem você é? — Eu sorri, levantando seu queixo com o dedo indicador para que ela olhasse nos meus olhos. — Você é a garota mais encantadora que eu já conheci! É doce, tem um coração quente e um instinto protetor incrível. Você, Malu, é uma filha maravilhosa, que se preocupa com seus pais e faz de tudo pra agradá-los. É a chefe mais competente e pé no saco que já tive! Não deixa nenhum detalhe passar batido e se preocupa em fazer sempre o seu melhor. É a amiga mais gentil que alguém pode ter, e sempre está ali, nos tempos bons e ruins. Seu cabelo é lindo, suas sardas me encantam mais a cada dia, e seu cheirinho de baunilha é tão marcante e especial que me faz sonhar com você quando fica na minha roupa. — Tentei me conter, mas não consegui não chorar ao ver como tudo aquilo a machucava. Ela tinha tanto acumulado no coração, e por tanto tempo, e ainda assim Malu nunca me dissera nada. — Sempre que precisar de alguém que te lembre de quem você é, eu estarei ao seu lado e te lembrarei com gosto, afinal eu te conheço melhor do que ninguém.

Malu deu uma risadinha, secou as bochechas e então franziu o cenho.

— Esse também é um dos motivos pelos quais demorei tanto pra assumir o que sentia por você.

— Uai, por quê? — Juntei as sobrancelhas.

— Você me conhece bem demais, Jae! As coisas ruins sobre mim, que eu tento nunca mostrar pra ninguém, você conhece todas. — Malu então desviou os olhos, sem graça. — Você sabe que eu ronco e babo quando durmo, já me salvou tantas vezes das minhas crises de dor de barriga que não consigo nem imaginar quantas foram, e sabe até as vezes que eu vou ao banheiro e só lavo a pontinha do dedo para não molhar a mão toda. Não era exatamente assim que eu esperava ter um relacionamento.

— Você precisa ficar com alguém que te conheça e te ame pelo que você é, não com quem acredita numa versão irreal sua — falei, sério. — Nada disso é um problema pra mim. Na verdade, isso só torna tudo mais especial, porque não existe nada a seu respeito que eu não saiba, e vice-versa.

Seu bocejo disfarçado me fez perceber que aquele dia havia tido doses altas demais de álcool, adrenalina e emoções para nós dois. Acariciei o topo da sua cabeça depois de lhe dar um beijinho e puxei a coberta sobre nós.

— Não se preocupa com mais nada a partir de hoje. — Usei minha voz mais suave e lhe dei meu melhor abraço. — Eu tô aqui por você.

Malu sorriu e se aninhou em mim, entrelaçando nossas pernas e colando os pés gelados nos meus.

— Eu te amo — murmurou ela, com os olhos fechados.

Agradeci aos céus em uma prece silenciosa por ter ganhado mais uma chance. Eu não tivera coragem de interromper o casamento dela alguns meses antes, mas agora estava decidido a, dali em diante, ser o homem mais corajoso do mundo. Pela Malu.

— Eu te amo *muito mais*.

Certo, eu já havia passado pela etapa mais difícil, mas nada no mundo me prepararia para aquela manhã.

Malu já estava de pé quando acordei, encostada na porta que dava para a piscina do quarto. Eu gostaria de dizer que ela estava apenas admirando a vista, dentro de sua jardineira amarela com uma camiseta de listras, no entanto ela parecia...

— Já tá arrependida? — perguntei, sem nem me levantar, ao vê-la bater a testa na parede algumas vezes e resmungar algo incompreensível.

— Ah... hã... Bom dia, Jae. — Seu rosto enrubesceu assim que seus olhos me encontraram. — Arrependida *de quê*?

— Como assim, de quê? — Fiz careta. — Você sabe do que eu tô falando.

— Nossa, esqueci que preciso... hã... ir... *Aonde é que eu tinha que ir mesmo?* — gaguejou, cochichando a última frase. — Ah, é! Tenho que ir ver a nossa reserva pro almoço.

Malu correu até a porta e eu me levantei num pulo, correndo até ela e segurando-a pelo braço.

— Por favor — supliquei, o coração batendo rápido demais. — *Por favor*, Malu... me diz que não tá arrependida.

Sua expressão assustada relaxou aos poucos assim que ela fitou meu rosto triste. Só de pensar que tudo poderia ter sido em vão... meu coração doía.

— E-Eu... — gaguejou.

— Não acredito que tudo o que eu disse ainda não foi o suficiente pra você. — Eram onze da manhã e eu já estava chorando. Sequei os olhos, encarando o chão. — Eu...

— Não, Jae — negou ela, me interrompendo. — Não tô arrependida.

— Então o que é tudo isso?

— Eu só... não sei como agir. — Ela segurou a barra da saia de sua jardineira e riscou o chão com o pé direito. — O que isso significa? Eu não sei se foi só coisa de uma noite ou...

— É isso o que você quer? — perguntei, encarando seu rosto, sério.

— Não, claro que não! — se apressou a dizer. — Mas eu não sei o que *você* pensa sobre isso e...

— Malu, eu te esperei por quinze anos. O que você acha que isso significa pra mim? — Vi um sorriso contido se erguer no canto de seus lábios, e ela continuou riscando o chão com os pés, sem me olhar. — Você precisa que eu diga mais alguma coisa pra te convencer de que nunca vou te deixar? Quer que eu diga de novo como te amo, como você é importante pra mim e que minha vida inteira gira em torno de você?

Malu riu, sem graça, cobrindo os olhos, o que me arrancou uma risada aliviada.

— Você é minha namorada agora, não é? — Abracei seu corpo, nos balançando de leve de um lado para o outro.

— Sou? — gracejou.

— Espero que sim.

— Meu Deus, como é que eu vou contar pra minha mãe? — Ela enterrou o rosto no meu peito e me abraçou apertado, evitando me olhar nos olhos. — Eu não achei que isso fosse dar certo de verdade.

— Achou *mesmo* que eu fosse te recusar?

— Bom... sim. Ainda mais porque, quando te beijei, você nem se mexeu e...

— Eu achei que você estava me beijando por conta de todo o álcool que ingeriu, Malu, como das outras vezes — me defendi. — Claro que eu não vou corresponder a uma coisa que você faz sem ter noção do que tá fazendo, isso é errado!

— Nem todas as vezes que te beijei foi inconscientemente... — ela confessou com a voz baixa no meu ouvido, e eu vi que ela se arrependeu no mesmo segundo, me empurrando para longe.

— *O quê?* — perguntei, descrente, com um olhar ansioso.

— Tenho uma surpresa pra você, então vai trocar de roupa pra gente poder ir almoçar — disse ela, tentando mudar de assunto. — Teremos um longo dia hoje.

Assenti sem perguntar mais nada. Por ora, aquilo era suficiente.

22

Malu

—Eu te amo, mas a chance de você conseguir o que quer é zero! — Jae afundou os pés no chão assim que paramos em frente a uma barraca de acessórios que eu encontrara na ilha mais cedo. — Você sabe que se eu botar um brinco minha mãe me deserda.

— Mas vai ficar tão lindinho. Eu levo a culpa por você!

— *Cê acha?* — Sua voz esgarçada me fez rir. Ele morria de medo da mãe. — Ela vai bater em mim *e em você*!

— Então vamos pedir, ela não vai dizer não pra mim. — Esbocei minha melhor cara de Gato de Botas. Jae riu, envergonhado, caindo no meu charme, e mexeu em sua franja com o dedo indicador, como fazia sempre que estava prestes a aceitar algo que eu pedia com carinho. — Huni-ah!

E então ele concordou, meio a contragosto, mas com um fundo de esperança. Na verdade, colocar um brinco sempre foi seu sonho de adolescente.

Peguei meu telefone, conectei no wi-fi aberto e liguei por vídeo para a tia Boram. Ela atendeu no primeiro toque, toda suada e vestida com sua roupa de academia.

— *Omma* — gracejei, usando minha voz mais doce.

— *O que foi agora?* — perguntou, desconfiada, quando coloquei Jae na tela comigo.

— Ele pode colocar um brinco?

— *Michyeosso?* — ralhou, apoiando o telefone em algum lugar em seu tapete de ioga e arrumando o rabo de cavalo. — *Só por cima do meu cadáver!*

— Eu falei. — Jae riu e se curvou quando dei um beliscão leve em sua costela. Ele resmungou e então interveio em nosso benefício. — *Omma*, por favor!

— *Pois vamos fazer assim* — a mulher do outro lado da linha abriu um sorriso sapeca e malicioso, depois coçou o queixo —, *se você cumprir a sua missão aí, eu deixo.*

— *Aquela* missão? — enfatizou Jae, arqueando uma das sobrancelhas.

— *Sim, aquela missão!*

— Que missão? — perguntei, com uma careta curiosa.

— Não vale voltar atrás, hein? — Meu garoto deu um pulinho animado, e a mãe dele deu de ombros, como se não acreditasse que o filho faria o que tinha para fazer.

— Presta atenção, viu? — Huni pegou o telefone com uma mão e segurou minha cintura com a outra, lascando um beijão na minha boca e sorrindo logo depois. — Malu, eu te amo, namora comigo?

Eu o encarei, perdida e envergonhada: agora a mãe dele já sabia, droga! Eu ainda nem tinha me preparado.

— Achei que a gente já est... — cochichei, e ele me interrompeu.

— Só responde — murmurou, com uma piscadela.

— Hã... tá bom, eu... aceito te namorar. — Dei de ombros e esbocei um sorriso falso para a câmera.

Tia Boram, que nos encarava boquiaberta, sem dizer uma palavra sequer, quase teve um ataque nervoso. Eu podia ver o canto de seus olhos tremer de leve.

— *É sério? Vocês não tão me zoando, né?* — falou finalmente, chamando o tio Hyung para a tela. — Yeobo, *você viu isso?*

— *É sério mesmo?* — perguntou o pai de Jae, todo feliz.

— Eu disse que não ia decepcionar ninguém! — Jae deu um sorriso largo e riu quando o pai começou a chorar. — *Appa*, qual é?

— *Achei que você fosse ficar sozinho pra sempre...* — choramingou.

— Mas que conversa é essa? — Ri, pegando o celular da mão de Jae. — Seja lá o que for, conversamos quando a gente voltar. Até porque esse chororô todo só pode significar que vocês me aceitam como nora, não é? — Fiz graça.

— *Tá brincando?* — perguntaram os pais de Jae, em uníssono, e eu gargalhei. — *Mas é claro que sim, nos vemos quando vocês voltarem* — completou *omma*, que desligou o telefone comemorando.

Olhei para Jae, ainda com o celular estendido à minha frente, e sorri.

— Agora não tem mais volta — brinquei, tímida, pela primeira vez na história da nossa convivência.

— Ainda bem.

Como eu amava aquele sorriso!

Com suas mãos ao redor da minha cintura e os lábios contra os meus outra vez, respirei fundo e segurei o choro: eu finalmente havia escutado meu coração.

E, ah! Como ele cantava feliz.

Já eram seis da tarde, e eu ainda estava numa luta imensa para conseguir convencer Jae a subir no caiaque.

— Huni, pelo amor de Deus, o sol vai se pôr em vinte minutos. Temos que estar no meio da água quando isso acontecer! — reclamei, tentando fechar o colete salva-vidas ao redor do peito daquela muralha medrosa.

— Malu, não me leva a mal, mas eu tô meio... enjoado.

— Tudo isso é por causa do tubarão? — briguei, com uma carranca enorme.

— Ele estava sorrindo pra mim, tá legal? — ralhou, apontando para o mar. — Ele tá em algum lugar ali, só esperando pra me pegar. Você viu, era o mesmo!

— Que mané o mesmo, Jae?! Era só um tubarão feliz, já te disse!

— Não podemos assistir ao pôr do sol daqui? — choramingou.

— Não, já tá pago. — Empurrei seu corpo com as mãos espalmadas em suas costas e lutei para tirá-lo do lugar enquanto ele cravava os calcanhares no chão. — Eu não vou perder essa luta, Park Jae Hun!

— Não tem nada que me faça subir nesse troço! — Cruzou os braços, decidido.

Soltei suas costas, fazendo com que Jae se desequilibrasse e quase caísse na areia, e me coloquei diante dele. Ele me encarou, meio incerto sobre meus planos, e cobriu as partes baixas por precaução, esperando por um chute que, honestamente, não estava muito longe de acontecer.

No entanto, escolhi ficar na ponta dos pés e alcancei seus lábios num beijo.

— *Eu te amo* — falei, olhando no fundo de suas íris brilhantes e escuras. — Ver o pôr do sol com você nesse caiaque significa *muito* pra mim! Será que pode fazer isso por mim? — Pisquei os olhos com um sorriso charmoso.

Sua feição derreteu como manteiga em panela quente.

— Me pedindo desse jeitinho, como é que eu vou negar? — Ele foi o primeiro a subir no caiaque e deu um gritinho quando quase caiu na água, me estendendo a mão logo em seguida. — Não vai subir, não?

Segurei uma risada, porque eu reconhecia que ele estava usando toda a coragem que tinha para subir naquele negócio. Ele não era lá a pessoa mais corajosa do mundo, e isso era uma das coisas que eu mais gostava nele, por algum motivo.

Jae nunca teve medo de mostrar quem era. Sua fragilidade nunca fora um segredo, ele nunca tivera uma masculinidade de vidro, prestes a quebrar a qualquer momento. Com ele, tudo era muito claro: se gostava, sorria; se não gostava, emburrava. Se estava bravo, seu rosto inteiro corava, mesmo que tentasse segurar, e, quando estava triste, bom, ele chorava. *Bastante.*

Não éramos os únicos num caiaque ali. Além de nós, outros casais se aventuravam remando para o meio do mar calmo, e alguns salva-vidas se espalharam para conseguir manter os olhos em todo mundo.

Jae encolheu as pernas gigantes no caiaque, no assento atrás do meu, enquanto eu remava na frente. O colete era um pouco grande demais e me atrapalhava ao mexer os remos pesados. Mesmo assim, tentei fingir que sabia exatamente o que estava fazendo, ainda que de vez em quando eu mudasse o rumo do barquinho sem querer e Jae fizesse careta para mim.

Assim que paramos e soltamos os remos, senti sua mão me abraçar e me arrepiei com o calor de seu peito em minhas costas.

— Tá feliz agora?

Eu não podia vê-lo, mas não precisava. Pela sua voz, sabia que estava sorrindo.

— Huh. — Assenti, apoiando as mãos sobre as dele, que abraçavam minha barriga.

— Eu também — cochichou Jae.

Não dissemos nada pelos cinco minutos seguintes, apenas curtimos o momento abraçados ao som da voz da IU cantando "A Gloomy Clock", que tocava baixinho no celular dele. O sol se punha e sumia no mar, se curvando diante da vista majestosa que era aquele céu estrelado de lua cheia.

Apesar da beleza do momento, a respiração de Jae em meu pescoço e orelha era tudo em que eu conseguia prestar atenção, me fazendo arrepiar cada vez mais.

Respirei fundo e mantive o controle. Do jeito que ele era, eu não poderia apressar muito as coisas, ou ele fugiria de mim com medo.

"Snow", de Zion T., tocou em seguida, e eu me contorci inteira para virar o corpo na direção de Jae, encostando os joelhos nos dele.

— Estou feliz que você veio — confessei.

— Eu também. — Eu amava como a extremidade de seus olhos se esticava ainda mais quando ele sorria. — Mas, pra ser honesto, a Luna se juntou à Paola e minha mãe pra me ameaçar, então não tive muita escolha.

Ri, porque isso era exatamente algo que Luna e *omma* fariam.

— Estou feliz por elas terem te dado uma dose de coragem.

— Eu prometo ser mais corajoso daqui pra frente — seu sorriso singelo me dizia que ele estava falando muito sério —, *por você*!

Como eu poderia me conter quando ele sorria para mim daquele jeito? Sua cabeça inclinada para a direita, os olhos sorridentes, os lábios comprimidos numa risadinha apaixonada e o polegar acariciando o dorso da minha mão. Eu amava tudo nele.

Eu me inclinei em sua direção, deixando claro que queria um beijo, mas que estava com medo de ele dar um pulo assustado e nos fazer cair na água. No entanto, ele entendeu o recado. Suas mãos grandes subiram até meu pescoço e me seguraram num beijo lento e maravilhoso. Nada no mundo podia ser melhor do que aqueles minutos ao lado dele.

— Sabe de uma coisa? — cochichei, e ele colocou a orelha perto da minha boca para escutar. — Eu não sou uma pessoa romântica, mas, de repente, quero fazer todas as coisas bobas e sem sentido com você.

— Tipo o quê? — cochichou Jae de volta, como se toda aquela conversa fosse um grande segredo.

— Quero ir na roda-gigante, sem te recusar dessa vez — confessei, e ele riu. — Quero andar de bicicleta, dividir um churros e comer algodão-doce de uma forma comportada, pra variar.

— Preciso dizer que aquele lance do algodão-doce foi incrível mesmo assim — zombou, e eu dei um tapinha nele.

NO DIA DO SEU CASAMENTO

— Quero fazer tudo de novo e começar do zero — continuei. — Agora como sua namorada, mesmo que já tenhamos feito tudo o que um casal faria.

Seus olhos fitaram o chão do barquinho.

— Nem tudo.

Sua voz rouca me arrepiou até os pelos da nuca, me dando umas ideias malucas que, *talvez*, eu tivesse colhões para cumprir.

23

Jae Hun

Enquanto voltávamos para o bangalô, belisquei meu braço algumas vezes durante o caminho, só para ter certeza de que não era mesmo um sonho.

Tudo parecia tão... surreal. O drama da minha vida enfim acabara, depois de tanto tempo.

— Ei! — chamou Malu, chacoalhando a mão na minha frente, deslizando o cartão de acesso na porta de entrada. — Tá tudo bem?

Sim. Estava tudo ótimo.

Esse era o problema!

Agora que tudo estava certo e eu havia caído na real, não sabia o que fazer.

Franzi o cenho e corri para o banheiro, deixando os sapatos no meio do caminho.

Por que eu estava preocupado? Aquilo era *exatamente* o que eu queria, oras!

— Droga — murmurei, me sentando na tampa do vaso fechado.

Como é que eu iria dormir na mesma cama que ela?
Tudo bem, não seria muito diferente da noite anterior. Quer dizer, agora eu podia entender o porquê de Malu ter tido uma crise logo de manhã. Ela havia acordado mais cedo, então tivera mais tempo para pensar e entender que *não era tudo um sonho, aquilo era mais que real!*

Tomei um banho rápido e gelado, tentando, sem sucesso, esvair meus pensamentos, e gastei mais alguns minutos encarando meu reflexo preocupado no espelho, amarrando meu roupão azul em volta do corpo.

— Não entre em pânico, Park Jae Hun. — Dei um tapa exagerado na minha bochecha e franzi o cenho. — É o fim do mundo, sim, mas também é o começo de um novo.

— Jae? — Malu bateu na porta depois de quase uma hora. — Tá tudo bem?

Puxei a maçaneta e a encontrei com a mão erguida, pronta para bater de novo.

— *Briga comigo!* — pedi, os olhos arregalados, sentindo as gotas de água pingarem do meu cabelo para o rosto.

— O q-quê?

— Briga comigo, puxa meu cabelo ou pisa no meu pé — implorei. — *Por favor!*

— Uai, não sabia que você fazia esse tipo. — Malu fez uma cara maliciosa e meteu um pisão no meu pé, sem pestanejar, cochichando depois: — Eu deveria falar algo no seu ouvido? Ainda não sei do que você gosta.

Dei um grito tão alto que tive que agradecer em silêncio pelos quartos serem bem longe um do outro.

— *Nossa, precisava ser forte assim?* — choraminguei.

— Uai, você pediu — disse ela, caçoando. — Hm... eu não conhecia esse seu lado, Jae Hun.

— Você só pensa besteira, é? — briguei, me sentando na beira da cama enquanto segurava meu dedão vermelho. Eu me sentia como naqueles desenhos animados em que o dedão machucado fica quatro vezes maior que o normal. — Eu achei que, se você agisse do jeito estranho que sempre age, eu ficaria mais calmo, mas agora estou nervoso *e com dor no pé*! Obrigado.

— Não foi você quem me disse coisas bonitas pela manhã sobre ficarmos juntos? — Ela cruzou os braços ao franzir o cenho. — Não vai me dizer que já se arrependeu? Poxa, Jae, eu não fiz nada ainda, e você já tá desistindo de mim? Quer dizer, foi mal pelo pisão, mas você pediu e...

— Não! — me apressei a dizer. — Eu só... não acredito que não vou ter mais que me preocupar com isso e...

Encarei a cama, com um milhão de pensamentos na cabeça.

Malu umedeceu os lábios e me olhou de cima a baixo, como uma predadora olha a presa. Meu coração acelerou ainda mais. Eu estava em desespero.

— Certo, eu vou dar uma volta e tentar ligar pra minha mãe, ela deve estar preocupada.

Arqueei a sobrancelha em surpresa. Malu *finalmente* daria algum sinal de vida para a família? Isso, sim, era novidade.

— É, faça isso. — Pigarreei.

Pelo menos assim eu teria tempo para pensar e poderia *tentar* voltar a ser uma pessoa normal.

Malu passou pela porta e, tão logo ouvi o barulhinho do trinco sendo fechado, respirei fundo e me joguei com os braços abertos no colchão, me debatendo em agonia.

— Eu vou endoidar!

Peguei os fones de ouvido na gaveta da mesa de cabeceira e coloquei uma música para tentar me distrair. "Okey Dokey", de Song Min-ho e Zico, começou a tocar alto em meus fones, e eu corri para o frigobar para pegar uma garrafa de água, afinal precisava me recompor antes que ela voltasse.

Dancei todo o caminho até ele. Àquela altura, tudo seria válido para me impedir de perder a cabeça. Mesmo que não fosse o maior dançarino do mundo, tudo o que eu precisava era suar um pouco e cansar meu corpo excessivamente animado.

Eu conhecia Malu bem demais para não ficar com medo daquela noite decisiva. Se ela... quisesse algo comigo, eu estava... bom, eu estaria preparado? E se eu ficasse nervoso? Eu deveria tomar banho de novo, só para garantir? Passar mais perfume? Será que eu precisava aparar a barba mais uma vez, mesmo que tivesse feito isso pela manhã? E se eu não...

— Ugh! — resmunguei, jogando o restante da água da garrafa sobre a cabeça num surto momentâneo, como se aquilo fosse me ajudar a me livrar dos pensamentos de alguma forma. — *Is that true? Yes, okey dokey yo* — cantarolei, rodando numa dancinha engraçada, acompanhando a música.

Como era mesmo aquele ditado popular? "Quem canta os males espanta", certo?

Errado! *Muito errado!*

— Isso é algum tipo de dança do acasalamento ou algo parecido? — Malu me observava da porta aberta.

— *Aish, ssibal!* — sussurrei um palavrão, sentindo um arrepio gelado na espinha.

Bom, pelo menos, depois de ser flagrado pela minha nova namorada, eu não precisaria me preocupar com mais nada. Ela com certeza não iria conseguir olhar para mim sem rir até o dia seguinte.

— Você não tinha ido ligar pra sua mãe? — perguntei.

Mantive a expressão neutra, tentando não me mexer muito. Eu tinha a impressão de que qualquer movimento brusco desencadearia algo irreversível. Talvez, se eu não mostrasse como estava constrangido, ela não percebesse e não zombasse de mim.

— Meu celular tá sem bateria. — Malu chacoalhou o aparelho completamente apagado e sorriu. — Vou colocar pra carregar e amanhã eu ligo.

Nós nos encaramos por mais alguns segundos, os dois em silêncio. Era constrangedor, mas parecia que meu esquema de fingir que nada havia acontecido não dera tão errado assim.

Então, como quem não quer nada, Malu pegou um conjunto de pijama na mala e cantarolou "Okey Dokey" enquanto dançava até o banheiro, me lançando uma piscadela antes de fechar a porta e dizer:

— Gostei da cueca.

Olhei para o presente de aniversário que ela me dera e fechei os olhos, soltando uma lufada de ar. Éramos namorados fazia apenas algumas horas e ela já tinha me pegado dançando de cueca de tigre no quarto...

Que ótimo, Jae Hun! Tem mais alguma coisa que você queira fazer pra acabar com seu relacionamento antes mesmo de ele começar?

Malu demorou uns quarenta minutos no banheiro. Cantou alto, durante o banho, as músicas da Maria Gadu com toda a força dos pulmões.

Eu nem sequer conseguia me concentrar em mexer no celular, tamanho era meu desespero. Assisti, por longos quarenta minutos, ao ventilador de teto rodar enquanto meu celular tocava alguma música da playlist, pensando em um milhão de maneiras diferentes de fugir do assunto caso ela comentasse sobre a dança de mais cedo.

Quando ouvi seus passos se aproximando da porta do banheiro, peguei meu celular da mesinha ao lado da cama e fingi estar mexendo no Instagram. Ao abrir o aplicativo, me arrependi no mesmo instante: eram tantas notificações e mensagens não lidas que minha cabeça ardeu. Eu nunca me acostumaria com aquilo.

Ainda que desencorajado pela quantidade de notificações, rolei o feed do Instagram para ver o que havia de novo. Vi fotos de Paola deitada sobre minha mesa de desenho com a legenda *#CansadaPorUmaBoaCausa*, e uma foto de Toni sentado no meio da Avenida Paulista. Eu não falava com meu amigo havia dias. Estava tão compenetrado na minha missão e em aproveitar o momento que mal peguei o celular. Nenhum deles fazia ideia do que estava acontecendo naquela viagem.

— Nossa, como pode esse chuveiro ser tão bom? — Malu saiu do banheiro, me fazendo pular de susto e derrubar o celular, que ainda tocava música.

Perturbado, olhei para a porta, e ela riu da minha reação. Sempre a achei linda demais, mas, naquele dia em especial, qualquer movimento seu seria mais impressionante para mim que toda a maravilha do universo.

Seu cabelo úmido estava preso num coque desleixado, com alguns cachos caídos, e a franja enrolada era praticamente a única parte seca dele. Seu corpo se desenhava em um pijama de cetim que eu nunca tinha visto, composto de uma blusinha preta de alça com renda no busto e um short rosa com um laço preto.

Poxa vida, Malu... cadê o pijama de dinossauro?

— Por que você tá me olhando assim? — Ela fez uma careta engraçada e rangeu os dentes, implicando comigo, como costumava fazer.

Dei uma risada sem graça, acordando do transe, e cocei a nuca.

— Nada. Eu estava esperando você sair do banheiro pra poder pegar o pijama que deixei lá dentro.

Então me levantei e andei devagar até a porta enquanto apertava meu roupão. Ainda sentia que qualquer movimento brusco poderia criar um buraco na linha do tempo ou algo do tipo. Malu fazia de tudo um evento grande demais.

Aqueles olhos grandes e redondos que eu tanto amava acompanhavam cada passo que eu dava. Malu não recuou um centímetro sequer quando passei perto dela.

Seu cheiro de baunilha, tão familiar, fez meu coração bater mais rápido no momento em que segurei a maçaneta da porta do banheiro, e, pela primeira vez na história da humanidade, eu podia fazer algo para saciar a urgência que sentia por seus lábios.

Mesmo que fosse perigoso, me virei em sua direção para ver se Malu ainda me observava e fiquei radiante ao perceber que ela não conseguia desgrudar os olhos escuros e brilhantes de mim.

— Você quer... — Eu não sabia o que dizer, no entanto precisava começar de algum lugar. *Você quer ver um filme? Dar uns amassos? Sair pra dar uma volta?* Sei lá, eu precisava dizer alguma coisa.

— Quero! — respondeu ela, sem pestanejar.

Eu ainda nem tinha o restante da pergunta formado na minha cabeça e não sabia bem o que ela achava que eu iria dizer; ainda assim, ela parecia determinada.

— Hã... mas eu nem...

Malu veio até mim, segurou minha cintura e me olhou com tanta seriedade que um arrepio percorreu minha espinha. Aquele brilho em seus olhos, aquela intensidade, ela... ela realmente me amava, eu podia ver.

— Quando você me olha assim, parece que não existe mais nada no mundo — falei, baixinho, afastando um cacho de cabelo de seu rosto e o colocando atrás da orelha.

— *Você* é o meu mundo agora. — Assim que aquelas palavras deixaram sua boca, meu coração acelerou. — Eu não vejo nada além de você, Jae.

Seus olhos desceram em direção aos meus lábios e, em seguida, ela me beijou, lenta e apaixonadamente. Fazia pouco tempo que eu descobrira que uma das minhas coisas favoritas no mundo era sentir a carícia que ela fazia nas minhas costas, enquanto suspirava entre um beijo e outro.

Meu celular, jogado em algum lugar no chão, mudou completamente o clima romântico e melancólico quando "Mommae", do Jay Park, começou a tocar. De repente, eu não conseguia me separar dela. Não conseguia parar de pensar em sua expressão apaixonada, em como suas sardas estavam lindamente mais escuras, e o nariz e as bochechas, mais rosados por causa do sol.

Quando meu peito mal aguentava as batidas do meu coração, agarrei Malu pela cintura e a deitei na cama.

Agora, seu beijo era intenso e seu olhar, penetrante o suficiente para fazer cada parte do meu corpo estremecer. Suas mãos pequenas, que antes acariciavam minhas costas e bagunçavam meu cabelo vez ou outra, agora se aventuravam por lugares que me faziam questionar toda a minha existência longe dela.

    Suspirei, extasiado, quando depositei um beijo em seu pescoço e as alças de seu pijama de renda escorregaram pelos ombros. Seja lá quais fossem minhas paranoias minutos antes, não havia lugar para nenhuma delas agora. Eu queria mais. Dali em diante, tudo o que acontecesse ficaria guardado para sempre na minha mente e no meu coração.

24

Malu

Acordei com os braços de Jae me apertando contra seu peito quente, sua respiração leve em meu ouvido. Eu me virei até ficar de frente para ele, que ainda dormia. Acariciei a curva de seu nariz, a pálpebra de seus olhos fechados e sua bochecha. Jae era sempre tão lindo, tão sereno.

— Bom dia! — disse sua voz sonolenta e grave, baixinho, antes mesmo de ele abrir os olhos.

Os raios de sol batiam na água do mar e atravessavam a janela, refletindo em seu rosto e deixando tudo ainda mais onírico.

— Bom dia, Huni... — Meu órgão pulsante batia desenfreado logo cedo. Nunca havia me sentido assim antes, como se mais nada no mundo importasse.

Jae esticou um braço e me puxou para mais perto, meu rosto colado em sua pele, me permitindo ouvir as batidas de seu coração. Recebi um beijinho no alto da cabeça e me aconcheguei ainda mais em seus braços. Ele acariciou minhas costas e disse, com um sorriso:

— Sonhei com você.

Naquele momento o mundo inteiro se dissipou. Estar em seus braços me fez acreditar que não existiam mais preocupações ou ansiedade dentro de mim. Me fez pensar que eu não precisaria mais me preocupar com a fome no mundo, com o aquecimento global ou com uma possível terceira guerra mundial.

Aos meus olhos, a vida nunca esteve tão bela.

Depois de Jae quase implorar de joelhos para não nadar com mais nenhum bicho, tentei arrumar outras atividades com as quais nos ocuparmos. Sendo assim, andamos pela ilha de mãos dadas, almoçamos num restaurante mexicano, depois voltamos para o bangalô para curtir a piscina juntos. Até tomamos um pouco do vinho que o serviço de quarto havia nos trazido com os gansos de toalha e... bom, *aquilo*.

Jae me contou sobre Paola antes mesmo de eu perguntar. Disse que ela era uma grande fã e que o estava ajudando com os trabalhos da BookTour, porque sozinho ele não estava dando conta. Falou do plano idiota dela de tentar me fazer ciúme — que, no fim, acabou nem sendo tão idiota assim, já que funcionou.

Contei a ele que Guilherme continuava me mandando mensagens e sobre aquela vez que eu o havia encontrado no shopping. Jae, em vez de ficar nervoso ou com ciúme, apenas deu de ombros e disse:

— No lugar dele, eu também teria ciúme de mim. — Um sorriso sapeca, que formava uma covinha linda na bochecha esquerda, se abriu, e eu já podia imaginar a frase que viria em seguida. — Eu sou lindão, Luísa. E tá escrito na minha cara que eu te amo.

— Coitado, eu me sinto mal por ele, sabia? — Mordi o lábio inferior, me lembrando da cara de Guilherme quando Jae e eu fugimos no carro de recém-casados. — Eu não precisava ter magoado ele daquela forma. Eu podia ter sido inteligente.

— Se não fosse assim, não seria você. — Ele riu, dando um tapinha no meu ombro queimado de sol. — Você costuma tomar péssimas decisões.

— Obrigada por me lembrar.

Bati o ombro de leve no dele, tilintamos as taças de vinho e ficamos ali, conversando sobre tudo o que não foi possível quando estávamos brigados, até o sol se pôr.

Assim que a noite estrelada despontou no céu das Maldivas, levei Jae em segredo a um lado diferente da praia.

— Eu não vou entrar na água dessa vez! — Ele fez bico, apontando para a toalha pendurada no meu braço. — Não importa quantos beijos você me dê!

— Não se preocupa, medroso, essa toalha é pra gente sentar em cima. — Mostrei a língua. — Mas se quiser sentar na areia, fica à vontade. Eu que não quero ficar com *bumbum à milanesa*.

Jae fez careta e tirou os chinelos para sentir a areia nos pés, e eu fiz o mesmo. Seus dedos estavam enlaçados nos meus e seu olhar apaixonado me analisava conforme andávamos a passos curtos, torcendo para aquela semana não acabar. Os humilhados estavam, por fim, sendo exaltados.

Antes da viagem, estávamos brigados e distantes como nunca, e agora estávamos ali, morrendo de amores um pelo outro e andando de mãos dadas na beira da praia. Olhei, ansiosa, para Jae, na esperança de ele perceber o motivo de eu tê-lo levado ali. Foi só depois de uns cinco minutos caminhando na beira da água que ele arregalou os olhos e disse:

— Uau! Que parada é essa na água?

— Bioluminescência — respondi, orgulhosa da minha escolha de passeio para nossa penúltima noite ali.

Jae chutou algumas ondas que quebravam no raso, impressionado com o mar de luzes, e eu o imitei. Durante algum tempo, assistimos às ondas brilhantes batendo em nossos pés, ambos maravilhados.

Estiquei a toalha na parte mais seca perto do mar, me sentei com Jae ao meu lado e aninhei a cabeça em seu ombro, com uma das mãos entrelaçada na dele.

— Estou com medo de acordar com um grito da minha mãe e perceber que essa semana toda não passou de um sonho muito real.

Dei risada, afinal eu mesma cheguei a me beliscar algumas vezes.

— O que será de nós daqui pra frente? — perguntei, o olhar perdido nas ondas azuis que quebravam na beira da praia.

— Vamos continuar vivendo momentos difíceis como antes. — Jae suspirou, apertando minha mão. — Mas juntos.

— *Pra sempre* — falei, me arrependendo no mesmo instante. Essas palavras pareciam mais simples quando éramos apenas duas crianças jurando amizade eterna. Agora soava mais como...

— Você tá me pedindo em casamento pela segunda vez esta semana? — Riu, mexendo em sua franja com a mão livre.

— Lá vem você com essa história de novo.

— Eu te avisei que aceitaria se acontecesse outra vez. — Jae fez aquele biquinho fofo, tirando sarro de mim e me deixando nervosa com minhas próprias palavras. — Quando voltarmos pra casa, vou contar pra *omma* que você me pediu em casamento.

Eu sabia que, mesmo que ele dissesse na brincadeira, tia Boram levaria aquilo muito a sério e começaria a planejar a festa — até escolheria o nome dos netos.

— Qual é, Jae, eu falei na brincadeira — briguei, emburrada. Se eu fosse ficar noiva, não queria ser a pessoa a fazer o pedido. Não daquele jeito sem graça. — Se for assim, já estamos noivos há meses!

— Por quê? Por causa do dia que você encheu a cara depois de dar um fora no Guilherme?

Ele riu ainda mais ao ver meu rosto enrubescer. Jae sempre adorou me tirar do sério, aquele era praticamente um dom dele.

— Não, você me pediu em casamento primeiro! — berrei. Será que ele não se lembrava?

— *O quê?* — Ele congelou, como se o mundo estivesse ruindo à sua frente. Fiquei dividida entre me sentir ofendida e achar aquela reação fofa demais. — Do q-que você tá falando?

Abri a bolsinha que sempre carregava comigo, puxei minha carteira preta e, de dentro dela, peguei a foto instantânea que havíamos tirado na minha despedida de solteira, dois dias antes do casamento. Pendurado nela, com uma fitinha rosa em um furinho no canto da foto, havia um anel com uma pedra azul.

Jae me olhou boquiaberto, piscando, como se seu corpo já não produzisse água o suficiente para umedecer os olhos. Então, no segundo seguinte, uma enxurrada de lágrimas transbordou e ele olhou do anel para mim com os lábios trêmulos.

Quando percebi, eu já estava aos prantos também. Eu havia me proibido de olhar para aquela foto e de pensar naquele anel. Tê-los de novo em minhas mãos me fazia questionar muita coisa.

Seus lábios tremeram outra vez antes de ele tomar coragem para enfim dizer:

— Você... *sabia*?

25

Jae Hun

No dia do casamento

Não me lembrava da última vez que passara tantas horas acordado. Eu simplesmente não conseguia pregar os olhos desde a despedida de Malu.

Ser um dos convidados da última "noite das garotas solteiras" foi um chute no estômago. Primeiro, porque eu estava tão atolado na friendzone que fui o único cara a ser convidado, e, segundo, meu coração não estava nas melhores condições para lidar com o fato de que Malu muito em breve estaria casada.

Talvez eu tenha bebido um pouco demais da conta, por motivos óbvios, e tenha passado a maior parte do tempo emburrado no meu canto, mas juro que dei o meu melhor para fazer aquela noite memorável.

Eu estava razoavelmente sóbrio para me lembrar de partes importantes daquela despedida. Lembro que estávamos numa chácara, que jogamos, comemos horrores, dançamos até as pernas doerem, cantamos alto — a ponto de fazer eco nas árvores ao redor — e então tiramos um cochilo, depois repetimos tudo de novo até as três da manhã, quando a bateria social de Luna e Melissa, prima de Malu, acabou e as duas caíram no sono na mesma cama.

    Eu estava bem. Pelo menos tentava acreditar que sim, e que era forte o bastante para sobreviver àquela dor. Em silêncio, fui de fininho até o gramado e encarei o céu, deitado no chão. Por mais que eu tivesse prometido a mim mesmo que não choraria de novo, meu rosto estava coberto de lágrimas sem que eu nem sequer percebesse.

    Soltei uma lufada de ar ao cobrir os olhos com o braço esquerdo e chorei em silêncio.

    Meu coração continuava me dizendo para deixar de drama e me declarar de vez para Malu, mas eu já havia sido rejeitado tantas vezes no passado e não conseguia acreditar que agora faria alguma diferença. Na minha cabeça, me abrir de verdade com Malu só estragaria tudo e a deixaria chateada e preocupada. Eu não podia bancar o bebê chorão egoísta e não me importar com o que estava prestes a acontecer. Eu sabia que ela pensaria duas vezes antes de se casar se soubesse que aquilo me magoava. No entanto, isso não significava que ela ficaria comigo.

    E que direito eu tinha de estragar aquele momento dela? Ela merecia uma vida feliz. Guilherme não era de todo ruim também, até porque a tratava bem. Me odiava, *claro*, mas eu podia lidar com aquilo. Malu continuaria sendo minha amiga, eu sabia que não seria abandonado por nada. Ficaria tudo bem, né?

    Por mais que eu torcesse que sim, meu coração sabia que não.

    Solucei baixinho uma última vez e sequei as lágrimas. Praguejei para mim mesmo e, quando abri os olhos, vi Malu se deitar ao meu lado, com as pernas viradas para o lado oposto. Sua orelha estava tão perto da minha que eu quase podia ouvir seus pensamentos. Seu cabelo, movido pela brisa, acariciava meu nariz.

    — O que tem de errado com você, Hunizinho? — Sua voz tranquila me perguntou ao acariciar meu rosto, me fazendo soluçar como um bebê. Só de lembrar da doçura em sua voz, deitado aqui no meu quarto, me dava vontade de cair no choro de novo. — Tá com medo? — Nem tive coragem de dizer nada, apenas balancei a cabeça em afirmativa. — Eu vou ficar bem...

— Não posso dizer o mesmo sobre mim — murmurei, baixo o suficiente para que ela precisasse se aproximar um pouco mais de mim para escutar.

Silêncio.

— Sabe, se você me disser, neste segundo, para não me casar com ele, eu não vou me casar.

Virei a cabeça para o lado dela, por fim encarando seus olhos, e Malu me fitou, séria. Ali, deitados na grama, com seu rosto preocupado tão perto do meu, cheguei a considerar a ideia. *Por favor, Malu, não se casa.*

— Não posso fazer isso — suspirei.

Ela merecia ser feliz, e eu ficaria feliz se ela também estivesse.

Eu queria me inclinar um centímetro a mais e acabar, com um beijo, com aquele pequeno espaço que restava entre nós, mas me contive. Quis abraçá-la e mantê-la perto de mim para sempre, porém também não o fiz. Tudo porque eu era um grande covarde.

Ela respirou fundo.

— Bom... vamos dormir, então? Afinal, amanhã é o último dia antes do casamento, e vai ser um dia *bem* longo. — Concordei com um aceno de cabeça, pronto para me levantar. — Mas antes...

Malu puxou uma máquina polaroide azul bem pequenininha de algum lugar e a posicionou acima de nossos corpos deitados na grama.

— Diga "x". — Ela amassou minha bochecha num beijo quente, e eu arregalei os olhos, assustado, antes de ela dar um clique na câmera e dizer: — Perfeito! Pode ficar com essa. — Então ela tirou mais uma, e dessa vez eu saí com um olho meio fechado, ainda espantado. — Essa é pra mim.

Aquela parte da conversa não saía da minha cabeça. Todas as vezes que eu fechava os olhos, podia escutá-la dizendo: *Sabe, se você me disser, neste segundo, para não me casar com ele, eu não vou me casar.*

Eu estava louco ou aquilo soava como um "Por favor, peça para eu não me casar"?

Ainda que não fosse, era o que eu preferia acreditar.

— *Adeul* — a voz impaciente da minha mãe me trouxe dos meus pensamentos de volta para o meu quarto, lugar de onde eu não deveria ter saído —, por que você tá arrumando essa gaveta de meias de novo?

— Nada, só tô pensando.

Omma sabia como eu me sentia só de olhar para mim. Talvez por esse motivo suas sobrancelhas tenham se franzido de um modo preocupado quando eu não disse mais nada. Ela se sentou ao meu lado, me ajudando a organizar o monte de meias brancas jogadas no chão.

Então me estudou em silêncio por alguns minutos e, ao ver que eu não diria nada, coçou a garganta e disse:

— Já sabe o que vai fazer para ela não se casar com ele, e sim com você?

Indignado, olhei para ela, a boca formando um "o" surpreso, porque, por mais que eu não quisesse admitir, era exatamente aquilo que eu estava planejando.

— *Michyeoss-eo...* — A única reação que tive foi dar um pulo e derrubar um rolinho de meia no chão. — ... *yo?*

Claro, eu poderia me preparar para morrer a partir dali. Até porque eu havia acabado de perguntar para a minha mãe se ela estava *doida*.

— *Naega michyeossdago? Ya! Niga! Niga Michyeossji!* — ela gritou, o que significava basicamente: *Eu fiquei doida? Você que enlouqueceu!* E, como esperado, arregalou os olhos e me deu um tapão nas costas.

Curvei a cabeça e me desculpei apenas para não levar outro tapa ardido. A culpa não era minha se ela havia me surpreendido lendo minha mente.

— Olha, filho... eu sei que os últimos meses têm sido bem difíceis pra você, e nós dois sabemos o porquê. — *Omma* apoiou a mão, carinhosa, no espaço das minhas costas que ainda ardia e o acariciou. — Sei que te machuca pensar em perdê-la, e você deveria fazer alguma coisa para tentar reverter isso. Quando o amanhã chegar, você não vai poder fazer mais nada para mudar essa história.

Olhei para baixo e segurei as lágrimas. Eu não choraria na frente dela, porque sabia que, se o fizesse, ela correria para dar umas chineladas em Malu.

— Você tem razão — falei, enfim. — Vou tentar mais uma vez.

No fim das contas, não tentei fazer como dissera. Em vez disso, esperei um tempão até criar uma coragem falsa e passageira, gastei uma grana em um anel de diamante idiota e o enfiei na minha jaqueta de couro preta com uma foto instantânea que não tive coragem de entregar ao vê-la em seu enorme vestido branco de princesa.

Bom, era isso.

Nem todo mundo tinha um final feliz.

26

Malu

No dia do casamento

Meu Deus do céu, eu estava mesmo me preparando para o meu casamento. Repito: eu estava mesmo me preparando para o *meu* casamento!

— Me fala que você não tá surtando nem nada do tipo — pediu Luna, preocupada, mordendo uma jujuba e reclamando para a cabeleireira, que puxava seu cabelo em um penteado apertado demais.

Tentei desfazer minha careta e respirei fundo quando minha cabeleireira fez massagem na minha têmpora, tentando me acalmar.

— Vai dar tudo certo e você vai ficar linda! — disse, com uma voz mansa, a mulher, que era amiga da minha mãe, ligando o secador mais uma vez.

Cruzei as pernas e respirei ainda mais fundo. Era bem possível que eu estivesse tendo um surto, sim.

Já estávamos na igreja do casamento desde as oito da manhã. Somente Luna e eu nos arrumaríamos lá. Pela minha saúde mental, preferi que as outras madrinhas e a minha mãe se arrumassem no salão lá perto.

Eu não queria ninguém, além da minha melhor amiga e de Jae, falando na minha cabeça. Uma crise de ansiedade no dia do meu casamento estava fora dos planos.

Enchi o celular de Jae de mensagens. O cara de pau não podia se atrasar tanto quando eu precisava tirar foto com as madrinhas antes da cerimônia — e *ele* era a minha madrinha! Se eu já estava nervosa antes, agora estava a um passo de colapsar.

Respirei fundo mais uma vez, tentando manter o controle. Não havia nenhuma chance de eu conseguir fazer aquilo sem Jae ao meu lado. Desde o momento que eu abrira os olhos pela manhã, me questionei se estava fazendo a escolha certa. Devia mesmo me casar com Guilherme? Eu *precisava* de Jae ali para me impedir de fugir, de fazer besteira, para me dizer que tudo ficaria bem, para me fazer pensar com clareza e...

Eu só queria que ele estivesse aqui. Comigo.

Por algum motivo, o dia que era para ser um dos mais felizes da minha vida estava sendo um dos mais difíceis para mim. Meu coração gelava e esquentava ao mesmo tempo, e meus pulmões decidiram dar pane no único momento em que não podiam.

Eu me levantei, tentando esconder a ansiedade que, em vez de bater na porta, arrombou a fechadura e a abriu com um chute. De repente, lá estavam aqueles pensamentos que tanto tentei barrar.

Eu amo o Guilherme? Quero me casar com ele? Eu aguento morar na mesma casa que ele pelo resto da vida? Vou superar o fato de que ele come de boca aberta?

— *Ahhh!* — gritei, tentando aliviar o peso da minha mente, tirando a atenção de Luna do celular, fazendo-a estreitar os olhos e me encarar.

— Você acha que ele não vem? — perguntou ela, do outro lado da sala, sabendo muito bem qual era o motivo da minha crise.

— Ele *tem* que vir. Ele *precisa* vir, Lu! Sem ele não tem casamento.

— Não, ele não *precisa* nem *tem* que vir, Malu! — brigou Luna. — Ele não é o noivo!

Meus olhos se encheram de lágrimas e eu baixei a cabeça, pronta para estragar toda a minha maquiagem. No entanto, um alívio enorme tomou meu peito quando ouvi o barulho das portas duplas de madeira serem abertas com força e baterem na parede, do jeitinho que eu fazia.

Em câmera lenta, Jae entrou com uma calça jeans escura e sua jaqueta preta de couro favorita, ao passo que tirava o capacete que havia feito seu cabelo grudar na cabeça como uma tigela.

— Huni! — gritei, me levantando e correndo até ele, que abriu os braços à minha espera. Em vez de abraçá-lo, dei um soco fraco em sua costela. — Onde é que você se meteu? — gritei. — Você tá sete horas atrasado, cara! *Sete*!

— Desculpa, Maluzinha... Eu precisei resolver uma coisa antes de vir. — Ele deu um sorriso amarelo, coçando a nuca. Seu rosto suado e suas bochechas coradas me provavam que havia feito o máximo para chegar ali o quanto antes.

— O que é mais importante que eu, hein? — briguei.

— Absolutamente nada no mundo. — Seus olhos me encararam, enxergando o fundo da minha alma, me fazendo desviar o olhar. Eu sentia como se ele enxergasse através de mim.

— C-Cadê seu terno? — gaguejei, estranhamente sem jeito. — Falta uma hora pro casamento e você não tá pronto, Jae Hun, pelo amor de Deus!

— Relaxa, Malu! — Seus lábios se ergueram num sorriso sapeca, e ele me lançou uma piscadela encantadora. — Eu não preciso passar maquiagem nem nada, só tomar um banho e colocar a roupa.

— É tão mais fácil ser homem!

— Também tem que ser bonitão assim, igual a mim. — Em seguida ele fez graça, balançando a mão dentro do bolso da jaqueta.

— Estão tá, Miss Universo, vai tomar um banho na minha sala de maquiagem, e acho bom você se arrumar muito rápido! — *Em dois minutos*, quis acrescentar, pois realmente estávamos em cima da hora.

— Depois quero saber o que fez você se atrasar tanto pro casamento da sua melhor amiga, e vou recitar um sermão enorme sobre você ter usado *de novo* a droga da moto do seu pai, sendo que a *omma* já te proibiu de dirigir essa coisa!

Ele levantou os ombros em resposta e apertou os lábios numa linha fina.

— Amiga, tá na hora de tirar a foto surpresa com o noivo, ele vai estar vendado! — gritou Luna, com o celular na mão, animada. — Vai ser lindo!

Naquele segundo, vi toda a confiança e a segurança que Jae carregava no olhar sumirem. Ele balançou a mão dentro do bolso da jaqueta outra vez e pigarreou, apontando com o queixo em direção à porta, como se me dissesse para ir. As sobrancelhas caídas, um sorriso falso erguido em seus lábios.

— Eu acho bom você se arrumar na velocidade da luz! — ralhei, tirando o capacete de suas mãos e puxando a jaqueta de couro por seus braços. — Anda!

Dei um tapinha em seu traseiro, fazendo-o me olhar feio e sair relutante pela porta, vestido com uma camisa branca e fina de mangas longas.

Coloquei o capacete sobre o divã cor de caramelo e senti uma brisa forte e gelada passar pela enorme janela aberta.

— Daqui até o fim do dia eu congelo nesse vestido idiota — reclamei para o nada.

Eu odiava aquela droga de vestido desconfortável. Só havia aceitado usá-lo porque os olhos da mãe de Guilherme brilharam como se a vida dela dependesse de me ver vestida nele quando o provei.

Agarrei a jaqueta de couro, que ainda tinha o calor de seu corpo. Jae tinha cheiro de saudade e conforto. Me senti protegida só de vesti-la, como se estivesse dentro de um abraço, como se toda a ansiedade que apertava meu coração tivesse evaporado.

Encolhendo os ombros, passei sozinha pelas portas duplas e observei Luna no fim do corredor guiando Guilherme, que estava vendado, até o lugar em que faríamos as fotos.

Naquele corredor comprido de laterais abertas e cercado por um jardim, desfilei confiante em meu vestido de noiva, como se fosse uma princesa medieval gótica com aquela jaqueta retrô. Enfiei as mãos nos bolsos quando a brisa bateu forte no meu peito, me fazendo arrepiar até as penugens da nuca.

— Mas o que... — sibilei ao sentir algo estranho no bolso.

Puxei a mão e vi a foto instantânea que havíamos tirado dois dias antes. Nela, Jae encarava a câmera surpreso, embora com um sorriso bobo de bochechas coradas. Sorri ao ver meus cabelos pretos e ondulados espalhados pela grama enquanto eu amassava sua bochecha num beijo desengonçado e cheio de amor.

No verso da foto, sua letra curvada fez meu coração quase sair pela boca e cair no chão.

Roxy, let me give it one more try.

Roxy, me deixe tentar mais uma vez.

Senti meu espírito sair do corpo e voltar. Na ponta da foto, pendurado numa fita de cetim rosa-bebê, estava algo que me faria questionar todas as minhas decisões até o momento.

Um solitário de diamante azul brilhante.

Luna me chamou, animada, do fim do corredor. Assim que tive forças para levantar o olhar em sua direção, senti meus joelhos cederem e caí de pernas bambas. Minha amiga correu até mim, preocupada, e me abraçou.

— Cancele a sessão de fotos — murmurei, os olhos cheios de lágrimas. — Meu mundo acabou de desabar.

Não, eu não contei para Luna nem para ninguém o que tinha acontecido. Para todos os efeitos, era apenas mais uma das minhas crises de ansiedade. Mas, bom, dessa vez não era só isso.

Eu estava de volta à sala onde tínhamos nos arrumado, sentada no divã caramelo e bebericando de um copo de plástico com água. Luna, minha prima Melissa, mamãe e a maquiadora me cercavam, com olhos ansiosos e aflitos.

— O que aconteceu, minha filha?

Eu nunca vi minha mãe tão preocupada comigo. Ela segurava minha mão suada e trêmula e acariciava a palma com o dedão, tentando me acalmar e me fazer cessar o choro.

Claro, eu não podia contar.

No meio segundo de sanidade que tive entre cair na real e ter um colapso, tentei pôr a cabeça no lugar. O que aquela frase no verso da nossa foto significava?

Roxy, me deixe tentar mais uma vez.

Eu conhecia bem aquela fala, porque *fui eu quem a escreveu*!

Enquanto Jae criava o roteiro de *One More Try*, eu estava lá, o tempo todo do lado dele, dando ideias, apoio e... aquela era a frase decisiva da história. Era quando Jake, o personagem principal, corria para a cerimônia de casamento de Roxy, já no fim do livro, e finalmente se declarava para ela. Eu me lembro muito bem da parte que escrevi de enxerida no instante em que Jae fez uma pausa para ir ao banheiro.

Correndo em meio aos convidados como um louco desvairado, assim que o celebrante perguntou "Alguém aqui se opõe a esse casamento?", não pensei duas vezes.

— Eu! — gritei, erguendo a mão, minha franja loira caindo sobre os olhos e me impedindo de ver direito por onde passava. — Eu me oponho!

Afastei o cabelo com um safanão e ajeitei o terno ao chegar perto do casal.

Roxy me encarava, perplexa, sem saber o que dizer. Ela não estava brava ou surpresa, no entanto eu conseguia ver esperança em seu olhar. O noivo, por outro lado, se segurava para não me pegar pelo colarinho e me jogar para longe do altar.

— Me desculpa por atrapalhar esse momento, mas... eu não posso deixar vocês se casarem.

— O quê? Tá maluco? — gritou o noivo.

— Roxy, sei que somos amigos de uma vida inteira e que eu sempre te tratei como uma irmã mais nova e... juro, eu tentei te ver apenas dessa forma. — *Meu coração estava do tamanho de um grão de feijão, doía e ardia.* — É só que, de uns anos pra cá, por mais que eu tente te enxergar assim, não consigo... Não queria estragar nossa amizade, mas... não posso te ver casando com outro cara. — *Suspirei. Seus olhos estavam colados nos meus, brilhando como um céu estrelado.* — Eu tentei várias vezes te dizer isso de algum jeito, mas todas as vezes acabei recuando, e eu sinto que... Eu sinto que, se não disser agora, vou me arrepender pelo resto da vida. Então, Roxy, me deixe tentar mais uma vez.

A essa altura, eu conseguia ouvir o barulho das abelhas voando sobre as flores. Todos os convidados estavam em completo silêncio, hipnotizados com a complexidade da cena e dos sentimentos derramados naquele altar. Respirei fundo mais uma vez e disse, por fim:

— Eu te amo, como amiga, como pessoa, como profissional, como a mulher que você é. Te amo de todas as maneiras possíveis e não posso deixar você se casar sem antes me dizer que não sente o mesmo por mim — *falei, desesperado, antes que o medo me dominasse e eu mudasse de ideia mais uma vez.* — Por favor, não se case.

Um peso saiu das minhas costas. Era como se uma vida de arrependimentos fosse lançada ao mar do esquecimento.

O noivo abriu um sorriso cínico, como quem diz "Você tá perdendo seu tempo", mas eu soube que não estava, pela forma sutil com que os lábios de Roxy se ergueram e pelo jeito como ela chutou os sapatos para longe antes de levantar a barra do vestido, se preparando para correr.

— *Jake, por favor, me leva com você!*

Um sorriso largo se formou em seus lábios, e meu rosto aflito relaxou. Segurei sua mão e, como se não houvesse ninguém no mundo além de nós dois, lhe dei um beijo rápido e então a puxei para fora dali, para a parte da história em que, enfim, teríamos um final feliz.

Ao me lembrar daquela parte do webtoon, que era tão especial para mim, meu coração esquentou. Estaria Jae me pedindo... bom, me pedindo para não me casar?

Ah! Não dá pra saber!

Eu não tive tempo ou espaço para pensar direito e não podia desistir do meu casamento por uma coisa incerta. E se eu jogasse tudo para o alto e, no fim das contas, não fosse nada daquilo? O que seria de mim?

Eu... queria ficar com Jae? Era por isso que meu coração doía tanto quando pensava em me casar com Guilherme?

Não conseguia entender meus próprios sentimentos. E se de fato fosse um pedido para não me casar, ou até um pedido de casamento, não sei... Aquele anel lindo tinha que significar alguma coisa, não?

— Luísa, preciso que você se recomponha e respire fundo para entrar naquele salão — ordenou a moça engravatada, contratada para fazer a assessoria do casamento, apertando um ponto na orelha e falando baixo: "Já estamos indo". — Estamos atrasadas para a cerimônia já faz uma hora.

Minha mãe lançou um olhar ameaçador em direção à moça, e eu poderia jurar que rosnou baixinho. Ela a morderia na canela se pudesse, como um pinscher movido a ódio.

— Filha, você não precisa fazer isso se não quiser — reforçou mamãe, ainda segurando minha mão, mas dando espaço para a maquiadora consertar o estrago que o rímel de má qualidade havia feito no meu rosto.

Respirei fundo e pensei em tudo aquilo.

Se Jae realmente quisesse se casar comigo, ou se não quisesse que eu me casasse com Guilherme, ele teria me dito alguma coisa. Se ele pretendia me entregar aquela foto e o anel, por que não o fez? Eu não tinha certeza se aquilo significava algo ou se eu estava apenas criando teorias. Se ele havia desistido ou não, meu noivo ainda me esperava ansiosamente no altar.

Eu não podia desistir de um futuro certo por uma aventura incerta, quando essa aventura nem mesmo fora proposta para mim.

Funguei e me levantei, decidida. A maquiadora espalhou mais um pouco de pó na minha testa e eu forcei um sorriso.

— Eu tô bem. Posso fazer isso.

Marchei determinada até o meu pai, na entrada do salão, que me deu um beijinho na testa e perguntou:

— Tá tudo bem, minha princesa?

Assenti e encarei o teto ornamentado do salão, na esperança de barrar as lágrimas. O tapete vermelho que me esperava já estava coberto pelas pétalas que Julinha jogara, e meu pai me encarava, orgulhoso, ansioso para entrarmos.

As portas foram abertas e a marcha nupcial começou a tocar.

Guilherme abriu um sorriso simpático, e Jae cobriu o rosto, caindo no choro ao lado dos outros padrinhos. Vi meu primo Mateus dar uns tapinhas nas costas dele e minha cabeça começou a maquinar outra vez enquanto andávamos devagar até o altar.

Oi, Deus. Tá muito tarde pra pedir uma coisa? Sei que não tenho sido a melhor filha, mas, pelo amor a você, me dá uma luz se esta não for a escolha certa.

Quanto mais perto chegávamos do altar, mais eu queria simular um desmaio e sair carregada numa ambulância, fingindo que aquele dia nunca havia acontecido. Eu não podia mais voltar atrás.

Por favor, me diga o que fazer. Mas tem que ser, tipo, agora! *Me dá um sinal, não importa qual seja... Não precisa ser fogos de artifício dizendo*

"Não se case" no céu. É só que... se eu estiver fazendo uma burrada... por favor, me livra dela.

Quando meu pai me deu um beijo na testa e entregou minha mão para Guilherme, senti o pior desconforto de todos os tempos no estômago.

Ah, que ótimo... uma dor de barriga logo naquele momento.

— Estamos aqui hoje para celebrar a união de Guilherme Soares e... — O pastor Celso tirou os óculos e olhou o papel mais de perto, com uma expressão confusa no rosto. — Eu preciso dizer o nome completo. É Maria Luísa, não?

Inferno de nome!

— Pelo amor de Deus, todo mundo sabe que ela odeia esse nome, só continua — falou Jae do cantinho, me arrancando uma risadinha, assim como de todos os outros que assistiam à cerimônia.

— Bem... — O pastor pigarreou. — Guilherme Soares e Malu Guimarães, esta união é de grande alegria para todos nós aqui presentes.

O pastor começou um discurso longo sobre a bênção da união e, a cada palavra que dizia, eu sentia minha barriga fazer um *blurrrrr*, como se me gritasse: *Vai dar merda, corre!*

Tentei não fazer careta e expressar meu sorriso mais sincero, mas, se eu me concentrasse demais em fingir e desviasse a atenção do controle das pregas das minhas partes baixas, um acidente horrível aconteceria bem ali.

Discretamente, troquei o peso do corpo de uma perna para a outra e mordi o lábio inferior enquanto Guilherme fazia os votos, algo como "Prometo te amar e respeitar e..." *Blurrrrrr.*

Droga!

— Srta. Malu? — chamou o pastor quando apertei os olhos, tentando não surtar enquanto suava frio. — Sua vez de dizer os votos.

— Eu... hmm, eu... — gaguejei. Seria aquele o sinal que eu tanto havia pedido aos céus? Eu esperava algo mais como um pombo branco pousando na cabeça careca do pastor ou Jae me roubando do altar. Uma caganeira fora de hora não estava na minha lista de sinais divinos. — É...

— Malu? — Guilherme me chamou, mais impaciente que preocupado.

— Gui... Eu... É que...

Eu não sabia o que dizer e não tinha nem condições de pensar em uma desculpa. Mais dois minutos ali, e eu acabaria com toda a dignidade que me restava, pelo resto da minha vida. Seria um estrago irreversível.

Para mim e para o vestido.

Olhei em desespero na direção de Jae, os olhos suplicando ajuda. Dividindo o mesmo neurônio, tivemos uma discussão silenciosa e telepática naquele olhar de três segundos, que o fez entender que era hora de intervir.

Esperei que ele pedisse um tempo ou inventasse alguma desculpa, mas, em vez disso, Jae simplesmente atravessou o altar e me puxou pela mão, como Jake fizera com Roxy em *One More Try*.

Vi, de relance, Guilherme me encarar confuso e ouvi um "aaaaah" espantado ressoar pelo salão.

Sentindo a mão quente de Jae na minha, tive certeza: aquele casamento não podia acontecer. Não quando eu nem fazia ideia de quais eram os sentimentos escondidos no meu coração.

Antes de me puxar para longe, meu melhor amigo me deu um sorriso e entrelaçou os dedos nos meus. Pensei tê-lo ouvido sussurrar "Graças a Deus", porém não tive certeza de nada assim que a urgência bateu na porta de baixo mais uma vez e eu precisei correr.

Ainda que meu sinal não tivesse sido dos melhores ou mais sutis, eu enfim havia entendido que não estava pronta para um casamento.

Não até que eu entendesse o que se passava dentro de mim.

27

Jae Hun

— Você... *sabia?*

Eu não conseguia acreditar que, de uma forma ou de outra, aquele anel tinha ido parar nas mãos de Malu. Procurei desesperadamente por ele depois da cerimônia e já tinha até aceitado que, além de perder a Malu, eu o havia perdido também.

— Por que você não me entregou? — Senti a tristeza em seu olhar. Por mais que Malu tentasse não deixar transparecer, eu sabia que aquele assunto a machucava um pouco. — Quer dizer, nada estava claro... Eu não tinha certeza do que aquilo significava, minha cabeça ficou uma bagunça.

— Eu... não sou lá o homem mais corajoso do mundo. — Suspirei. — Quando te vi toda linda naquele vestido, perdi a confiança que tinha. Ouvir a Luna dizer que você tiraria fotos incríveis com o noivo vendado me fez pensar que não seria nada justo eu te pedir em casamento *no dia do seu casamento.*

Malu brincou com um punhado de areia, fitando a paisagem. Eu não conseguia desgrudar os olhos dela.

— Então era mesmo um pedido... — Seus olhos se perderam na imensidão do mar. Aquele olhar poderia significar tantas coisas... — Eu fiquei confusa todo esse tempo. O anel está comigo desde o dia em que fugimos do meu casamento e, de lá pra cá, me fez questionar toda a nossa amizade. Me fez desenterrar sentimentos que eu lutava pra esconder, porque estava cansada demais pra tentar entender — falou ela, baixinho, quebrando meu coração. — Depois do meu quase casamento, tive dias muito difíceis e vários surtos, porque tinha medo de admitir pra mim mesma que eu amava você e, no fim, esse seu anel não significar nada.

— Como poderia um anel de noivado pendurado numa foto não significar nada? — Colei os olhos nos dela, suas íris escuras brilhando atrás das lágrimas que ela tentava não deixar cair. Ainda assim elas escorreram, e Malu secou o rosto com as costas da mão.

Encarei a areia, me lembrando de tudo o que senti. Não fora fácil. Mas, ao que parecia, não havia sido fácil para ela também.

— Sinto muito, Maluzinha — falei, após um silêncio devastador, e apertei sua mão apoiada no chão. Movi seu queixo de leve, fazendo nossos olhos se encontrarem de novo. — Fiquei muito tentado a dizer pra você não se casar durante a despedida de solteira, só que eu realmente achava que casar com o Guilherme era o que você queria, e não quis deixar tudo estranho entre a gente. Eu não podia te perder por completo, já que, com o seu casamento, não seríamos mais os mesmos. — Malu fungou e apertou minha mão também. Aproveitei para puxá-la num abraço apertado e chorei junto, colado ao seu corpo. — Me perdoa por ser sempre tão sem atitude, eu devia ter lutado mais por você.

— Não — choramingou ela. — Acho que eu teria te recusado, e isso só deixaria tudo pior.... O problema sou eu, Huni. Eu custo a confiar nas pessoas; é difícil acreditar que elas não vão me abandonar, como você bem sabe, e eu só não estava disposta a te perder. Tinha medo de começarmos algo e eu estragar tudo.

— O problema não é você e nada disso importa mais — falei, firme. — Estamos aqui agora, não estamos? — Ela assentiu e secou as bochechas. — Prometo não te soltar por nada, mesmo que você decida me soltar primeiro.

Aos poucos, seus lábios se aproximaram dos meus e ela nos uniu em um beijo profundo e apaixonado. Eu correspondi, segurando seu rosto com delicadeza e acariciando sua bochecha com o polegar.

— Esse... pedido ainda tá de pé? — Meu coração ameaçou sair do peito perante as palavras envergonhadas de Malu, que balançou o anel na minha frente. — Claro, não vamos nos casar agora, mas...

— É óbvio que tá de pé — interrompi. — Vamos nos casar amanhã, se você quiser!

Ela riu, me dando um tapinha leve no braço.

— Tá doido? Um casamento leva tempo pra planejar, e a gente só tá namorando há algumas horas. — Certo, aquele era um ponto importante a ser levado em consideração. — Dessa vez, quero fazer as coisas do meu jeito. — Piscar algumas vezes foi o suficiente para que ela entendesse o que eu queria dizer. — Tá legal, do *nosso* jeito. — Riu. — Ninguém vai decidir nada por nós.

Sorri em resposta. Eu estava tão feliz que não conseguia nem pensar em algo decente para dizer.

— E já adianto: vou me casar de chinelo e com o vestido mais leve que eu puder. E vamos fazer isso num dia quente, pelo amor de Deus, porque eu passei um frio do caramba — completou.

Malu se estressou apenas de tocar no assunto, o que me tirou uma risadinha e me fez acariciar seu cabelo e sua bochecha esquerda em apreciação.

— Se você me prometer que não vou precisar usar uma calça apertada como a da outra vez, tudo certo.

— Ah, fala sério. Ficou lindão, vai? — Ela riu.

— Meu traseiro ficou assado por dias, e meus pelos nunca mais foram os mesmos! Você sabe como foi difícil me sentar para trabalhar?

Malu caiu no riso e ainda ousou fazer piada da minha desgraça.

— Pelo menos economiza na depilação.

Esbocei uma careta emburrada e cruzei os braços. Ela me apertou num abraço outra vez. Tudo estava lindo, mas ainda tinha uma coisa que eu precisava saber.

— Hã... — Pigarreei. — Então... como você achou o anel?

Ela coçou o nariz e limpou a garganta, como se estivesse prestes a confessar um crime.

— Eu vesti sua jaqueta porque senti frio e encontrei no bolso sem querer. — Malu apertou os lábios, formando uma linha, e encarou o mar, nostálgica. — Eu entreguei a jaqueta pra sua mãe e fiquei com o anel e a foto. Ela sempre esteve na minha carteira, atrás daquela foto sua com duas marias-chiquinhas no cabelo que eu tirei no seu aniversário de dezoito anos.

— Eu me atrasei naquele dia porque fui buscar seu anel na loja e ele ainda não tinha sido entregue. Precisei esperar algumas horas... — confessei, precavido. — Só para o caso de você decidir brigar comigo mais tarde por causa disso.

Malu estreitou os olhos, parecendo considerar se me perdoaria ou não. Ela ainda usava o anel que Guilherme lhe dera na mão direita.

— E agora, vai tirar isso aí ou... — perguntei, meio sem jeito, a sobrancelha arqueada e as bochechas cheias de ar.

Ela tirou o anel e o guardou, dando dois tapinhas na carteira fechada.

— Vou devolver, porque foi caro e eu já dei prejuízo demais — disse sabiamente, estendendo a mão para mim. — Além do mais, meu novo anel é muito mais bonito.

— Tenho certeza de que não vale nem metade desse outro aí.

Tentei fazer tipo, mas ela chacoalhou a mão na minha frente, como quem diz *Coloca logo a droga do anel no meu dedo*, e sorriu.

— Vale muito mais pra mim, porque tem amor.

Coloquei a joia em seu anelar, lhe dei um beijinho na testa e, abraçados, assistimos ao mar de luzes dançar por mais algum tempo. A brisa fresca soprava e acariciava meu rosto com o cheirinho de baunilha dos cabelos de Malu.

— Preparada para voltar pra vida real amanhã e contar pra todo mundo que você namorou seu melhor amigo por algumas horas e ficou noiva?

— Acho que não vai ser nenhuma surpresa. — Ela me encarou com um sorriso sapeca. — Sabe? Eu sou conhecida por fazer escolhas questionáveis.

Ela estava certa.

Mas, dessa vez, eu não a questionaria por nada no mundo.

28

Malu

Não dava para acreditar que já era o último dia da viagem.

As coisas haviam mudado tão drasticamente nos poucos dias que passamos juntos que parecia que, assim que deixássemos as Maldivas, tudo não passaria de um sonho muito louco.

Acordei pela manhã menos mal-humorada que de costume e até ousei sorrir quando vi o rosto adormecido de Jae ao meu lado. Ajeitei meu corpo ao seu lado ao vê-lo se mexer sobre o lençol fino cor de areia. Eu amava a forma como suas íris escuras brilhavam sempre que ele me olhava, e amava seus lábios vermelhos e bem desenhados. Amava também como ele parecia resistir ao tempo. Era como se, mesmo aos vinte e dois anos, ele continuasse sendo o garoto xexelento de onze que chorava sempre que eu bagunçava sua gaveta de meias. Apesar de sua feição bochechuda ter dado lugar a um rosto de maxilar marcado, e de eu poder ver a pontinha de sua barba ameaçando crescer, ele ainda parecia o mesmo garoto de anos atrás.

Pousei a mão em seu rosto adormecido, acariciando a pele macia. Eu não via a hora de ele acordar e me olhar cheio de paixão outra vez.

Como se adivinhasse meus pensamentos, Jae se mexeu de levinho e abriu um dos olhos, tentando separar os sonhos da realidade. Ao me ver, deu um sorriso preguiçoso e segurou minha mão que estava pousada em sua bochecha.

— Bom dia, Maluzinha.

Ah, aquele sorriso... Como eu não havia percebido antes quanto estava apaixonada?

— Bom dia, Huni.

Sorri quando ele se espreguiçou e me puxou num abraço, fazendo uns barulhinhos engraçados.

— Não estamos atrasados, né?

Fiz que não com a cabeça e me aninhei em seu corpo. Tínhamos quatro horas até o checkout. Eu já tinha arrumado minhas malas, e Jae não teve muito trabalho com a dele, já que, diferente de mim, nunca tirava nada do lugar. Enfim, em breve estaríamos de volta à vida real.

Aposto que minha mãe ficaria feliz ao saber que eu e Huni havíamos nos acertado na viagem, mas não tinha muita certeza quanto ao noivado. Eu pensaria numa solução para isso mais tarde.

Depois de uma enrolação leve que durou alguns minutos e rendeu beijos e abraços, Jae se levantou, tomou banho e fez embaixadinha com o ganso de toalha, depois de transformá-lo numa bola. Também ajeitou as malas perto da porta do bangalô e esperou na beira da piscina até que eu estivesse pronta para partir.

Bom, era hora de dizer tchau.

Com uma das malas na mão e os dedos de Jae entrelaçados na outra, encarei o quarto uma última vez.

— Nossa Senhora dos Clichês, eu prometo nunca mais questionar o poder de um quarto com uma cama só. — Fiz o sinal da cruz com os dedos e os beijei antes de fechar a porta.

Passamos em silêncio pela passarela que nunca mais veríamos na vida. As Maldivas eram lindas, mas tanto eu quanto Jae concordávamos que duzentos dólares em um prato de comida esquisita era um dinheiro mal gasto. A não ser que alguém nos desse outra viagem daquelas de presente, aquele seria mesmo um adeus.

Chequei o relógio no pulso e vi que eram onze e vinte. Meu telefone estava sem bateria, para variar, mas eu tinha certeza de que Jae avisaria mamãe que estávamos indo embora.

— Bom dia, querida! Gostaríamos de fazer o checkout, por gentileza. — Minha personalidade extremamente educada, que só aparecia quando eu falava em inglês, se manifestou ao ver, do outro lado do balcão, a mesma moça que me chamou de "sra. Park" no dia em que chegamos à ilha.

— Claro! Pode me dizer o número do quarto, por favor?

Jae passou as informações para ela enquanto eu me abaixava para amarrar o cadarço do meu All Star branco. De longe, vi a senhora que nos negou um colchão brigando com uma vassoura que estava encostada na parede e apontando o indicador para o cabo.

— Espero que tenham tido uma semana inesquecível! — Os lábios da recepcionista, pintados de vermelho, se esticaram num sorriso largo de dentes alinhados. Ela colocou a mão sobre o coração e pendeu a cabeça um pouco para o lado. — Tem algo que poderíamos fazer para melhorar a experiência dos nossos clientes? Adoramos receber feedback!

— Foi tudo ótimo, muito obrigado! — respondeu Jae em meu lugar.

— Na verdade... — comecei ao me levantar — ... no nosso primeiro dia aqui, pedi um colchão extra, ou pelo menos um sofá maior, mas a recepcionista disse que era contra as regras do resort. — A moça me olhou um pouco confusa e ajeitou a cabeça. — Quer dizer, no fim das contas deu tudo certo pra gente, porque... Bom... Não importa. — Pigarreei. — Acho que deveriam permitir uma acomodação a mais no quarto; as pessoas têm suas razões para pedir uma.

— Ah, sinto muito, sra. Park, mas eu realmente estou um pouco confusa. — Seus lábios se apertaram em um bico engraçado e ela colocou uma das mãos na cintura. — Nosso resort permite, sim, acomodações extras no quarto mediante solicitação, não temos nenhuma restrição quanto a isso.

Olhei confusa para Jae, que, por sua vez, arqueou uma das sobrancelhas.

— Mas a senhora que nos atendeu disse...

— Senhora? — Dessa vez a moça coçou a nuca, sem entender. Apontei para a senhorinha que ainda brigava com a pobre vassoura. — Ah, ela não trabalha aqui. — A recepcionista soltou uma risadinha e indicou uma caixa de donuts atrás do balcão. — Às vezes ela vem para roubar meu café da manhã. Eu costumava odiar, mas, já que ela praticamente mora aqui depois que se aposentou, decidi só comprar comida extra antes de vir para o trabalho.

— Você tá me dizendo que ela se fingiu de recepcionista e nos negou um colchão extra de propósito? — perguntou Jae, incrédulo, uma risadinha divertida despontando nos lábios.

— Sinto muito por isso, sr. Park. — A moça se curvou noventa graus, preocupada com o rumo que aquilo poderia tomar.

Por sorte, Jae apenas sorriu, dizendo que estava tudo bem. Nos despedimos, ainda sem acreditar. Era possível que aquele colchão tivesse mudado muita coisa.

— Bom, podemos pensar que, se não fosse pela ladra de donuts, talvez não estivéssemos juntos agora. — Huni foi positivo, bagunçando minha franja enrolada e apertando o vinco entre minhas sobrancelhas.

— É... acho que você tá certo.

Puxei a mala em direção à passarela que nos levaria até o hidroavião. Contudo, antes que passássemos para o lado de fora da recepção, quis checar a senhorinha maluca uma última vez, dando uma olhadinha para trás.

Dessa vez, ela não estava com os olhos na vassoura, mas bem grudados em nós. Aquilo me assustou por um segundo, no entanto ela abriu um sorriso amarelo e piscou para mim.

Retribuí o sorriso e, quando me virei para a saída outra vez, a ouvi gritar com uma voz rouca:

— De nada, querida!

Após cansativas vinte e cinco horas de viagem, entre voos e escalas, enfim pisamos em São Paulo. Às onze da manhã, Jae e eu passávamos pela porta do meu apartamento como dois zumbis, implorando por uma cama.

— Seria muito burro da minha parte dormir agora? — Me joguei no sofá com os braços abertos, e ele se jogou no chão da mesma forma.

— Também tô morrendo de cansaço, mas acredito que seria melhor ficar acordado para não piorar o jet lag, já que vamos ter que trabalhar amanhã cedo — murmurou Jae, a voz cansada, os olhos mal se mantendo abertos.

Concordei com um resmungo e, depois de muito lutar para me manter desperta e tomar coragem para me servir de uma xícara de café, olhei em volta do apartamento, percebendo que algumas coisas não estavam como eu havia deixado.

Eu me lembrava de ter saído com pressa no dia da viagem, ansiosa para o que estava por vir. Na correria, algumas roupas ficaram no sofá; meu armário de sapatos, no hall de entrada, ficara aberto com alguns pares caídos; e lembro que a minha xícara "Mais que amigos, friends", que estava suja, tinha ficado na mesa de centro — àquela altura, estaria cheia de formigas.

No entanto, meu apartamento não estava o caos completo em que eu o deixara. A casa inteira cheirava a lavanda e baunilha, e o piso de madeira exibia um brilho perolado. Meu sofá tinha algumas almofadas coloridas e felpudas a mais e, ao lado dele, uma poltrona azul-turquesa, que eu comprara poucas semanas antes do casamento, mas não tivera tempo de desencaixotar.

Na cozinha, minhas plantas estavam verdinhas e saudáveis. Com a cabeça quente, acabei me esquecendo das pobrezinhas, mas pelo jeito alguém havia cuidado muito bem delas — e, ao olhar para as xícaras arrumadas por ordem de tamanho, não precisei pensar muito em quem poderia ter sido.

— Ah, dona Ana — murmurei, feliz, quando vi um bilhetinho em cima da bancada.

> *Imaginei que fosse chegar cansada, então levei algumas coisas que chegaram aqui em casa pra você.*
>
> *Tem comida no forno, dei uma limpada básica na casa e cuidei das suas plantinhas enquanto você não estava. Agora eu entendo tudo o que estava acontecendo; tive uma conversa com a Boram e as peças se encaixaram. Sinto muito por não ter notado antes que você estava com o coração partido, filha... Sei que você não gosta de se abrir com ninguém, mas sabe que pode sempre contar com a mamãe, né?*
>
> *Desfaz as malas, dorme um pouquinho e vem tomar um cafézim com a gente depois do trabalho.*
>
> *Um beijo, amo você.*
>
> *Mamãe*

Meu coração estava tão quentinho.

Eu me culpava por não ter dito nada para minha mãe. Sabia que podia contar com ela, mas estava tudo tão confuso na minha cabeça que eu nem sequer sabia por onde começar. Agora que tudo estava resolvido, com certeza eu abriria o jogo. Com mais detalhes e calma. Era só que... antes eu nem tinha certeza do que estava acontecendo para poder falar algo a respeito.

Peguei o celular na bolsa e pensei em enviar uma mensagem longa para agradecer por tudo que eu não merecia, no entanto eu sabia que três palavras eram o suficiente para mostrar toda a minha gratidão.

> Eu te amo

Servi uma xícara do café preto do qual senti tanta saudade, tentando me manter acordada, já escutando o ronco baixinho de Jae no chão. Preparei uma xícara para ele também, ciente de que ele preferiria chocolate quente a café, mas também sabia que, tanto quanto eu, Jae precisava de uma dose de cafeína para não desmaiar.

— Huni — cutuquei com o pé seu corpo, jogado no chão —, arreda daí, vamos desfazer as malas. Mais tarde a gente dorme.

Ele murmurou algo incompreensível, me dando as costas ao se virar para os pés do sofá. Molhei um dedo com baba e enfiei em seu ouvido.

— Eca, Luísa!

Só lembrei que éramos namorados depois de ter feito o que já estava cravado na existência do nosso relacionamento.

Pigarreei, meio sem graça, e puxei seu braço para que ele se levantasse. Jae veio ao meu encontro como um boneco de mola, cambaleando.

— Vamos desfazer as malas, comer alguma coisa e tentar matar o tempo assistindo a um drama coreano. Mais tarde a gente dorme, tá legal?

Jae chacoalhou os ombros, nada contente, pegou a xícara da minha mão e saiu em direção ao banheiro para um banho rápido, como se a casa fosse dele. Bom, de certa forma sempre foi.

Eu me recostei no parapeito da sacada com a xícara de café na mão. O tempo estava ótimo, fresco, com um céu azul lindo. Fechei os olhos ao sentir a brisa acariciar meu rosto e dei um gole longo no café.

Como seriam as coisas a partir de agora?

Não que o fato de namorar meu melhor amigo fosse mudar tudo, mas eu sentia como se fosse uma nova Malu. Ter coragem de assumir meus sentimentos e ficar com Jae era o que eu mais queria, mas era ao mesmo tempo meu maior medo e meu maior ato de coragem.

Eu tomara a decisão de fazer boas escolhas, de parar de pensar que todo mundo me abandonaria de repente, de parar de achar que meus pesadelos iam voltar para mim e me fazer ser a pessoa que eu era antes, mais uma vez. Antes de sair para aquela viagem, havia prometido a mim mesma algo que estava decidida a cumprir: eu seria a minha melhor versão.

Seria uma Malu que confiava nas pessoas, no próprio potencial, e que não tinha medo do julgamento alheio.

Sim, eu ficara noiva em algumas horas de relacionamento, *e daí?* Sim, eu me casaria com o meu melhor amigo, *e daí?* Sim, era tudo muito repentino... *E daí?* Eu não ligava mais, ou pelo menos lutava para não ligar.

O primeiro medo da lista já fora riscado: eu pararia de pensar que era descartável. Com isso, começaria a trabalhar em outra coisa: parar de odiar meu nome, de odiar quem eu era, de odiar minha história. Eu precisava superar todo aquele lance com o meu genitor. Não queria vê-lo nunca mais, não queria tê-lo na minha vida, mas também não podia mais nutrir aquela mágoa tão profunda, que gerava um estrago estratosférico no meu coração. Eu tinha certeza de que, passando por cima disso, minha vida seria oitenta por cento mais leve, e eu esperava conseguir tamanha proeza.

— O que tá fazendo essa cabecinha de vento maquinar tanto? — Jae me abraçou por trás, com os cabelos molhados, uma camisa branca e um short verde com estampa de cactos que vi de relance.

— Tô pensando em diferentes formas de ser uma pessoa melhor.

Ele me deu um beijinho no pescoço e me abraçou mais forte.

— Se eu posso sugerir uma, se amar acima de tudo e reconhecer que você é o seu bem mais precioso seria um bom começo.

— Essa vai ser difícil. — Ele me deu um beliscão de leve nas costelas, que mais fez cócegas que doeu, e eu ri, me esquivando. — Mas prometo que vou tentar. Um passo de cada vez e eu chego lá.

— Escuta... — Dessa vez, Jae me virou para ele, apoiando minhas costas no parapeito e olhando no fundo dos meus olhos enquanto pousava as mãos nos meus ombros. — Você é a coisa mais preciosa do mundo inteiro para mim, e com isso eu quero dizer que *absolutamente tudo* que precisar eu farei por você. Não se sinta aflita, não tenha medo e não recue. — Meu coração deu uma pequena pirueta. Ele era a dose de coragem de que eu precisava. — Seja lá o que você tenha que enfrentar, enfrente. Eu estarei *sempre* aqui, ao seu lado, e ninguém nunca vai te fazer mal! Se não confia em si mesma para passar por qualquer coisa, confie em mim. Eu serei o apoio e a motivação que você precisa para sempre seguir em frente.

Meus olhos se encheram de lágrimas. Eu sempre soube que não estava sozinha, que ele estava comigo, mas agora era diferente. Era como se fôssemos um só, como se minha dor fosse dele também, como se meus problemas fossem os dele, porque, agora, eu lhe permitia fazer isso. Permitia que ele olhasse para mim, para a parte que eu não gostava de mostrar para ninguém, a parte machucada, magoada, abandonada, esquecida; a parte que eu lutava para não deixar emergir e que, vez ou outra, transbordava pelos cantos sem querer.

— Eu vou estar sempre aqui pra te proteger, Malu — continuou, secando as lágrimas silenciosas que escorriam dos meus olhos. — *Sempre!* Mas isso não significa que você não precisa lutar para se defender também. Seja forte e entenda que você tem que ser a primeira pessoa a saber como proteger seu coração.

Assenti, segurando as lágrimas, porque eu já estava cansada de chorar tanto. Seus lábios vieram devagar em direção aos meus, e eu estava pronta para aquilo, mas, antes que eles tivessem a oportunidade de se tocar, o momento foi destruído por um barulho e um vulto correndo pela sala.

Em menos tempo do que se leva para suspirar, o Jae corajoso, herói, salvador da minha pátria deu lugar ao meu melhor amigo bunda-mole.

— Me fala que isso não foi um demônio. — Sua voz trêmula soou em meus ouvidos, como se o céu tivesse acabado de ficar roxo, anunciando o fim dos tempos. Ele havia pulado em cima de mim e me agarrado como se eu fosse o anjo com asas imensas que o tiraria dali voando.

Ri com aquele ser enorme nos meus braços, nós dois prestes a cair catorze andares abaixo.

— Não, Jae, é só o Mingau.

Minha mãe adorava levar o gato fujão dela para passear. Ela tinha esperança de que, dessa forma, ele parasse de sumir, já que o bichano simplesmente evaporava no mundo e voltava dias depois como se nada tivesse acontecido. *E ainda trazia amigos.*

— Ele não tinha sumido fazia quase um mês? — Só então Jae me soltou, tentando recuperar a pose.

— Pelo jeito voltou.

Peguei o telefone para avisar mamãe que o gato havia voltado e vi que tinha uma mensagem não lida dela.

> Acho que esqueci o Mingau aí.

— É, ela esqueceu ele aqui. Amanhã eu devolvo.

Jae correu para dar um cheiro no gato branco, se certificando de que era mesmo Mingau, cuspindo logo em seguida todo o pelo que ficou grudado em seu rosto. Concordamos em assistir a alguma série até começar a escurecer, para então morrermos de dormir até o dia seguinte.

Escolhi *Hospital Playlist*, um dos nossos dramas coreanos favoritos, e dei play na segunda temporada, que já estava quase completa.

Comendo a macarronada deliciosa que minha mãe havia deixado e enchendo a cara de café, conseguimos aguentar mais cinco horas acordados. A série era boa demais, o que nos manteve bem atentos, porém, depois do quinto episódio, meus olhos começaram a criar vida própria e a se fechar sozinhos.

— Certo, hora de ir. — Desliguei a televisão sem nem pensar. Jae já estava cochilando, com a boca aberta e a cabeça caída para trás. — Anda, levanta.

Ele se levantou cambaleando e, ainda de olhos fechados, escorregou pelo sofá como um gato desfalecido.

Apaguei a luz, joguei uma coberta sobre ele e fui para o quarto. Só depois de tomar uma ducha rápida e me enfiar embaixo do lençol azul na minha cama, eu percebi o que estava fazendo.

Me levantei novamente, rindo, e abri a porta do quarto, me recostando no batente.

— O que estamos fazendo? — perguntei, com uma risadinha nos lábios.

— Indo dormir — murmurou ele, virando as costas para mim e agarrando uma almofada.

Quando enfim entendeu a situação, ele se virou na minha direção, meio perdido.

— Separados? — resmunguei, com uma sobrancelha arqueada.

— Força do hábito?

— Você nunca mais vai dormir nesse sofá sozinho. — Ri, abrindo mais a porta e fazendo um movimento com os braços para que ele entrasse. — A não ser que me irrite.

— Nesse caso, tenho uma ideia de como passar mais algumas horas acordado, se quiser. — Seu sorriso malandro gerou uma animação mágica em meu peito.

Seu sono, de repente, evaporou.

— Por que não me mostra?

E, bom... o meu também.

Acordar com meu melhor amigo agarrado ao meu corpo nu parecia bem mais normal nas Maldivas. Quando voltei à realidade, levei um susto ao me tocar que não tinha sido um sonho. Meu quarto, muito real, com mosquitos muito reais zumbindo em meu ouvido, me lembrou, mais uma vez, como o cara com rosto de anjo colado nas minhas costas era real.

Com um beijinho na ponta do nariz, acordei o preguiçoso e corri para o banheiro para me arrumar. Eu ainda não sabia como contaria tudo a Luna, que não parava de me encher de mensagens, e como faria Marcelo acreditar que Jae e eu estávamos juntos. Ele sabia de toda a história, claro, já que da sala dele conseguia ouvir as fofocas que fazíamos.

NO DIA DO SEU CASAMENTO

Jae passou o café, tomou banho no outro banheiro e se aprontou na maior calma do mundo, mesmo tendo levantado por último, enquanto eu precisei sair pela porta cambaleando com um salto no pé e o outro na mão.

Havíamos dormido demais, mas, diferente de Huni, que precisava de míseros quinze minutos para se arrumar, tive que terminar a maquiagem no carro para não nos atrasarmos.

Pedi a Jae que procurasse uma vaga no subsolo do prédio da editora e subi primeiro. Ele podia chegar atrasado; eu, não.

Quando cheguei ao andar da BookTour, Luna me esperava em frente à minha mesa, com a mão na cintura, batendo o pé direito no chão. Ela ainda não sabia em que pé Jae e eu estávamos, e eu estava atrasada demais para atualizá-la de qualquer coisa.

Teríamos uma reunião pela manhã com o novo autor. Tudo já estava encaminhado para começarmos o processo de edição e, agora que eu estava de volta, era hora de jogar a bomba inteira para cima de mim.

Eu ainda não sabia se o tal autor era do tipo *estrelinha*, pois, segundo Marcelo, seu nome já tinha certo peso no mercado. *P. Prado...* Eu me lembrava mesmo de ter visto alguns livros com seu nome nas prateleiras de best-sellers de algumas livrarias. Entretanto, minha última semana tinha sido mágica demais para que eu me estressasse por qualquer coisinha. P. Prado poderia ser o porre que fosse, eu daria um jeito. Eu não havia lido os e-mails nem as atualizações sobre nada, mas faria questão de passar o restante do expediente fazendo isso, afinal de contas meus últimos dias tinham sido de uma liberdade condicional chamada férias.

— Se você tá aqui vivíssima na minha frente, significa que o seu avião não caiu e matou todo mundo, o que também significa que você *me ignorou por sete dias.* — Luna, claro, já chegou com os dois pés no peito, brigando comigo enquanto enfiava um montante de pastas nas minhas mãos e me empurrava para a sala de reuniões.

— Lido com você depois. — Por mais que tudo tivesse dado certo, ela ainda havia me deixado na mão naquele aeroporto.

Tudo bem que ela tinha um plano brilhante em mente, mas, só para manter a tradição, eu não deixaria de dar uma bronca nela. Talvez a gente puxasse uns cabelos também, para não perder o costume.

Eu me instalei no meu lugar à mesa de reuniões em forma de U, e Marcelo, sentado na curva, levantou os olhos cansados dos papéis que revisava e acenou com a cabeça para mim.

— Já chegou, senhorita Maldivas?

— Desculpa o atraso, Marcelo. — Eu havia subido tão rápido que ainda estava com falta de ar. — Jet lag.

— Vou te dar uma atualização rápida de tudo para que não fique boiando, porque tenho certeza de que ainda não abriu os e-mails — disse Luna, que se sentou ao meu lado, abrindo sua agenda rosa de florzinha, bem mulher de negócios.

— Você tem alguma ideia do que *férias* significa?

Ela simplesmente me ignorou, lambeu o indicador e passou algumas folhas de suas anotações.

— P. Prado já assinou o contrato com a editora e eu já dei início ao projeto. Fiz a leitura crítica, passei para um preparador e, a partir de agora, você toca o barco.

— Certo.

Em um instante, Jae chegou, cumprimentou todo mundo, abriu sua agenda do outro lado da mesa sem olhar para mim — o que fez Luna resmungar um "Ih, já sei que deu merda" — e ligou o iPad para tentar trabalhar em algum rascunho rápido como proposta ao autor.

P. Prado estava meia hora atrasado. Nesse meio-tempo, cada um em seu lugar à mesa, em silêncio, trabalhou em algo para a reunião. Todos sabíamos como aquele projeto era importante para a BookTour e, principalmente, para Marcelo.

Elida, uma das revisoras que ficavam no outro setor, bateu à porta e colocou apenas a cabeça para dentro da sala de reuniões, seus cabelos pretos com mechas vermelhas caindo sobre os olhos. Ela anunciou a chegada do autor, com um sorriso animado no rosto, e me deu um tchauzinho antes de deixar a sala, sem me dar a oportunidade de retribuir o cumprimento.

Marcelo se levantou, todo pomposo, trocando a feição cansada pela máscara de empresário bem-sucedido, e recebeu o rapaz do lado de fora.

— Está bonito hoje, sr. Prado — disse, animado.

Como resposta, ouvi uma voz grossa responder:

— Você também não está nada mal, Marcelo.

Meu chefe riu, todo sem graça com o elogio. Então voltou para dentro da sala, confiante, seguido pelo rapaz — que na verdade não era bem um *rapaz*, mas um homem de quarenta e poucos anos vestindo calça jeans desbotada com cinto, camisa social branca e com os cabelos e a barba cheia salpicados de fios grisalhos.

Quando meus olhos encontraram as íris amendoadas de P. Prado, as batidas do meu coração perderam a força e eu senti o café voltar pelo caminho da garganta, ameaçando sair pelo nariz.

Minhas piores lembranças retornaram com tudo. Meu peito doeu, meus pulmões esqueceram como exercer sua função e o medo que a Malu garotinha tanto tentara reprimir apareceu, como um monstro pulando do armário de uma criança.

O pânico que eu achava ter superado me abocanhou e me engoliu, me levando para o lugar mais obscuro, onde a única pessoa no mundo que eu não suportaria ver ou pensar estava. O senhor P. Prado.

Meu *pai*.

29

Jae Hun

Eu sabia que conhecia aquele rosto de algum lugar, e ver a expressão assustada de Malu encarando aquele homem só me deixou com mais uma pulga atrás da orelha.

Inclinei a cabeça, pensativo, coçando a nuca com a ponta da caneta do iPad.

P. Prado entrou na sala, todo sorrisos, e se sentou ao lado de Luna. Retribuí seu cumprimento com um meneio leve e o observei arrumar a gola da camisa branca, despreocupado. Algo nele não me cheirava bem.

Malu mal se mexia. Suas mãos pálidas estavam grudadas na xícara de café, segurando-a com tanta força que fazia o nó de seus dedos assumir um tom arroxeado.

— Certo, vamos dar início à reunião?

Marcelo arregaçou as mangas da camisa e ajeitou o notebook à sua frente, apresentando, numa projeção na parede, uma proposta azul e branca feita no PowerPoint.

— Essa é a Luísa, que, como eu te disse, vai ser a responsável por todo o processo de publicação do seu livro. — Marcelo apontou para Malu, que estava perdida em outra dimensão. — Qualquer dúvida, reclamação, alteração, *qualquer coisa*, ela estará cem por cento disponível para te ajudar.

— É um prazer te conhecer, Luísa. — Aquela voz... Aquela familiaridade toda era perturbadora.

Malu não respondeu. Não olhou na direção do autor, tampouco fez menção de se mexer. Encarando o líquido preto fumegante em sua xícara de forma assustadora, seus olhos pareciam vazios, como se ela nem estivesse ali.

— Luísa? — Marcelo chamou mais uma vez.

— Ah... Acho que as coisas não deram muito certo nos últimos dias, Marcelo. — Luna tentou defender a falta de atenção da amiga, e tanto ela quanto o chefe me encararam com sangue nos olhos, fazendo o autor olhar deles para mim sem entender.

Uai, o que não tinha dado certo? Até onde eu sabia, tudo estava mais que certo. Certíssimo, maravilhoso. *Mágico*, eu diria.

Abri a boca para me defender, mas os ombros de Malu se mexendo para cima e para baixo de um jeito estranho me impediram de continuar. Seus lábios se apertaram com força, como se tentassem reter algo, e aquilo me gerou um incômodo ainda maior. Ela estava enjoada?

— Minha última semana também não foi fácil, tá tudo bem. — P. Prado tentou amenizar o clima, sendo simpático. — Minha filha nasceu há uma semana, e eu nem me lembrava de como é difícil cuidar de um recém-nascido.

— Ah, nem me fala! — Marcelo riu, mostrando a tela de bloqueio do celular para o autor com a foto de sua bebê. Malu se encolheu e apertou ainda mais a alça da xícara. — Essa caga-fralda aqui nasceu há dois meses. Desde então eu não sei mais o que é dormir.

— É difícil, né? — Os dois deram uma risada cúmplice, e Marcelo esfregou os olhos, mostrando seu cansaço por um segundo.

Aquela voz me incomodava de um jeito absurdo, e algo na expressão de Malu me deixava ainda pior. O que eu não estava percebendo? O que estava acontecendo que eu não conseguia enxergar? Talvez se eu fizesse um pouquinho mais de força para me lembrar de onde...

Você atrasa a minha vida.

... de onde aquela voz...

Eu não quero que você venha atrás de mim.

Seria ele...?

Nunca mais pronuncie o meu nome.

Olhei para Malu mais uma vez, seus olhos estavam prestes a transbordar. Eu sabia como ela estava se segurando para não chorar, para não mostrar fraqueza, e sabia que aquele vazio em seu olhar significava exatamente o que parecia: ela não estava ali.

Havia caído na escuridão de seus pensamentos e lembranças, no breu que era aquele quarto cheio de medos dentro de si. Ela estava assustada, aterrorizada por ter que encarar o responsável pelo seu trauma absurdo de abandono: *seu pai.*

Eu me levantei num pulo ao me tocar da gravidade de tudo. Soltei os dedos gelados de Malu da xícara de café e a levantei devagar pelo braço.

— Marcelo, a Luísa não tá passando muito bem desde cedo. Você pode começar sem a gente, por favor?

— O que houve? — Nosso chefe arregalou os olhos, desesperado. Malu parecia um boneco de mola sem vida, pendurada em meus braços.

— Só... hmm... o de sempre.

— Droga. — Ele fez careta. — Tem lenço umedecido na primeira gaveta do meu armário, e comprei alguns Gatorades a mais pra ela. Você precisa dar um jeito nessa sua dor de barriga crônica, Malu.

Bom... eu não tinha a intenção de dizer numa reunião importante que minha namorada estava prestes a ter uma dor de barriga, mas, se aquela era a única desculpa plausível para tirá-la dali, então eu usufruiria dela com gosto.

Quase arrastei seu corpo mole até a copa vazia e fechei a porta. Ela estava com a cabeça longe, muito longe, tinha certeza de que mal podia me ouvir.

E não era a primeira vez que eu a via daquele jeito.

— Maluzinha. — Eu a coloquei sentada num banco vermelho e me agachei à sua frente, as mãos apoiadas em seus joelhos. — Princesa, você tá aí?

Minha namorada piscou uma vez, e mais outra, a visão mirando lugar nenhum. Depois de uma espera enorme, seus olhos vazios de alma e cheios de lágrimas finalmente se permitiram extravasar.

Ela não disse uma palavra.

Meu coração ficou do tamanho de um grão de feijão ao vê-la daquele jeito. Não tinha uma palavra sequer para dizer que pudesse consolá-la, apesar de já ter passado por aquilo com ela antes.

Logo hoje, quando Malu decidira que passaria por cima daquilo, do sentimento de abandono, das lembranças dele...

Eu me sentei ao seu lado, abraçando forte seu corpo contra o meu. A vida não era nem um pouco justa.

— Escuta, eu tô com você — sussurrei em seu ouvido. — Você não está sozinha, *nunca* esteve e *nunca* estará.

Seus braços se mexeram, se enlaçando ao redor do meu corpo e me apertando, como se eu fosse a única mão estendida para alguém que caíra no fundo do poço.

— Eu... — Sua voz trêmula ameaçou dizer, cessando após os soluços que saíam de modo quase compulsivo.

— Eu sei, meu amor... — Se meu coração doía, eu não conseguia imaginar como estaria o dela. — Eu sei.

Minhas palavras foram o suficiente para trazê-la de volta à realidade, como se eu a tivesse puxado das profundezas de um lago. Em um gesto desesperado, ela tentou buscar ar, ainda grudada em mim. Seus braços não me largaram nem por um segundo.

— O q-que... ele tá fazendo aqui?

— Não sei... Achei que ele morasse em BH.

— Minha vida estava dando certo demais pra ser verdade. — Sua voz saiu tão baixa que, se ela não estivesse colada ao meu corpo, eu não a teria escutado.

Não soube o que dizer, também não esperava que aquele cara aparecesse ali tão de repente. Eu o odiava tanto quanto ela.

Acariciei suas costas, repetindo algumas vezes que ficaria tudo bem, e suas lágrimas silenciosas progrediram para um choro de soluços, desesperado e amargurado.

Luna irrompeu copa adentro e, antes que eu pudesse me virar, me deu um chute na canela ao ver Malu chorando agarrada a mim.

Gritei tão alto que tive certeza de que o prédio inteiro escutou. *O que foi que eu fiz, caramba?*

— Eu não devia ter confiado nesse idiota pra fazer alguma coisa! — Luna me afastou com força e abraçou a amiga, que continuava chorando sem dizer nada.

— Que merda foi essa? — gritei, esfregando a pele vermelha, que com certeza ficaria roxa.

Aquela demoniazinha de um metro e meio me pagaria caro. Eu ia roubar, com certeza, todos os chocolates de sua gaveta.

— Eu te deixei ir no meu lugar pra ter iniciativa, seu idiota! — gritou Luna de volta.

— Mas eu...

— Mas nada! Como pode ser tão bunda-mole?

— Eu não sou bu...

— Você não consegue deixar seus medos de lado, não é mesmo?

— O quê? Luna, para e me escuta...

— Sabe de uma coisa? Você não merece a Malu! Ela é muita areia pro seu caminhãozinho.

— Eu não fiz nada, juro!

— É exatamente isso! — ela gritou. — Não fez nada mas devia ter feito! Sabe quantas vezes eu tive que aturar essa garota bêbada chorando por sua causa? Confessando que te amava e que não conseguia viver sem você? Eu tenho vídeos pra te provar isso, seu idiota. Sua falta de iniciativa machucou o coração da pessoa que mais te ama nesse mundo. — Fiquei calado, porque, apesar de não ser culpado de nada, eu não sabia daquele fato. Ela havia chorado e falado que me amava tantas vezes assim? Segurei o riso bobo, prestes a sair em hora inapropriada. — Tomara que você fique sozinho o resto da vida! Espero que ela volte pro Guilherme e machuque seus sentimentos como você tá fa... — Malu levantou a mão e cobriu a boca da amiga, ainda chorando. — Me deixa falar, Malu! Eu tô cansada dessa leseira toda dele, ele...

— Fica quietinha, pelo amor de Deus — disse Malu, fraca.

— Quietinha nada, ele precisa ouvir!

— Não é por causa dele, Luna. — Ela até tentou parar de chorar, mas não conseguiu barrar uma lágrima sequer. — Nós... Nós estamos bem, não é por causa dele.

— Então o que é?

— Eu tô ocupada tendo uma crise de ansiedade agora, podemos fofocar depois?! — gritou Malu, desesperada, e Luna me encarou com os olhos arregalados.

Puxei a garota sem noção para longe e apertei Malu nos meus braços mais uma vez. Luna xingou baixinho, no entanto foi útil ao pegar um copo de água e colocá-lo na mesa perto de nós.

— Estou com você, Maluzinha. — Acariciei a cabeça da minha pequena, como fazia cada vez que uma crise daquela chegava, e respirei em três tempos, para que ela me acompanhasse. — Vamos, você consegue fazer isso, respira comigo.

Me lembrei do Jae criança, acudindo Malu sem fazer ideia do que era uma crise de ansiedade. Foram necessários alguns minutos para que ela voltasse ao normal. Luna nos encarava, preocupada, do canto da copa, sem saber o que dizer ou fazer.

Quando Malu conseguiu cessar o choro e normalizar a respiração, levou as mãos aos olhos e apoiou os cotovelos nos joelhos, descansando o peso da cabeça sobre os punhos. Um suspiro profundo foi a deixa de que Luna precisava para se aproximar.

— Lulu... — A coitada estava tão assustada que chorava também, perdida. — O que aconteceu? Foi por minha causa? Porque eu não fui na viagem e mandei esse bobão no meu lugar? Olha, me desculpa, eu...

— Lu — Malu ergueu os olhos e encarou a amiga —, não é nada com você. É sobre... É só que o autor...

— O P. Prado? — Um vinco enorme surgiu entre as sobrancelhas ralas da garota.

— Sim. Ele... Bom, lembra que... Hã...

Malu enrolou, enrolou e no fim acabou não dizendo nada.

— É o pai dela, Luna — interrompi. Malu se encolheu ao ouvir aquilo em voz alta.

Era melhor que eu contasse logo. Eu sabia como era doloroso para Malu dizer aquilo, então não iria assisti-la fazer todo um esforço para verbalizar palavras que doeriam a ponto de parecerem rasgar sua garganta.

— Espera. *O quê?* Ele... — Só então Luna pareceu ligar os pontos. — *Prado...* Ai, meu Deus. *Pedro? Pedro Prado?*

Assentimos.

Luna bagunçou os cabelos, desesperada, andando de um lado para o outro, murmurando alguma coisa que não consegui entender.

— Certo, o que vamos fazer? — perguntou.

— Eu não sei... — Malu estava tão triste. Eu via a devastação de sentimentos em seu rosto.

Quase podia ouvir seus pensamentos bagunçados: *Por que ele se foi? Por que me deixou? Por que nunca me ligou? Como veio parar aqui?* Era como se um balão de fala de um webtoon aparecesse sobre sua cabeça.

Luna refletiu por algum tempo, o rosto ficando vermelho como um pimentão. Então, decidida, apenas bufou e saiu da copa, provavelmente pensando que... Bom, eu não fazia ideia do que ela podia estar pensando, na verdade.

Entretanto, Malu parecia saber.

Ela saiu desesperada atrás da amiga, correndo como se estivesse numa maratona, e eu não tive escolha a não ser correr também. Na sala, Marcelo e P. Prado continuavam a reunião. O autor estava de pé, em frente à parede com a projeção, mostrando com o dedo alguma coisa na imagem.

Luna entrou como um foguete e, sem pensar duas vezes, deu uma bicuda na canela do cara também.

E aquela parecia ter sido *muito* mais forte que a que havia dado em mim.

Marcelo saltou da cadeira, aterrorizado, enquanto o autor pulava numa perna só, resmungando de dor.

— Que droga você acha que tá fazendo, sua maluca? — gritou nosso chefe, com fogo nos olhos. Eu *nunca* tinha visto aquela expressão em seu rosto.

Luna o ignorou, fazendo sinal para que ele calasse a boca. Parecia pronta para sua demissão por justa causa.

— Como você tem coragem de dar as caras aqui, seu sem-vergonha? — Luna vociferou para o autor, que não poderia estar mais confuso.

Malu encarava tudo da porta, congelada, assim como eu. Apesar de tudo, ela parecia agradecida e aliviada. A cena do pai pulando de dor fez um sorriso quase inexistente surgir em seus lábios, como quem diz "bem feito".

Se eu desse uma bicuda na outra canela, ela iria se sentir melhor?

— O que... — P. Prado não conseguia verbalizar nada. Ele tentava se concentrar em respirar, e eu sabia muito bem como era o sentimento.

Aquele chute só doeria mais se fosse entre as pernas.

— Você disse que acabou de ter uma filha, é? — Luna estava decidida a levar aquilo até o fim. Apertei a mão de Malu, que suava frio ao meu lado. — Como é mesmo o título do seu lançamento? *Excelência na paternidade: como suprir as necessidades afetivas do seu filho*? Nossa, quanta baboseira vinda de alguém que abandonou a própria filha ainda criança, seu verme! — O homem congelou. Sua canela dolorida pareceu nem importar mais. Sua feição enrijeceu, e pude ver algo muito profundo naquele olhar: *vergonha*. — Bom, graças ao favor que você fez indo embora, minha tia Ana fez um trabalho incrível educando aquela garota com o tio Vicente! — Luna apontou em nossa direção, e Malu deu um passo para trás, quase se escondendo atrás de mim. — Como você tem coragem de escrever um livro sobre paternidade quando nem sequer foi capaz de reconhecer a sua filha adulta na mesma sala que você?

Pedro pareceu perder o chão com aquelas palavras.

Malu também.

Ela mal respirava, apenas chorava baixinho, agarrada à minha camisa.

Marcelo, sem saber o que dizer, assistia a tudo passando a mão na cabeça e esfregando os olhos. Ele sabia de toda a história de Malu com o pai, e eu mesmo já o tinha ouvido dizer que daria um cacete no homem se tivesse a oportunidade.

Ali, entretanto, a situação era muito diferente do que qualquer um poderia prever. Pedro Prado já havia assinado com a editora, e a multa era altíssima para ambos os lados no caso de quebra de contrato. Todos sabíamos disso.

O autor se jogou numa cadeira, em silêncio, encarando o chão e procurando o rosto de Malu vez ou outra.

Meu chefe se sentou também, provavelmente pensando em algo inteligente para dizer.

— Se eu fosse você, teria vergonha de se chamar de pai. — Luna estava decidida a acabar com ele.

Eu queria ter dito algo também, mas, naquele momento, minha prioridade era ficar perto de Malu, segurando sua mão e garantindo que ela não tivesse uma crise pior bem ali.

— Luna… já chega… — falou Malu, baixinho, saindo aos poucos de trás de mim.

— Já chega?! — gritou a outra. — *Já chega?!* Eu nunca vou perdoar esse idiota pelo tamanho do buraco que ele deixou em você, Malu!

— Eu sei. Tá tudo bem, já passou e…

— Tem certeza que passou? Olha pra você! Você acabou de ter uma crise por causa dele! — Luna juntou as sobrancelhas, descrente. Eu sabia que ela não queria forçar a barra nem ultrapassar os limites da amiga, mas não podia evitar sentir sua dor. — Não posso deixar alguém que te machucou tanto viver bem, como se nada tivesse acontecido.

— P. Prado, mil perdões, eu... — Marcelo tentou pensar em algo para dizer e acabou piorando tudo.

— Perdões, Marcelo? — Luna estava prestes a pular no pescoço dele. — *Perdões?* Você não lembra de toda a história? Das coisas que esse monstro disse pra nossa Malu? Esqueceu as vezes que ela teve crise de ansiedade aqui? Esqueceu os dias em que ela chorava escondida no banheiro, quando tinha edição especial do Dia dos Pais e ela era *obrigada* a escrever homenagens em nome da empresa?

Eu me lembrava... e muito bem.

— Luna, você esqueceu que eu sou seu chefe? — Dessa vez, Marcelo engrossou a voz e se levantou.

— Eu quero que se dane! — gritou Luna. — Se trabalhar nessa empresa significa que eu vou ter que colaborar com o livro desse animal, então eu tô fora!

Malu apertou minha mão ainda mais forte. Eu sabia que ela queria dizer algo, porém não tinha forças ou coragem para fazê-lo.

— Luna, acho melhor nós irmos embora. — Finalmente abri a boca para dizer algo, depois de pensar em qual seria a decisão mais inteligente a se tomar.

— Isso, vamos... — concordou Malu.

— Me desculpa, Marcelo, eu amo a BookTour, mas não vou fazer publicação nenhuma pra esse cara. Tô fora! — Luna completou e saiu logo em seguida, batendo os pés e chutando a porta de vidro, que estremeceu inteira.

Do lado de fora da sala, um caos de funcionários espiando o barraco chamou minha atenção. Me aproximei da mesa com Malu ainda grudada em mim, passei o braço pela alça de sua bolsa e a abracei, direcionando-a para a saída.

— Eu te ligo mais tarde, Marcelo — falei.

Puto da vida, ele deu um soco na mesa e encarou P. Prado com fúria nos olhos. Dava para ver como ele se segurava para ser profissional naquele momento.

O autor permaneceu calado, com lágrimas silenciosas rolando em seu rosto. Malu não o encarou nenhuma vez. Se escondeu atrás de mim como se eu fosse uma espécie de manto de invisibilidade.

Quando passamos pela porta, ouvimos Pedro dizer:

— Maria... *filha*.

Malu se virou devagar e enfim teve coragem de encarar o homem pela primeira vez. Com muita tristeza e decepção estampadas no rosto, usou seu tom de voz mais frio ao responder:

— Eu *não* sou sua filha.

Então ela saiu com as pernas trêmulas, sem nem olhar para trás.

30

Malu

Eu nunca, em toda a minha existência, havia sentido uma dor tão grande quanto aquela. Era como se meu coração se quebrasse em vinte pedaços diferentes, fosse pisoteado e depois jogado na fogueira. Como se qualquer resquício de felicidade existente dentro de mim desaparecesse num tiquetaquear do relógio.

Eu sabia! Tudo parecia certo demais. Era de esperar que o destino fizesse seu trabalho, arruinando tudo outra vez. Por que precisava ser assim?

Logo agora que as coisas começavam a se encaixar, quando minha vida tinha começado a fazer sentido… Eu estava tão feliz que cheguei a pensar que eu era muito mais do que os traumas que viviam em mim. Mas não era.

Eu me resumia a eles. *Era* eles. Era o medo da solidão e a própria solidão. Era o choro e o abandono, e tudo o que remetia a eles.

Uma pedra de tropeço…

Você atrasa a minha vida.

Era tudo o que eu era.

Precisei de mais que alguns minutos para que minha cabeça parasse de rodar. As lágrimas continuavam caindo, ainda que eu tentasse impedi--las. Eu odiava que tanta gente tivesse me visto no meu momento mais vulnerável, mas, ao mesmo tempo, me sentia extremamente grata pela forma como Luna tomara minhas dores.

Minha amiga sempre foi pavio curto e vivia dizendo que, se alguma vez encontrasse Pedro, faria suas bolas virarem do avesso. O resultado não havia sido tão bom quanto eu esperava, mas um chute daqueles na canela parecia um bom castigo também.

Descemos até o subsolo em silêncio, Luna fulminando de raiva e Jae segurando minha mão com delicadeza, garantindo que eu estava bem. A preocupação dele era tão grande e palpável que parecia ocupar espaço dentro do cubículo metálico do elevador.

Quando a porta foi aberta, minha amiga grudou na minha mão também. Sem dizer nada, nós três andamos pelo estacionamento até, por fim, encontrar meu carro.

— Você tá bem? — perguntou Luna, soltando uma lufada de ar ao enfim nos ver longe de todos.

— Não.

— Me desculpa pelo surto, eu não queria te expor daquele jeito, só… surtei. — Eu estava machucada, triste, e o engraçado era que ela parecia sentir o mesmo que eu. — Não aguento pensar que alguém pôde te machucar daquela forma e viver feliz, como se nada tivesse acontecido, Lulu!

— Eu também não… — murmurei, as lágrimas finalmente cessando. Talvez porque eu já não tivesse mais nenhuma.

Eu tentava não pensar naquilo, apagar os últimos minutos da minha cabeça, mas não dava. Os olhos de Pedro me cumprimentando como se eu fosse uma desconhecida e depois percebendo quem eu era. Não era nenhuma surpresa ele não me reconhecer, já que nunca prestou muita atenção em mim; no entanto, aquilo machucava o suficiente para eu sentir que me rasgava ao meio.

Jae, com os dedos entrelaçados aos meus, abriu a porta do carro e me esperou sentar no banco do passageiro. Luna, por sua vez, entrou atrás, bagunçando o cabelo como fazia sempre que estava estressada. Por fim, após um minuto constrangedor de quietude, Jae deu partida e nos levou embora.

Ele não me largou durante todo o caminho. Seu polegar continuava acariciando o dorso da minha mão e, em total silêncio, ele alternava entre olhar para o caminho e me espiar, garantindo que estava tudo bem, pelo menos na medida do possível. Eu gostava de como ele sabia me confortar. Jae entendia que dizer que tudo ficaria bem não ajudaria em nada, e não precisava me perguntar o que eu estava sentindo, porque simplesmente sentia também. Com Jae nunca precisei dar explicações, ele apenas entendia.

Quando descemos do carro na frente do meu prédio, Luna pendurou a bolsa no ombro e me deu um abraço apertado.

— Se quiser comer comida apimentada e beber, sabe onde me encontrar. — Ela também sabia que "vai ficar tudo bem" não era a coisa certa a dizer. — Sinto muito por tudo isso. Agora sou uma desempregada e não tenho o que fazer da vida, me liga a qualquer hora que precisar.

— Se te conforta, estou desempregada também. — Dei uma risada fraca. — Obrigada por não me deixar sozinha nessa... vocês dois.

Olhei para Jae, que usava todo o seu autocontrole para não chorar.

— Pode ter certeza que eu não piso naquela editora sem vocês — disse ele, firme, apesar de eu saber como ele gostava de trabalhar com Marcelo.

Minha amiga me deu um último abraço e um beijo na testa, deu um soquinho no braço de Jae, murmurando um "Cuida dela", e entrou no prédio ao lado do meu.

Fiquei ali, encarando a calçada, sem saber o que fazer.

— Então... — falou Jae, receoso. — Pra onde você quer ir?

O que eu queria mesmo era ir para o meu quarto e chorar embaixo das cobertas até dormir, mas, além de ter acabado de voltar de viagem e não ter visto ninguém, eu precisava contar aquilo para a minha mãe.

— Tenho que ir ver a dona Ana.

Jae concordou, esbarrando no meu ombro com um sorrisinho pesaroso. Guardou nossas mãos emaranhadas no bolso de sua jaqueta, conforme andávamos até a casa da minha mãe, que ficava a poucas ruas de distância, e um cansaço ridículo pesou nas minhas costas. O mesmo que saíra havia pouco tempo, quando eu decidira seguir em frente.

O que Pedro fizera comigo e com a minha mãe não tinha perdão. Ele havia nos abandonado e, como resultado, nos deixado muita solidão e mágoa. Mamãe conseguira se levantar, mas eu, por mais que tivesse toda a ajuda do mundo, não conseguia esquecer a sensação de ser deixada para trás. Os traumas que me seguiram, as paranoias que rondaram minha cabeça por todos aqueles anos, as crises de ansiedade e a dor de barriga, que começou no dia em que ele foi embora e jamais cessou, tudo aquilo me lembrava de como eu desejava que a vida dele fosse de mal a pior.

Mas era errado. Eu sabia que era.

Por mais ridículo que fosse, eu sabia que, para seguir em frente, precisaria perdoá-lo. Algo que eu não queria nem sabia como fazer, ainda mais depois de ver como ele havia sido feliz após nos deixar.

Ele disse que não se lembrava de como era cuidar de um recém-nascido. E é claro que não, porque ele não havia cuidado de mim!

Pedro *sempre* foi um péssimo pai. Mamãe cuidava de mim sozinha, me dava o que eu precisava, me cobria de amor do jeito que podia, da forma dela, e fazia de tudo para me ver feliz, mesmo que ela não estivesse. Dona Ana era uma guerreira, cercada de pessoas boas, que também davam o melhor para cuidar de mim.

— Olha, Malu — disse Jae, interrompendo meus pensamentos, assim que chegamos em frente à sua casa, e segurou meus ombros com ternura —, não posso nem imaginar como está sendo difícil pra você, mas quero garantir que não se esqueça de que não está sozinha nessa. Você tem pessoas que te amam ao seu lado, e aquele idiota não tem nenhum direito de te fazer se sentir assim. Não importa o que aconteça, eu vou estar com você, então, por favor, não entra naquele buraco escuro da sua mente outra vez. Eu odiaria te ver assim.

De todas as pessoas no mundo, Jae era o único que havia me visto entrar no quarto do medo. Anos atrás, quando ele precisara ajudar a versão pequena de mim a superar a primeira crise de ansiedade, e até mesmo agora. Entrar naquela parte escura da minha mente era a coisa mais medonha que eu já tinha experimentado. Era como se eu estivesse ali em um segundo e, no outro, não estivesse mais. Minha visão falhava, meu corpo amolecia, e eu parecia ficar presa numa caixa sombria dentro de mim, que repetia palavras de acusação sem parar.

— Não importa do que a sua cabeça tente te convencer, você é importante pra todos nós e, acima de tudo, é *completamente* amada! — Ele me deu um abraço forte, e sentir seu cheiro fez meu coração desapertar um pouco. — Eu te amo, Luísa...

— Te amo também, Jae. — As lágrimas que desciam agora não eram de tristeza, e sim de alívio por saber que, não importava quanto fosse difícil passar por aquilo, ele estaria comigo.

— Quer que eu entre com você?

— Acho que preciso fazer isso sozinha.

Sem eu precisar dizer, ele sabia que era hora de me dar um tempo, de me deixar respirar e resolver as coisas do meu jeito, e essa era uma das muitas coisas que eu amava nele. Jae não contestou, mesmo que estivesse preocupado e soubesse que eu ainda choraria litros até o fim do dia. Tudo o que fez foi me dar mais um abraço apertado, acariciando minhas costas e dando beijinhos no alto da minha cabeça, dizendo:

— Eu te amo. Tô aqui pro que precisar.

Respirei fundo, me abastecendo daquela dose de coragem.

— Não importa quantas vezes eu veja essa cena, nunca vou me acostumar. — Ouvi a voz de Guilherme, que estava encostado no portão entreaberto de sua casa.

— Gui, agora não. — Bufei, eu nem sequer tinha forças para brigar com ele.

— A gente precisa conversar, Malu. — Ele parecia triste e esperançoso, como se houvesse mesmo alguma chance de ficarmos juntos se eu o ouvisse de uma vez por todas.

— Olha, Guilherme, eu não tô com saco pra falar disso agora e, caso não saiba, o mundo não gira em torno de você — murmurei, esfregando os olhos, preocupada com o que aconteceria depois que eu entrasse em casa e falasse com minha mãe. Aquele panaca era o menor dos meus problemas.

— Se deixarmos pra depois, não vamos resolver isso nunca. Só estamos perdendo tempo separados, Malu.

Como ele podia ser tão sem noção? Eu já o havia recusado por mensagem de texto, pessoalmente e até por ligação. Ele parecia decidido a não aceitar.

Ao meu lado, Jae bufou também, no entanto com zero intenção de se envolver. Eu o conhecia o suficiente para saber que, mesmo sendo meu namorado agora, ele não se meteria nos meus assuntos caso eu não o chamasse. Por mais que talvez quisesse.

— Como é que eu te faço entender que não quero voltar com você? — falei, a voz dura como pedra. Talvez, se ele escolhesse um momento melhor para aporrinhar minha vida, eu até tentasse ser mais dócil, mas naquele momento eu estava decidida a descontar minha raiva em alguém, e azar o dele que fosse o primeiro idiota a cruzar meu caminho. — Eu não te amo, Guilherme. Não suporto olhar pra você. Me desculpa por te dizer isso, mas, honestamente, não temos volta. — Peguei minha carteira da bolsa e tirei o anel de dentro, estendendo para ele. — Pode ficar com isso, não vou precisar.

— Você não pode fazer isso comigo! — Agora ele estava bravo, sua voz ríspida cuspiu aquelas palavras com ódio ao mesmo tempo que seus olhos encaravam confusos o novo solitário em meu dedo. — Sabe quanto a minha família gastou com aquele casamento?

— Primeiro de tudo, eu nem queria me casar — comecei. — Segundo, eu não escolhi uma flor sequer daquela festa idiota, nem mesmo o meu vestido, e, ainda que o meu pai tenha insistido em pagar o casamento, foram os seus pais que não deixaram. Eu sinto muito que tenha sido assim, Guilherme, mas não me sinto mais em dívida com você. Tenho certeza que esse anel vai cobrir boa parte das despesas do casamento e, por mais que você tenha me dado, estou te devolvendo. Vende ele e faz o que quiser.

Dei um último abraço em Jae e me virei para entrar em casa quando meu ex agarrou o meu braço. Não de um modo agressivo, Guilherme não era assim, porém decidido a me fazer ouvi-lo.

Antes que eu pudesse falar algo, Jae segurou o punho dele com uma expressão que raramente o vi esboçar. Suas sobrancelhas estavam caídas, em uma feição entediada e cansada, mas seus olhos estavam muito sérios, queimando o rosto de Guilherme. Quando meu ex ameaçou dizer algo, Jae passou a língua nos dentes e revirou os olhos.

— Deixa ela ir, Guilherme. Não é uma boa hora.

— Por quê? — Ele riu, como se o estivesse desafiando. — Por acaso vocês brigaram ou algo do tipo?

Sacudi o braço, fazendo-o me soltar. Jae não largou o punho de Guilherme.

— As pessoas ao seu redor têm mais problemas do que você é capaz de entender — disse Jae, num tom de voz frio, com um fundo de pesar.

— E quem é você pra me dizer alguma coisa? — Guilherme parecia pronto para brigar, mas Jae, não. Ele estava bravo, claro que estava, no entanto se preocupava muito mais comigo e meu bem-estar.

Jae não disse nada. Sem querer comprar briga, apenas largou meu ex-noivo e acenou com a cabeça para que eu entrasse. Sem forças, agradeci com um sorriso e fechei o portão, deixando os dois ali fora, me preparando para o que estava prestes a fazer.

— O que aconteceu, filha? Fala logo! — Ao lado do meu pai, mamãe segurava minha mão suada, tomada de apreensão.

— Filha, aconteceu alguma coisa na viagem? É por causa do Jae? — Vicente estava vermelho de preocupação também. Eu queria botar tudo para fora logo, mas não era tão fácil.

— Não, pai, o Jae não tem nada com isso. — Suspirei. — Aconteceu uma coisa hoje no trabalho que me fez... entrar no quarto do medo outra vez.

Eles conheciam bem aquele quarto, porque, apesar de nunca terem me visto entrar nele, ouviram muito a Malu criança falar dele sempre que tinha uma crise de ansiedade.

Contei tudo o que havia acontecido, desde o momento em que assinaram o contrato sem que eu soubesse quem era o autor até o chute na canela, que deveria ter sido nas bolas. Minha mãe pareceu ter levado um soco no estômago ao ver como aquilo ainda me machucava.

Meu pai me abraçou de um lado e minha mãe do outro, como sempre faziam nos meus piores momentos, então desabei. Chorei alto, com direito a soluços e falta de ar. Aquele era o choro do qual eu precisava, o que limpava minha dor nas mãos daqueles que cuidaram de mim. O colo dos meus pais parecia me curar de qualquer coisa.

Ali, derramando toda a minha tristeza em seus braços, me lembrei de algo que Vicente me disse uma vez.

Assim que ele se mudou para nossa casa em BH, me senti muito estranha. Era esquisito ver outro homem ocupar o lugar de Pedro. No entanto, ao contrário dele, Vicente sempre foi doce e gentil. Não me era fácil admitir que gostava dele mais do que deixava transparecer, porque tinha medo de tudo desabar outra vez.

Certo dia, sendo a criança amargurada que era, gritei com Vicente numa discussão boba. Mamãe havia me pedido para lavar a louça antes de sair, mas, em vez disso, fiquei assistindo à televisão. Quando eles voltaram juntos do mercado e viram a pia cheia, ela brigou comigo e me mandou para o quarto, de castigo, algo a que, claro, eu não obedeci.

Em vez de subir para o quarto, chutei uma almofada no chão e acertei um abajur que ficava ao lado do sofá. Mamãe estava pronta para me dar uma chinelada daquelas, até Vicente segurar seu braço e pedir que ela fosse tomar um ar.

Ele nunca havia exercido autoridade alguma sobre mim, apesar de eu escutá-lo de bom grado na maior parte do tempo. Tudo o que Vicente precisava, ele me pedia com amor. Naquele dia, triste com a minha atitude e me vendo agir cada vez mais revoltada, meu padrasto olhou no fundo dos meus olhos e pediu:

— Vai pro seu quarto, por favor.

Ele não usou um tom de voz mandão, mas era bastante óbvio que estava decepcionado com meu comportamento. Eu estava tendo um dia difícil demais. Nada específico acontecera, no entanto eu tivera uma crise de ansiedade terrível de manhã no banheiro da escola e não conseguira sair para o intervalo. Eu ainda não me sentia bem, só que, naquela época, não conseguia me expressar, sempre reagia com rispidez.

E foi por isso que, em vez de sair em silêncio, gritei:

— *Você não é meu pai!*

E o deixei com o coração partido na sala.

Eu não queria ter dito aquilo, até porque, em poucos meses, Vicente fizera por mim muito mais do que meu verdadeiro pai a vida toda. Porém eu disse aquilo e o machuquei.

Ouvi mamãe pedindo mil desculpas a ele ao entrar em casa, e Vicente insistiu que estava tudo bem. Não deixou que ela viesse ao meu quarto brigar comigo outra vez e subiu antes do jantar para conversar.

Me lembro da conversa inteira claramente. Do seu cheiro amadeirado e da doçura em sua voz, como se a cena não tivesse acontecido muitos anos atrás.

— Toc-toc — disse ele, sem bater na porta, enfiando metade da cabeça para dentro do quarto. — Posso entrar?

Deitada na minha cama, ainda chorando e tremendo, murmurei um "Tanto faz" e ele entrou, se sentando na beira do colchão.

Vicente puxou o pedaço da coberta que cobria minha cabeça e secou minhas lágrimas, o que me deixou ainda mais envergonhada por minha atitude. Permaneci de costas para ele, já que mal conseguia olhá-lo nos olhos, tamanha era a vergonha.

— Tá brava comigo? — perguntou, mesmo estando com a razão. Fiz que não com a cabeça, afinal não era culpa dele. — Olha, Malu, eu sei que nunca vou tomar o lugar do Pedro, e essa não é a minha intenção — começou, acariciando minha cabeça —, mas, se vou viver o resto dos meus dias com a sua mãe, e é o que pretendo, quero poder fazer parte da sua vida também. — Não me mexi, nem olhei para ele. Apenas o escutei em silêncio. — Isso não significa que eu quero mandar em você ou algo do tipo, e sim que ficaria feliz se você se colocasse no meu lugar. — Sua voz era tão doce e amável que amolecia meu coração aos poucos. — Você tá certa, não sou seu pai nem nunca fui o de ninguém, essa é a minha primeira vez sendo uma figura paterna. Ainda assim, eu te considero minha filha e faria de tudo por você.

Funguei duas vezes e me virei para ele. Eu podia não dizer nada, mas sabia que ele me entendia só com um olhar. Vicente sorriu e coçou a barba cheia.

— Você é a menina dos meus olhos, Malu. — Aquilo quebrou meu coração em trinta mil pedaços diferentes, porque eu havia sido uma péssima enteada nos últimos dias. — Eu te amo mais que tudo e, mesmo se eu e sua mãe nos separarmos um dia, vou continuar amando você como se fosse minha. Me parte o coração te ver agindo assim, machucando a mulher que eu amo e que faz de tudo para te ver bem, e, acima de tudo, machucando a si mesma. — Vicente se ajeitou na cama e segurou, sem nojo nenhum, a mão com a qual eu limpava o ranho do nariz. — Não espero que você me chame de pai ou que me veja como um — seus olhos estavam vermelhos, e eu podia ver que ele se segurava para não chorar na minha frente —, mas prometo dar o meu melhor pra fechar esse buraco que ele deixou aí dentro.

Toda a raiva que eu sentia pareceu evaporar. Abracei Vicente, que era mais meu pai do que qualquer um jamais fora, e agradeci a Deus por tê-lo na minha vida. Dona Ana era uma mulher de sorte, e tudo o que eu desejava era também encontrar alguém como ele um dia.

Foi então que Vicente me disse uma frase que ficou cravada no meu peito a vida toda e que me provou algo naquele momento.

— Família é quem a gente escolhe, meu amor. — Ele deu um beijinho no alto da minha cabeça, mesmo que eu tivesse me recusado a lavá-la por dias, e completou: — E eu escolhi *vocês*.

Ao me lembrar dessa fala, minha ficha caiu, e eu enfim me questionei: que direito Pedro tinha de fazer com que eu me sentisse tão arrasada? Para ser sincera, minha vida era muito mais feliz sem ele. Vicente havia suprido em *nós* tudo aquilo que meu genitor não parecia querer.

Vicente estivera comigo na minha primeira decepção amorosa e na primeira briga na escola também. Foi ele quem me deu meu primeiro celular e comprou meu primeiro pacote de absorventes. Vicente era quem me vira dar o primeiro beijo, e fora ele também quem fizera um banner enorme escrito "Essa é minha filha" quando eu me formei e, por mais que o pino em seu ombro fizesse seus braços queimarem, o segurou com a mamãe a formatura inteira, para que eu não esquecesse que eles estavam ali.

Como eu podia ter sofrido por tanto tempo por "não ter pai" sendo que ele estava logo ali? Mesmo que eu tivesse aceitado Vicente como parte da família no dia em que fiquei de castigo e o chamasse de pai, ainda doía no meu coração pensar numa figura paterna ausente.

Mas agora a Malu adulta e madura entendia. E foi só naquele momento que eu compreendi o real significado do que Vicente me dissera tanto tempo antes.

— Eu tive um dia bem difícil e cheguei aqui achando que nunca mais conseguiria viver — falei, secando as bochechas com o polegar. — Eu realmente senti que ver ele outra vez anularia todo o meu esforço pra me tornar quem eu sou hoje.

— Ah, filha... — choramingou mamãe.

— Mas agora mesmo, enquanto vocês curavam a minha dor com um abraço, eu entendi a frase que o papai me disse muitos anos atrás.

Eles me olharam, ansiosos, e eu sorri, sentindo o peso sair de uma vez, para nunca mais voltar.

— Família é quem a gente escolhe. — Funguei, segurando a mão de cada um. — E agora não faz a menor diferença se um dia ele fez parte da minha vida ou não, porque eu escolhi *vocês*.

31

Jae Hun

Mesmo que Guilherme tivesse tentado, de todas as formas possíveis, caçar encrenca comigo assim que Malu entrou, não cedi. Virei as costas e o deixei falando sozinho, e quase fui derrubado pela minha mãe quando passei pela porta de entrada.

Omma me ergueu num abraço no momento em que cheguei, e *appa* só faltou jogar confete em mim. Eles estavam felizes, orgulhosos e cheios de perguntas, e eu odiei estragar o momento contando o que havia acontecido na última hora. Eles precisavam saber.

Contei sobre o inferno que acontecera no escritório, sobre Pedro aparecer sem saber de nada, sem reconhecer Malu, a crise de ansiedade dela, Luna e o chute ninja quebrador de canelas. Ah, e sobre a demissão, é claro. O sorriso no rosto deles morreu na mesma hora. Todos nós tínhamos um ressentimento enorme pelo que Pedro fizera com Malu e tia Ana.

Meu pai se jogou no sofá e minha mãe correu para a cozinha, se pondo a fazer a única coisa em que conseguia pensar naquele tipo de situação: cozinhar.

— Eu não acredito que aquele idiota veio parar logo aqui. — Meu pai estava desolado, e também um pouco bravo, por Malu. Eu podia apostar que, mesmo sendo mais pacífico e calmo do que eu, ele não pensaria duas vezes antes de meter um soco em P. Prado caso o visse.

— Eu também não.

Eu esperava mesmo, do fundo do coração, que Malu pudesse passar por aquilo mais facilmente. Era difícil vê-la entrar no quarto do medo e eu não ser capaz de mergulhar em sua mente para tirá-la de lá. Eu me sentia inútil, já que não havia nada que pudesse fazer.

Dona Boram derrubou um amontado de potes de plástico que ficavam na prateleira mais alta da cozinha e depois de muito tempo murmurou:

— Eles vão vir jantar aqui.

Bati a mão na testa e afrouxei a força do pescoço, fazendo minha cabeça tombar para trás.

— *Omma!* Não é uma boa hora!

— Eu já mandei mensagem pra Ana e ela disse que vem. — Bufou. Ela estava brava e descontava seus sentimentos na massa de *tteokbokki*. — Eles não vão passar por isso sozinhos, Jae. Sempre fomos família, e agora somos ainda mais.

Bom, contra fatos não há argumentos.

Em todos os momentos, bons ou ruins, nossas famílias estavam juntas. Não só porque Malu e eu éramos inseparáveis, mas porque nossos pais sempre foram bons amigos também. Apesar de tia Ana abominar qualquer tipo de atividade física, como a ioga, por exemplo, e de mamãe achar horríveis as saias jeans que ela usava, as duas eram ótimas amigas. Meu pai e tio Vicente também se davam muito bem. Sempre saíam para assistir ao jogo do Flamengo juntos ou para pescar com amigos em comum.

Fui para o meu quarto dar uma espiada na janela do quarto de Malu, mas ela não estava lá. Devia estar conversando com os pais, e ainda faltavam muitas horas para o jantar. Eu queria enchê-la de mensagens e saber se estava tudo bem, no entanto aquele momento era importante para ela, e eu precisava dar espaço.

NO DIA DO SEU CASAMENTO

Quando seu nome pulou na tela do meu celular, quase tive um treco.

> Não precisa se preocupar, tá? Tô melhor do que achei que estaria. Tivemos uma conversa bem... esclarecedora.
> Eu prometo não entrar no quarto do medo outra vez, Huni.
> Pelo menos não por causa daquele idiota. Obrigada por tudo.
> Te vejo em algumas horas.

Soltei uma lufada de alívio pela boca e pendi a cabeça para trás de modo involuntário. Malu era uma pessoa bastante decidida e teimosa. Se ela dizia que não entraria naquele quarto outra vez, então realmente não o faria.

Fechei os olhos e descansei o coração. Tudo ficaria bem.

— Se eu soubesse o que vocês estavam aprontando, nunca teria concordado com esse brinco idiota — reclamou minha mãe quando viu os furos nas minhas orelhas e se tocou que, ao propor o desafio, Malu e eu já havíamos nos resolvido. — E eu quis dizer um furo, não quatro!

— Eu não ia furar um lado só — retruquei. — Além do mais, que diferença faz? Já furei de qualquer forma e tô lindão.

— Tá mesmo — Malu concordou ao meu lado, pegando um pedaço de carne na travessa à mesa.

Malu contara, durante o jantar, como havia se sentido ao encontrar Pedro, e fez questão de também falar sobre como o nosso romance começara nas Maldivas, apenas para quebrar o clima tenso que se instalou. Por sorte, tudo estava indo muito bem. Fiquei preocupado que ela pudesse ficar afetada demais por encontrar o pai, mas ela parecia decidida a seguir em frente.

— É a história de amor mais linda que eu já ouvi. — *Appa*, que escutava tudo sentado ao lado de Malu, segurou a mão dela e lhe deu um abraço, quase derrubando o molho do prato na roupa. — Eu sou a pessoa mais feliz do mundo tendo você como nora, mesmo que você sempre tenha sido sem saber.

— Que história é essa? — retrucou tia Ana, me fazendo uma careta. — Que nora coisa nenhuma, esse pirralho ainda nem me pediu pra namorar a Malu.

— Se você dissesse "não", eu iria namorar o Jae do mesmo jeito. — Malu deu de ombros, enfiando um pedaço de alface na boca, e tia Ana lançou uma bolinha de guardanapo nela.

— Eu p-preciso p-pedir, né? — gaguejei. Por algum motivo, os olhos de tio Vicente pareciam queimar meus cabelos. — Não t-tenho certeza de c-como fazer isso.

Malu mordeu um bolinho e perguntou, de boca cheia:

— *Omma*, posso namorar o Huni?

Simples assim. Como se estivesse pedindo para passarem a pimenta.

— É claro que pode, meu amor!

Até parece que ela iria recusar.

Minha namorada cutucou meu braço e apontou com o queixo em direção aos pais, tentando me encorajar. Não era tão fácil para mim.

— Hã... tia Ana, e-eu... — tentei, suando frio. — Hmm... S-Será que...

— Ih, acho que ele vai chorar, Ana — provocou Vicente, e eu fiz careta. Quer dizer, se ela dissesse que não, eu choraria mesmo, só que ninguém nunca saberia disso, porque eu não deixaria que ela recusasse.

Respirei fundo e soltei tudo de uma vez só:

— A Malu é a coisa mais preciosa da minha vida desde que eu tinha sete anos. Eu a amo mais que qualquer coisa nesse mundo e prometo fazê-la a mulher mais feliz do universo todo e dar muitos netos a vocês, depois que a gente se casar, claro, mas também só se ela quiser. Eu queria ter três filhos, mas depende dela, porque não vai sair da minha barriga, vocês sabem, e eu prometo ser o melhor pai do mundo, e marido, e namorado, e noivo. quer dizer... não necessariamente nessa ordem — metralhei cada palavra sem nem parar para respirar.

Vicente arregalou os olhos quando me ouviu falar sobre filhos e quase engasgou com a própria saliva.

— *Filhos?* Antes disso você deveria pensar em se casar, não? Depois nós...

— Só precisamos marcar a data — interrompeu Malu, esfregando a mão com a aliança na cara do pai enquanto bebia o caldinho do *tteokbokki* direto da tigela, mais tranquila impossível. — Alguém pode me passar o guardanapo? — acrescentou, virando a palma da mão estendida para cima.

Eu não pretendia começar daquele jeito, mas, já que ela não tinha paciência de me deixar fazer as coisas do meu jeito, apenas ergui os ombros e dei um sorriso amarelo.

— *Marcar a data?* — tia Ana, Vicente e meu pai gritaram.

Minha mãe saiu pulando pela sala, como se tivesse um foguete em cada pé.

Vicente ainda me encarava, boquiaberto, e meu pai já havia cedido à felicidade que pulava em seu peito e, portanto, comemorava com minha mãe. Malu segurou minha mão, limpou os lábios sujos com a outra e falou, ao erguer nossos dedos entrelaçados:

— *Prometo* que dessa vez não vou fugir!

Fitamos os pais dela com expectativa, assim como *omma* e *appa*. Um dos olhos de Vicente começou a pulsar, talvez de estresse, mas tia Ana parecia já ter tomado uma decisão, e o sorriso enorme que se abria me dizia que eu iria gostar da resposta.

— Tudo bem — concordou ela. — Mas a primeira filha tem que ter o nome da minha mãe.

Aquilo me lembrou de Malu me pedindo em casamento em sua sala no apartamento e dizendo que queria três filhos e um cachorro, e que uma das filhas teria que ter o nome da avó. E, para ser sincero, eu até que gostava. *Maria Helena*.

32

Malu

Trabalhar na BookTour um dia fora meu maior sonho, e eu estava decidida a não deixar P. Prado arruinar minha vida outra vez.

Minha cabeça tinha maquinado a noite inteira em busca de uma solução para o meu problema e, mesmo com os neurônios escassos trabalhando a todo vapor, eu não conseguira achar uma saída. Marcelo e Pedro já haviam assinado o contrato, e a quebra dele geraria uma multa relativamente alta para ambas as partes. Além disso, para Marcelo, era de extrema importância em termos de visibilidade que aquele livro sem noção fosse publicado pela nossa editora. Mesmo que tivéssemos contratado três obras de Thaís Dourado e duas de N.S. Park para publicação, precisávamos de mais autores nacionais em ascensão para chamar a atenção do público, e infelizmente, ainda que eu odiasse admitir, Pedro era um deles. Embora escrevesse abobrinhas sem nenhuma propriedade.

Como suprir as necessidades afetivas do seu filho? Por favor, conta outra!

Ainda que fosse difícil para mim, me convenci de que precisava ser forte e seguir em frente. Minha maior motivação era mostrar para aquele idiota que não precisei dele para chegar aonde estava e que, agora, seria ele quem iria precisar de mim. Quem sabe, com muita sorte, ele não quebrasse o contrato e pagasse a multa. Na verdade, aquilo seria ótimo.

Toquei a campainha do apartamento da minha amiga sem parar, até que ela viesse atender, xingando todos os antepassados de quem quer que estivesse *ousando acordá-la de madrugada*. Nesse caso, eu.

— Só pra você saber, é meio-dia — murmurei ao vê-la abrir a porta, então entrei sem nem esperar que me reconhecesse.

— *Ainda?*

O apartamento de Luna era o oposto da variação de tons de azul do meu.

Apesar de os nossos prédios terem exatamente o mesmo layout, Luna parecia morar num mundo completamente diferente, com sua decoração sofisticada.

Eu era do time *quanto menos, melhor*, já que isso significava que assim teria menos coisas para tirar do lugar. Não que eu me importasse, claro, mas Jae e eu passávamos tempo demais juntos e ele odiava ficar no meio da bagunça. Eu, como era mais que bagunceira, achava melhor limitar a quantidade de coisas que pudesse espalhar.

Luna, por sua vez, era do time *boho-chic bagunceira*, o que significava que passava horas no Pinterest salvando decorações que se resumiam a branco, bege e marrom e não botava nada de volta no lugar. Não era de espantar que sua sala fosse abarrotada de livros, em prateleiras e fora delas. Na mesa de centro, na cozinha, na estante da televisão, e eu sabia que o banheiro e o quarto não eram diferentes.

— O que você quer a uma hora dessa? — perguntou Luna, andando até a cozinha a passos de tartaruga, com os ombros caídos.

Ela vestia uma camisola comprida de algodão e mangas longas, seu cabelo preto escorrido descia pelas costas até atingir o quadril largo. Quando ela se virou, vi reluzir uma mecha azul em suas madeixas pretas, e quase caí de joelhos quando notei o piercing de argola em seu nariz.

— *O que aconteceu com você?* — Arregalei os olhos, o indicador apontado para seu rosto.

— Ah, isso? — Ela deu de ombros. — Sempre quis surtar depois de um término, mas, como eu nunca namoro, o motivo mais próximo para me fazer perder a cabeça foi meu desemprego. Resolvi me rebelar contra o meu sofrimento.

Lu deu uma mordida numa pera e abaixou para pegar o coador de café no armário. Me recostei na bancada que separava a cozinha da sala e respirei fundo. Minha amiga estava no fundo do poço por causa da demissão.

— Preciso que vá se arrumar, temos uma reunião em uma hora e meia.

Luna se virou com tanta força para me olhar que acabou derrubando o pote de café e espalhando o pó pelo chão.

— *Tá maluca?*

— Talvez. — Dei de ombros. — Mas minhas decisões sempre foram questionáveis, então não é uma surpresa tão grande assim.

— Lulu...

— Escuta, Lu — apoiei os cotovelos na bancada e o queixo nas mãos —, não vou deixar que ele estrague a minha vida de novo. Esse emprego é muito importante pra mim, e pra você também. Lutamos muito para chegar aonde estamos, não é justo largar tudo por causa dele.

— É fácil falar quando você não deu uma bicuda na canela do autor best-seller, né? — choramingou Luna, abaixando para limpar a sujeira. — Mesmo que eu quisesse, duvido que o Marcelo me deixe voltar. Além de que eu não posso garantir que não chutaria a outra canela se visse aquele babaca outra vez.

— Eu vou falar com ele e resolver tudo — disse, decidida. — Vamos pra reunião hoje como se nada tivesse acontecido, e deixa o resto comigo.

Luna fez uma careta e cruzou os braços, não muito contente.

— Anda, vai se arrumar.

Eu a guiei pela mão até o banheiro e dei um empurrãozinho com o pé em seu traseiro antes de fechá-la lá dentro.

Eu parecia tranquila por fora, mas não era assim tão fácil. Eu tentava convencer Luna e Jae de que estava tudo bem, mesmo que ainda doesse, porque não queria arrastar o sonho deles para o fundo do poço, junto com o meu. Por isso, para salvá-los, eu precisaria me salvar também.

Quando Luna e eu passamos desfilando pela porta de entrada da BookTour, o escritório inteiro parou. O setor dois, no lado oposto, com o qual a gente não se misturava muito, revezou o olhar entre nós e a sala de Marcelo. Naquela área da editora, tudo o que restara eram nossas mesas vazias e um Fabrício muito, *muito* chateado.

— Vocês vão mesmo se demitir e me deixar sozinho aqui? — Ele veio correndo e nos pegou num abraço, uma de cada lado.

— Achei que você só voltasse na semana que vem. Não estava em semana de provas? — Luna esfregou as costas do garoto, em boas-vindas, e sorriu.

— O Marcelo me pediu pra voltar antes porque estávamos *sem funcionários*. — Ele fez careta e coçou o braço direito, como fazia quando estava nervoso. — Por favor, me digam que não vão sair.

— Vamos resolver isso agora — falei, bagunçando seu cabelo enrolado.

Ele entendeu o recado, cruzou os dedos em sinal de sorte e sorriu para nós, desejando o melhor. Segundo ele, Marcelo estava numa longa reunião com Pedro e o clima não estava nada bom. Preferi não incomodar e esperar até que eles se resolvessem antes de apresentar mais um problema. Sendo assim, me sentei à mesa que eu esperava que ainda fosse minha e Luna se recostou em mim.

Fabrício não parecia saber o que havia acontecido, já que teria me enchido de perguntas se soubesse, e decidi contar apenas no fim do dia, quando as coisas já tivessem sido esclarecidas.

Minha amiga, no entanto, foi mais afobada que eu e contou para o estagiário tudo o que tinha acontecido, dando seu toque mágico para deixar os fatos mais interessantes, claro. Escutar minha própria história sendo contada me fazia questionar de que raios de novela mexicana eu havia saído. Não havia mais dúvidas, se algo podia dar errado para mim, então daria.

— ... aí eu dei uma bicuda gostosa na canela daquele safado, e espero que tenha aberto um buraco nele. — Luna contava o acontecido com muita intensidade e até me fazia rir de algo que me fizera perder o chão um dia antes.

Olhei a hora no celular e em seguida para a porta do escritório, à espera de Jae. Ele havia prometido que iria até lá também, só para dar apoio moral. Praguejei baixo ao ter minha teoria da conspiração comprovada quando, em vez do meu namorado, um garoto loiro e alto com dois copos do Starbucks passou pela entrada.

— Abaixa — ralhei, puxando Luna pelo cabelo e derrubando nós duas no chão, atrás da minha mesa. Fabrício nos encarou sem entender nada.

Coloquei o indicador na frente da boca, pedindo silêncio, e mesmo confuso ele não perguntou nada. Luna, que eu estava segurando entre minhas pernas e apertando sua boca para que não dissesse nada, pareceu entender quando viu o rapaz por debaixo da mesa.

— Como ele me achou? — choramin guei.

— Como pode alguém ser tão azarada? — cochichou ela, se encolhendo mais atrás da mesa conforme o rapaz se aproximava.

Entre todos os lugares do mundo, por que aquele garoto tinha que aparecer logo ali? Eu precisava sumir o mais rápido possível. Não era um bom dia para lidar com ele também. Já tinha coisa demais para resolver.

Sem ser notada, tentei engatinhar até a entrada da copa, que não estava longe. Minha missão teria sido um sucesso se Marcelo não tivesse aberto a porta na minha cara e me feito gritar, chamando a atenção de todos. Luna bateu a mão na testa, engatinhando atrás de mim.

— O que você tá fazendo? — Marcelo estava com a testa franzida, me encarando no chão, enquanto assoprava o café em sua xícara.

NO DIA DO SEU CASAMENTO

Levantei num pulo, ajeitei minha blusa e joguei metade do cabelo no rosto, tentando não ser reconhecida. Em um timing incrível, Jae passou pela porta de entrada, sem distribuir cumprimentos dessa vez.

— Meu brinco caiu em algum lugar — menti.

Marcelo se inclinou para uma checagem rápida e então concluiu:

— Estão todos na sua orelha.

Luna, agora em pé ao meu lado, fez uma careta para ele e quase rosnou. Foi só então que Marcelo entendeu.

— *Ah, o brinco?* — Ele arqueou as sobrancelhas. — Acho que você deixou na minha sala.

Olhei de relance para o garoto que entrara em silêncio e assim ficara. Como era mesmo o nome dele? Seus olhos claros e confusos encontraram os meus, e eu estava pronta para apertar o passo para fora dali quando ele me percebeu.

— *Luna?* — perguntou o rapaz, tentando ver melhor meu rosto.

Minha amiga, *a verdadeira Luna*, me jurou de morte com o olhar. Aquela não era a primeira vez que eu pegava seu nome emprestado para fugir de algum cara na balada. Sorri sem graça.

— O que você tá fazendo aqui? — resmunguei.

Jae encarava tudo com a mão na cintura. Provavelmente já havia se tocado do que estava acontecendo ali.

— Fui comprar café para o meu pai, ele tá em reunião. — O garoto se aproximou, erguendo um dos copos na minha direção.

Meu mundo quase desabou outra vez quando, infelizmente, constatei que a única pessoa em reunião naquele momento era P. Prado. E que aquilo significava exatamente o que parecia: eu havia atolado o pé na jaca de vez.

— Você não quis me dar seu número e olha só onde acabamos. — O garoto me deu um sorriso galante de dentes muito brancos. Céus, ele era mesmo bonito e não se parecia em nada comigo.

Jae desfilou até o meu lado e Marcelo saiu de fininho, sem querer se envolver.

Luna, apesar de chocada, não conseguia deixar de rir da minha cara de tacho. Cutuquei sua costela e olhei de canto de olho para Jae. Ele não estava nada feliz, mas também não estava surpreso. Nem eu me surpreendia mais com as coisas que aconteciam comigo. Reencontrar meu genitor já era ruim o suficiente. Agora, ter beijado o meu irmão para fazer ciúme em Jae era demais até para mim.

— Me dá licença um minuto, garoto — pedi, puxando Luna e meu namorado pela barra da camisa até a copa.

Tranquei a porta e abaixei as persianas.

— Aquele era o cara da balada, não era? — perguntou Jae ao se aproximar de mim.

— Isso significa o que eu acho que significa? — Luna riu com gosto e então me deu um tapa no braço. — Você deu uns amassos no seu *irmão*? Isso sim é incesto!

Luna nunca mais me deixaria esquecer aquilo, eu sabia. Eu já podia ouvi-la dizendo "Lembra daquela vez que você pegou o seu irmão?" em qualquer oportunidade que tivesse.

— Ô, Nossa Senhora dos Clichês, pega leve comigo, vai? — choraminguei. — Como é que isso foi acontecer?

Eu mal tinha superado minha infelicidade de reencontrar P. Prado e agora tinha que lidar com... o filho dele. *Merda!*

— Bom, você estava indo encontrar o Jae e o viu beijando a Paola, então, para descontar, beijou o... — Dei um chute na perna da minha amiga, que parou de falar, mas não de rir.

— Foi uma pergunta retórica, idiota!

Jae pigarreou, então mexeu na franja.

— Em minha defesa, não foi isso o que aconteceu, eu confirmei, mas nada disso importa agora. — Ele se recostou na bancada da copa. — Caramba, Malu! Você beijou o...

— Podem parar de me lembrar disso, por favor? — gritei. — Me deixem pensar!

Os dois se calaram.

NO DIA DO SEU CASAMENTO

Eu me levantei e andei tantas vezes de um canto ao outro da copa que meu aplicativo de saúde no celular me notificou que eu havia batido a meta de passos dados no dia.

Eu não sabia o que fazer. Primeiro teria que contar que meu nome não era Luna, e depois... bom, todo o resto.

— E então... o que vai fazer? — Jae cruzou os braços. — Bem feito por tentar me fazer ciúme quando tudo o que eu estava fazendo era bolar um plano para te conquistar.

— Quer parar? — ralhei. — Normalmente eu sairia por essa porta e inventaria uma desculpa para nunca mais ver aquele garoto. Algo do tipo... doença terminal ou coisa assim. — Os dois me encararam com uma carranca reprovadora. — Mas como não sou a Malu de antes — me apressei a consertar, afinal meu plano A havia sido descartado — eu vou... — Fiz uma careta, tentando pensar, e eles acompanharam cada movimento meu com os olhos. Quanta pressão! — Acho que vou... ir lá e... bom... hã... contar a verdade? — Eu não estava muito certa sobre aquilo.

Luna bateu as duas mãos nas coxas e depois as levantou em agradecimento aos céus.

— Então *existe* um cérebro dentro dessa sua cabeça!

Deslizei as mãos pelo rosto e dei um suspiro longo. Em que merda de situação eu havia me metido, sinceramente.

— Você vai ficar bem? — perguntou Jae, incerto se deveria se aproximar.

Ele sabia que eu não estava em crise, mas parecia não ter certeza de como podia me ajudar. Só que não havia nada que ele pudesse fazer, de qualquer forma.

— Só estou indignada com o meu azar — falei, então soltei um suspiro incrédulo. — Mas não impressionada.

Luna espiou pela persiana o garoto que esperava, confuso, do lado de fora e fez uma careta preocupada.

— Eu deveria chamar ele aqui, então?

Ele não tinha culpa e não sabia de nada. Eu precisava acabar logo com aquilo, era o certo a fazer.

Assenti, me servindo de um copo gigantesco de café. Daqueles que Marcelo provavelmente escondia para tomar chope quando não havia ninguém por perto.

Luna saiu e voltou com o garoto no encalço.

— O que foi? — perguntou ele. — Aconteceu alguma coisa? Você tá bem?

Empurrei uma cadeira com o pé em sua direção, Luna o forçou a se sentar e eu dei um longo gole no meu café, que imaginei ser um copo cheio de vodca, já que havia prometido a mim mesma que passaria longe do álcool por um bom tempo.

— Então… — Demorei um pouco mais que o necessário para lembrar algum nome que se aproximasse do dele. Eu realmente não me lembrava. — Paulo.

— *Pedro* — corrigiu. — Pedro Neto.

— Certo, Pedro Neto. — Fiz careta e respirei fundo, tentando tomar coragem. — O que acontece é o seguinte: eu… — *Cracolhas*, aquilo parecia muito mais fácil de explicar na minha cabeça. — Eu… Você…

Jae se aproximou de mim, me dando um carinho encorajador nas costas, então apertou minha mão.

— Vai me dar um fora dizendo que eu não sou bom o suficiente? — Ele olhou para a mão de Jae na minha e pareceu um pouco decepcionado.

Por um segundo até se pareceu comigo.

— Não — falei. A última coisa que eu queria era que ele se sentisse mal por causa daquilo. A culpa era minha. Jae olhou para mim, espantado, e eu arregalei os olhos. — Quer dizer, vou! — me corrigi. — Mas não por isso.

Pedro mediu Jae da cabeça aos pés. Quase pude ver raios laser saírem dos olhos dos dois enquanto travavam uma batalha silenciosa.

Eu precisava acabar com aquilo de uma vez, antes que conseguisse deixar tudo pior.

— A verdade é que... — Certo, se eu respirasse fundo, contasse até três e soltasse tudo de uma vez, talvez fosse mais fácil, e assim eu não teria como voltar atrás. Respirei fundo: era hora! — Meu nome não é Luna.

Falei tão rápido que não tive muita certeza de que ele havia entendido. Pedro arqueou uma das sobrancelhas e cruzou os braços, como se aquilo não fosse grande coisa, então eu disparei a falar antes que a coragem sumisse:

— Meu nome não é Luna e... e... eu sou, tipo, uns sete anos mais velha que você e estou noiva, não posso te dar uma chance. É isso. Aquilo foi um erro, eu só fiquei confusa porque achei que o Jae tinha beijado a Paola e... Bom, não importa, o mais importante de tudo é que isso não vai rolar e ninguém pode saber de nada, principalmente o seu pai, porque você é... você é... hã... meu irmão.

Pronto, isso sim era grande coisa. Agora não tinha mais volta.

Pedro não disse uma palavra sequer por algum tempo.

Depois de eu disparar todas as informações de uma vez, o garoto estagnou e enrubesceu. Parecia um pimentão congelado.

Nenhum de nós falou nada até que ele decidisse soltar a primeira palavra. Ele precisava pensar, respirar, entendíamos isso. Ainda que aquele silêncio e aquela cara amarrada dele nos assustassem, estávamos à espera.

— Tá legal — disse o garoto por fim. — Então você tá me dizendo que...

— Sim, tecnicamente eu sou sua irmã — interrompi, já sem paciência. — Foi mal.

— Então foi por isso que meu pai me trouxe aqui... Ele nunca me pede pra vir junto — disse, um pouco reticente, talvez não querendo acreditar na história.

Pedro precisou de mais alguns segundos para processar a informação. Eu quase podia ver fumaça saindo de suas orelhas.

— Eu sinto muito, Pedro.

— Cara... então eu... eu beijei... — Como se fosse possível, seu rosto ficou ainda mais vermelho e ele se levantou às pressas, empurrando Luna para o lado e quase a derrubando. — Sai da frente. Foi mal.

Jae correu até ele e o segurou pelo braço.

— Senta aí! — ordenou, e Pedro apertou as pernas uma na outra, quase caindo. — Temos que resolver isso. Fugir vai ser pior.

— Me solta, eu só preciso de um minuto. — Pedro empurrou Jae com tanta força que ele caiu em cima de mim, quase se estabacando no chão.

Eu o segurei pelo colarinho a tempo, e ele me olhou com cara de derrota. Jae não havia caído, mas sua dignidade estava no chão.

— Um garoto de dezoito anos acabou de te derrubar, Jae Hun? — zombei. Ele estava bravo.

— O mesmo garoto que você beijou? — rebateu, se levantando e ajeitando a camisa.

Luna finalmente soltou o ar que segurava durante todo aquele tempo, provavelmente sem perceber, e assobiou.

— Caraca, isso foi intenso. — Pigarreou.

Apertei a têmpora em busca de um alívio que não veio. Minha cabeça estava prestes a explodir.

— Aonde aquele pirralho foi, caramba? — resmungou Jae, nada contente.

— Entrou na primeira porta à esquerda — falei.

O banheiro.

— Ele deve precisar mesmo de um minuto para escorregar as costas na porta cantando Mariah Carey enquanto chora as pitangas — comentou Luna, tentando ser engraçada. — Justo.

Fitei meus sapatos e risquei o chão com o pé.

— Não acho que ele estava chorando — falei.

No fim das contas, ele era mesmo meu irmão.

— O jeito como ele apertou as pernas... — Jae seguiu minha linha de pensamento.

— Dor de barriga! — concluímos juntos.

Luna quase caiu no chão de rir, dizendo que eu vinha de uma longa linhagem de cagões. Pelo jeito ela havia se esquecido da gravidade daquilo tudo, mas, para ser sincera, nem eu me importava mais. Depois de contar a verdade a Pedro em voz alta, eu quis rir. Apenas porque, em algumas circunstâncias, rir era melhor que chorar. A situação inteira era ridícula, quem julgaria?

Pedro voltou alguns minutos depois, dessa vez sem o rosto estar totalmente rubro, apenas as bochechas e o nariz. Os olhos azuis numa tormenta notável. Ele se sentou na cadeira novamente e ajeitou a camisa social que vestia.

Puxei uma cadeira para perto, e Jae e Luna fizeram o mesmo, de modo que formamos uma meia-lua ao redor dele.

— Dor de barriga? — perguntei, e ele desviou o olhar, tímido. — Então foi do seu pai que eu herdei esse gene ruim. Isso explica muita coisa.

— Espera, você também...?

— Sempre que fico nervosa ou ansiosa — confessei —, inclusive no altar, quando estava prestes a me casar. — Pedro olhou confuso de mim para Jae. — Isso não importa — me apressei em dizer —, é uma longa história. Vamos focar no problema real aqui, que é...

— Eu beijei a minha irmã — disse ele, pensando em voz alta, enquanto acompanhava meu raciocínio. — Cara... isso é nojento!

Arregalei os olhos, brava. Quer dizer, era mesmo nojento, mas...

— Eu não sou assim tão ruim, tá legal?

— Será que eu ainda vou pro céu depois dessa? — Ele se desesperou de repente e juntou as mãos numa reza, beijando o terço que carregava no pescoço. — Deus, eu juro que não sabia, por favor joga isso no mar do esquecimento!

— Espero que ele te ouça — murmurei. — Olha, o seu pai não pode saber.

— Você acha mesmo que eu me atreveria a contar uma coisa dessas pra ele? — O garoto arregalou os olhos, ultrajado só de pensar na ideia. — Primeiro, eu nunca conseguiria olhar na cara dele de novo e, segundo... eu ia me encrencar feio. Eu fui para aquela balada escondido.

— Ótimo — concordei, satisfeita, e endureci a feição. Eu precisava pôr um ponto-final no assunto e no sofrimento geral. — Olha, eu sei que você não tem culpa das merdas que o Pedro fez, entendo isso, mas não te vejo como meu irmão também, então vamos fingir que isso tudo nunca aconteceu e seguir em frente.

— Que seja. — Ele cruzou os braços, perturbado. — Então... esse aí é o fracote com quem você vai se casar?

Jae fez cara de deboche, cruzando os braços também.

— Nem me vem com essa de "quais são as intenções com a minha irmã" que eu juro que te jogo daqui de cima — ralhei. — Você entendeu que isso não pode sair daqui, Pedro Neto?

— Entendi, Maria — respondeu.

Luna e Jae nos entreolharam, provavelmente esperando pelo meu escândalo, que não viria. Pela primeira vez aquele nome não me fez encolher, ainda que eu não gostasse muito de ser chamada por ele.

— Ótimo, agora vamos sair por aquela porta e fingir que nunca nos vimos antes.

Eu não esperei por uma resposta, apenas saí primeiro e puxei Luna pela manga da blusa, deixando o garoto sozinho na copa com Jae.

Eu precisava falar com Marcelo logo e dar o fora dali.

Luna e eu marchamos até a sala de reuniões e, depois de dois toquinhos no vidro, abrimos a porta. Pedro Prado estava sentado em frente ao nosso chefe, que o escutava com uma expressão branda e fria, diferente da que costumava usar.

— Tem um minuto? — perguntei, interrompendo a conversa, ao que Marcelo nos encarou com a mesma expressão.

Ele se levantou sem pedir licença e seguiu para sua sala em silêncio. Antes de seguir atrás de Marcelo, dei uma última olhada para Pedro, que permaneceu ali, com a vergonha estampada no rosto, e juro que ouvi Luna rosnar e então fechar a porta.

Eu ainda não sabia o que dizer, mas pretendia ser honesta com Marcelo, que, além de chefe, sempre foi um grande amigo.

Encostei a porta da sala dele e Luna fechou a persiana da parede de vidro, para evitar olhares curiosos. O homem grisalho de ombros largos respirou fundo ao se sentar em sua poltrona e apontou para o sofá à sua frente, para que nos sentássemos também. Obedecemos, incertas de por onde começar.

— Eu não vou pedir desculpa, se é isso que está esperando. — Luna cruzou os braços e olhou de mim para Marcelo. Seria de uma ajuda muito maior se ela *calasse a boca*.

— Eu nunca esperaria isso de você, srta. Vieira. — Marcelo ostentou uma voz grave e séria, aquela que só usava quando precisava dar uma bronca. — Achou o brinco, Luísa?

Apertei os lábios numa linha fina e respirei fundo. Não era exatamente daquele jeito que eu esperava voltar.

— Sem mais delongas, acredito que eu não precise te contar novamente quem aquele homem é e qual é a minha história com ele — ignorei sua pergunta e comecei, decidida. Ele balançou a cabeça, dispensando qualquer explicação. — Eu entendo o seu lado e sinto muito pela Luna ter agredido o seu cliente...

— Eu não sinto — interrompeu ela, e eu dei um beliscão em sua costela.

— Eu gostaria de dizer que a presença dele não me afeta mais e que eu não veria problema em trabalhar com ele, mas não posso — continuei. — Ele me afeta, sim, e me machuca, e eu não sou nem um pouco culpada disso. — Minha voz ameaçou embargar, e eu estava pronta para respirar fundo quando Marcelo me estendeu uma garrafa d'água. — Obrigada.

— Você deveria chutar ele daqui! — Luna abriu a boca outra vez, o que me fez revirar os olhos.

— Dá pra ficar quieta? Você não tá ajudando! — reclamei, batendo a garrafa no meio da mesa de centro, pronta para uma briga de arrancar cabelos.

— O que você quer que eu faça? Te assista trabalhando para aquele idiota para depois ir chorar escondida no banheiro? — gritou ela, tão pronta quanto eu. — Eu não vou te ver sofrer por causa dele, Luísa! Ele não merece estar aqui, não merece publicar um livro com tanta ladainha pela nossa editora e muito menos estar perto de você! Ele não tem nenhum direito de fazer isso!

— Luna... — Eu não tinha argumentos contra ela e, mesmo que tivesse, eles não funcionariam.

— Ela tem razão, Luísa — interrompeu Marcelo, nos fazendo calar. — Não é justo.

Eu sentia muito que a BookTour estivesse envolvida na bagunça que era a minha vida. A editora sempre foi uma segunda casa para mim, e eu amava trabalhar ali. Amava meu chefe e meu relacionamento com ele; amava minha parceira de trabalho e meu estagiário, que havia acabado de chegar. Até mesmo os fofoqueiros do setor dois tinham um espaço no meu coração. Me doía muito enfiar todos eles nisso.

— Ele assinou a rescisão do contrato. — Marcelo suspirou, bagunçando os cabelos lisos com fios grisalhos. — Não posso trabalhar com ele sabendo de tudo o que rolou entre vocês. Sabendo como você sofreu e ainda sofre por causa de uma atitude tão irresponsável. Eu também sou pai, Malu. Não consigo me imaginar abandonando minha esposa e minha filha por qualquer coisa neste mundo. Ainda que eu e a Mari nos separássemos, a JoJo continuaria sendo sempre a minha filhinha. Nenhum pai que se preze deixa um filho pra trás.

Todo o controle que eu estava exercendo sobre minhas lágrimas já havia descido pelo ralo. As gotas mornas rolavam pelo rosto, e até Luna não se aguentou e desabou também.

— Eu me propus a pagar a multa, mas ele não quis — continuou. — Disse que a culpa é dele, que não sabia que você trabalhava aqui e não queria te causar mais nenhuma dor. Pelo menos essa decência ele teve.

— Duas caras — murmurou Luna. — Aposto que tá tramando alguma. Daqui a pouco ele aparece te chamando de *filhinha*.

— Eu quebro a outra canela dele — rosnei, e os dois riram, mesmo com a tensão do momento.

— Eu nunca ficaria contra você, Malu. Não precisa nem dizer o discurso que eu sei que preparou. Não vou te fazer passar por isso, e não vou fechar negócio com ele, ainda que você não queira mais trabalhar aqui.

— Então, sobre isso... — Sorri amarelo, secando as lágrimas. — Quem pediu demissão foi a Luna. — Minha amiga me deu um tapa ardido nas costas e me chamou de traidora. — Mas não foi por mal, não. E desculpe os palavrões também, ela é temperamental.

O famoso morde e assopra.

— Gostaria de ter dado aquele chute eu mesmo. — Ele sorriu. — Mas perdi o momento. — Como eu pude, ainda que por um minuto, achar que Marcelo ficaria contra mim? Ele estava comigo, como sempre. — Bom... está acabado, ele já assinou a rescisão. Não precisa se preocupar. — Então ele se levantou, pronto para sair da sala.

— Espera! — exclamei, juntando toda a coragem que existia dentro de mim. E, por uma fração de segundo, congelei antes de dizer o que me colocaria no olho do furacão pelos próximos minutos. Meu chefe me olhou sem entender nada. — Eu faço isso — falei, por fim.

Então me coloquei de pé e dei um tapinha amigo em seu ombro. Marcelo e Luna me olharam em aprovação e sorriram para mim, torcendo para que, fosse lá o que eu planejasse fazer, desse certo. Decidida, saí da sala com o coração batendo forte, a ponto de ressoar nos ouvidos.

Eu não conseguia ouvir nada além dos meus batimentos, mas estava me saindo bem quanto à ansiedade, que nem ameaçou aparecer.

Bati outra vez na porta de vidro da sala de reuniões e entrei. O queixo erguido, um pé após o outro, desfilando decididamente até ele. Talvez fosse essa atitude que Luna esperasse de mim quando precisei passar em frente à família de Guilherme.

— Maria... — A voz fraca de Pedro me arrepiou a espinha e me causou enjoo. Era como bater bem na boca do meu estômago.

— Não se dê ao trabalho, sr. P. Prado. — Ergui a mão espalmada na frente dele para que ficasse quieto e então o observei. Diferentemente do dia anterior, Pedro parecia abatido. Seus lábios estavam murchos e seus olhos tinham grandes marcas escuras ao redor. Era bom saber que minha presença o havia afetado de alguma maneira. Pelo menos eu esperava que fosse isso. — Eu vim buscar o documento assinado, mas antes quero saber se tem algo a me dizer. — Me sentei na cadeira em que Marcelo estava minutos antes e mexi no cabelo.

Eu estava me saindo bem. Parecia destemida e determinada, ainda que estivesse a ponto de ter uma crise de dor de barriga. Cruzei as pernas e os braços também. Fiz uma expressão de nada, as sobrancelhas retas e desinteressadas, e então finalizei com um bocejo.

Pedro não sabia o que dizer.

Ele me media de cima a baixo, escaneando cada expressão e detalhe meu, como se eu fosse uma completa desconhecida. E era exatamente isso o que eu era.

— Você cresceu tanto...

— Vamos pular essa parte — interrompi. — Sim, cresci, pareço com a minha mãe, tenho um cargo legal, terminei a faculdade e blá-blá-blá. O que mais?

Seus olhos se arregalaram e suas sobrancelhas formaram um arco enorme ao se curvarem, como as minhas também faziam.

— Me desculpa... Eu sinto muito mesmo.

— Não, não sente. — Bufei. — Se sentisse, teria vindo me procurar.

— Eu...

— Não acredito que você saiu de Belo Horizonte pra virar escritor e veio me achar logo aqui, em São Paulo.

— Não sabia que você estava morando aqui! Cheguei em São Paulo quando... — Ele se calou, sem saber como terminar a frase.

— ... me abandonou? Bom pra você. — Aquela conversa toda doía. Bastante. Mas também me fazia bem colocar tudo para fora de uma vez. Um silêncio mais ensurdecedor que qualquer grito se instalou entre nós, então eu o quebrei. — Você não vai ter a chance de falar comigo outra vez, então estou te dando a oportunidade de fazer isso agora. — No fundo, eu queria que ele me desse uma boa explicação para ter feito o que fez. — Não sou empática o suficiente pra ler suas intenções ocultas, então abre a boca e fala logo.

— Eu não tenho o que dizer. — Sua cabeça estava baixa e ele encarava o chão. — Eu fui embora pensando em mim, em quem eu queria me tornar. Queria me encontrar...

— E então, se encontrou? — perguntei, e ele fez que sim com a cabeça. — Que ótimo! Enquanto você tentava se encontrar, sua família se perdeu — ralhei, com a voz fria e ríspida. — Espero que aquele vinho e as duas bolsas que levou junto tenham sido o suficiente para você.

— Olha, Maria, eu não tenho motivos para esconder isso de você agora. — Ele suspirou e me olhou nos olhos. — Na época eu tive um caso com uma mulher, ela engravidou e eu não sabia o que fazer. A criança nasceu, cresceu e eu não sabia mais como levar aquela vida dupla. Eu não amava mais a sua mãe e me sentia sufocado em ficar lá, então fui embora.

— Simples assim. — Ri, sarcástica. — Não me surpreende nem um pouco, na verdade.

— Eu sinto muito.

— Claro que sente. — Bufei. — Ainda tá com essa mulher? Ela é a mãe da sua recém-nascida? — Reticente, ele concordou com a cabeça. — E quantos anos tem a criança que te fez ir embora de casa? — perguntei, mesmo tendo uma ideia da resposta. Pedro Neto devia ser mais velho do que eu achava que fosse.

Uma pausa relativamente longa se fez.

— Dezoito.

Isso significava que, quando ele fora embora, nos meus nove anos, Pedro Neto já tinha três.

— Que bonito, hein? — Seu rosto estava vermelho-vivo, e meu coração martelava no peito. — *Está feliz?*

— Me sinto mal por dizer que sim. — Então ele chorou, um choro amargo e sofrido. — Eu sinto muito mesmo por ter arruinado a sua vida.

— Você foi uma pedra no meu caminho por muito tempo, mas decidi te chutar pra longe — falei. — Eu poderia tagarelar sobre os traumas que você me deixou, sobre como me senti e tudo mais, mas não faria nenhuma diferença, faria? — Ele não respondeu. — Você não é meu pai. Nunca foi e nunca será, então apenas esqueça que eu existo, como pareceu fazer por todos esses anos, e siga em frente.

Aquilo estava guardado havia tanto tempo que verbalizar tudo fez com que a mão invisível que apertava forte o meu coração finalmente afrouxasse.

— Você disse para minha mãe cuidar de mim sozinha antes de sair, não foi? — completei. — Pois espero que saiba que ela fez um ótimo trabalho e que estou muito feliz por você não ter feito parte disso.

— Eu sinto muito.

— Eu já entendi.

Me levantei depois de um suspiro longo, um misto de pesar e alívio, e arranquei o documento de suas mãos. Ótimo, a assinatura estava ali.

Rígida, marchei até a porta, mas, antes de sair, tomei coragem de fazer a última coisa que eu precisava para seguir em frente.

— *Eu te perdoo.* — Aquelas palavras pareceram me rasgar por dentro, mas também tiraram um caminhão das minhas costas. Ele arregalou ainda mais os olhos, como se fosse possível, e pensei ter visto um vislumbre de alívio passar por seus olhos quando seus ombros caíram ainda mais. — Não porque você mereça ou porque isso não me machuque, mas porque o perdão é uma decisão, e eu *decido* acabar com qualquer ligação nossa e sair do quarto escuro em que você me deixou.

Dito isso, saí sem olhar para trás.

P. Prado veio atrás de mim, a passos lentos e completamente envergonhado. Pedro Neto, no entanto, esboçou uma grande cara de nojo quando me viu e cruzou os braços, fazendo o pai nos olhar, confuso.

— É a primeira vez que o vejo em toda a minha vida — disparei a dizer, totalmente desnecessária. — Não que isso importe.

Marcelo fez careta e Pedro Neto me fuzilou com os olhos, como se me mandasse calar a boca.

— Essa pentelha é a garota que você disse que era minha irmã? — perguntou ele, apontando para mim, indignado. — Nada tão impressionante.

Rangi os dentes, louca para puxar o cabelo daquele sem-vergonha. Como ele ousava me chamar de pentelha? Até minutos atrás ele estava apaixonado pela versão falsa de mim.

— Não somos irmãos, só compartilhamos da mesma infelicidade — constatei, lançando um olhar gélido para o autor.

Os dois Pedros se entreolharam. Cocei o pescoço como desculpa para checar meus batimentos: meu coração batia forte, rápido, mas não tão descontrolado quanto achei que estaria. Eu me sentia muito orgulhosa da forma como estava lidando com tudo. No fim, nada daquilo me machucava mais. Talvez eu estivesse calejada pelas surras que a vida me dera até então.

— Sinto muito por tudo — disse P. Prado, suspirando; seus olhos tinham bolsas escuras ainda maiores.

— Espero que sinta — respondi.

— Eu gostaria que ficasse com isso... — Então ele me estendeu uma cópia do que parecia ser o último capítulo de seu livro. Passei os olhos pela palavra "epílogo" e nas primeiras frases da folha, depois desviei. — Fiz algumas alterações e, como sei que você provavelmente não vai comprar o meu livro, espero que possa ver a página grifada do manuscrito.

Peguei o papel de sua mão e lancei para cima da mesa mais próxima.

— Dou uma olhada quando tiver um tempo. — Dei de ombros. — Cuide bem do Pedro Neto. Não faça com ele o que fez comigo, e nem pensem em se aproximar de mim outra vez.

— Como se eu quisesse — respondeu meu suposto irmão, com uma careta.

Fingi não ver o meio sorriso que se formou em seu rosto, com um quê de despedida e compreensão.

Ele não era nenhum bobo. Entendia o que estava acontecendo ali e que era o certo a se fazer. Para o bem da única pessoa que sofrera durante todo aquele tempo: eu.

— Vou me lembrar disso. — P. Prado suspirou. — Fico feliz que você tenha pessoas tão boas ao seu redor. — Ele apontou para Luna ao lado de Marcelo. Ela fez um gesto ameaçador, como se fosse chutar a outra canela. — Uma amiga capaz de perder o emprego por você, um chefe que abre mão de muito dinheiro pelo seu bem-estar — então apontou para Jae, que apareceu ao meu lado —, um namorado disposto a te proteger...

— *Noivo* — corrigiu Jae, duro.

— Noivo... — repetiu Pedro, parecendo se acostumar com a ideia. — Bem, um noivo que, espero, diferente de mim, cuide muito bem de você e... dos seus pais. Me perdoe por não ter feito um bom trabalho.

— Já te perdoei, Prado — falei. — Espero que se perdoe também.

Então ele agradeceu, nos deu um aceno rápido de cabeça e saiu com o filho, que me lançou uma piscadela antes de se virar.

Eu não tinha notado quanto aquela cena havia prendido a atenção de todos. O silêncio, até então esmagador, se transformou numa salva de palmas e assobios. Fabrício e o setor dois se levantaram, torcendo por mim e gritando um "Muito bem" bastante encorajador.

Luna apareceu com duas garrafas de sabe-se lá o que e um amontado de copos descartáveis na mão.

— Um brinde à liberdade emocional! — gritou ela, e todos se aproximaram para se servirem de um copo.

Peguei o meu, que, diferente dos outros, era uma taça de vidro, e o ergui.

— Onde você achou isso? — perguntei a Luna.

— Acho que era meu. — Marcelo riu.

— Você não escondeu muito bem. — Ela deu de ombros e entregou um copo de bebida para ele também. — À liberdade! — gritou outra vez.

Todos me olharam, esperando que eu dissesse algo.

Com a taça erguida, permiti que meus olhos chispassem para o papel que eu havia jogado sobre a mesa. No epílogo, embaixo do subtítulo "Não pensem que nunca errei", um trecho bem pequeno que começava com "Carta aberta a Maria" estava grifado em azul.

Não fui aquele em quem você pôde se apoiar e contar, mas finalmente dormirei em paz sabendo que você não estava sozinha. Eu nunca seria capaz de criar alguém tão bem como seus pais criaram você. Obrigado por abrir meus olhos, seja feliz daqui para a frente e, por favor, entenda: o problema nunca foi você.

Meu pesadelo enfim terminava. Ergui a taça ainda mais alto.

— Ao perdão e aos novos recomeços! — gritei.

Então minha equipe bradou o mesmo, brindando com os copos descartáveis, e bateu palmas mais uma vez.

Eu estava livre. E me sentia incrível.

33

Jae Hun

As portas se abriram. Elas finalmente se abriram e nunca, em toda a minha vida, eu tinha esperado tão ansiosamente por algo.

A voz suave de Elvis Costello ressoava pelo salão, e, ao som de "She", Malu desfilou na minha direção, deslumbrante. Com Vicente de um lado e meu pai do outro, minha noiva veio aos poucos até mim, com um sorriso enorme e singelo no rosto.

Minha noiva.

Eu não era o padrinho chorão, nem o melhor amigo sentado no banco da igreja. Eu estava no altar, ali na frente, esperando por ela.

Diferentemente da última vez que a vi de noiva, Malu parecia feliz e confortável dentro de um vestido leve e reto, com uma fenda mostrando a perna direita e um decote lindo na altura do busto. Em seus pés, a tão sonhada sandália de pérolas substituíra o salto que nossas mães teimaram que ela usasse, mas Malu não cedeu. Como prometido, aquele casamento seria do nosso jeito. Do jeito dela.

Não consegui conter as lágrimas quando ela finalmente chegou até mim.

— Estou oficialmente entregando a minha filha a você, Park Jae Hun. — Vicente torceu o nariz, se segurando para não chorar, e me estendeu a mão direita de Malu, me dando um tapinha amigo no ombro.

Ele estava com os olhos vermelhos e a barba cheia e grisalha meio bagunçada pelas vezes que esfregara o rosto. Vicente estava sendo forte, diferente de mim. Eu sairia vermelho e inchado nas fotos do casamento, sabia disso, mas valeria a pena. Felizmente não seria o único a sair horroroso nas fotos: Toni chorava todo o seu estoque de lágrimas atrás de mim, perto dos outros padrinhos.

— Cuide bem da minha Malu — disse meu pai, me entregando a outra mão da noiva.

— Só pra refrescar sua memória, o seu filho sou eu — cochichei. — E ela é minha.

Appa rangeu os dentes e ameaçou me morder antes de secar as lágrimas do rosto e se afastar.

Malu estava com os olhos fixos nos meus. Olhos escuros e brilhantes, com cílios ainda mais longos que o normal e pálpebras num tom de coral. Tão linda quanto achei que estaria.

— Me desculpa, *meus pais* são um pouco demais. — Ela riu.

Aquele casamento era uma mistura engraçada de culturas. Sentada num banco chique do lado direito da passarela, minha mãe vestia um *hanbok* rosa e verde-musgo e meu pai, um azul-oxford. Do lado esquerdo, tia Ana e Vicente optaram pela boa e velha roupa de gala, cheia de brilho. Na plateia, minha família, que viera de vários lugares do mundo e usava as mais diversas vestimentas, se destacava da família de Malu, vinda do outro lado do Brasil.

Meus avós, que deixaram o orgulho e a rixa de família de lado para vir à cerimônia, também vestiam *hanbok* e exalavam orgulho, ainda que fosse a primeira vez que me viam em quase cinco anos. Meus primos, Min Jun e Tae Hun, haviam se enfiado dentro de um terno requintado, mas sem nunca deixar a pose de funkeiros, com um risco que ia da sobrancelha até a parte de trás do cabelo e dos óculos juliet, ainda que estivéssemos do lado de dentro da igreja e não houvesse quase nenhum sol.

Até Mia e a família vieram nos ver. Fiquei radiante quando enviei o convite de casamento e ela ligou chorando, feliz por mim. Minha prima passara por muita coisa também e, no fim das contas, tinha seus motivos para ter sumido por tanto tempo. Eu estava feliz que tivéssemos nos resolvido por telefone e que agora ela estivesse ali, entre os convidados, me vendo casar, como planejamos quando pequenos. Com a família inteira reunida, eu secretamente esperava que isso jogasse para o alto toda a rixa que havia entre eles e que dessem uma segunda chance uns aos outros.

Apesar de todo e qualquer contratempo, todos estavam ali com a mesma alegria e propósito: torcer por nós. Uma breve trégua.

Aquele era um sentimento incrível, e eu nunca o esqueceria.

— Você tá linda. — Sorri para minha noiva, que secou minhas lágrimas com a palma da mão.

— Você também não tá nada mal — ela sorriu —, mas estaria melhor se não tivesse chorado tanto.

— Foi mal, mas, em minha defesa, eu esperei muito por esse dia.

Malu parecia tão feliz que, ainda que tentasse fazer charme e conter um sorriso travesso diante da minha fala, não conseguiu. Ela inclinou a cabeça para o lado com os olhos cheios de amor e torceu o nariz, como quem diz: "Você é um bobo".

Nós nos viramos para o pastor, o mesmo cabeça-de-espelho de que tanto caçoei na primeira cerimônia. Eu precisaria me desculpar em algum momento.

— Bem, é bom estar aqui outra vez. — O pastor fez piada e então olhou para mim. — Espero que não interrompa a cerimônia desta vez.

— Prometo que não vou. — Ri, levantando o mindinho em promessa.

Apertei forte a mão direita de Malu contra a minha. Sabe como é, né? Só para garantir que ela não fugiria mesmo.

— Nesse caso, é com muita alegria que venho consumar este casamento abençoado. — Ele abriu a Bíblia e ajeitou os óculos no rosto. — O noivo me pediu para não demorar muito, só para o caso de a noiva ter uma crise de dor de barriga, então serei breve.

Malu me olhou de canto de olho e comprimiu os lábios, segurando uma risada. Eu não esperava que ele dissesse aquilo na frente de todos, mas acho que, àquela altura, as crises da minha noiva já não eram mais nenhum segredo.

O pastor começou a ler sua mensagem, que, como prometido, foi breve. Malu apertou minha mão, acariciou o dorso com o polegar, e eu fiz o mesmo. Ela não teve nenhuma crise, eu não tive um ataque do coração, e ninguém entrou correndo para interromper a cerimônia dessa vez. Tudo dentro dos conformes.

Quando passamos para os votos, Malu se virou para mim, pegou uma pasta que lhe foi entregue e começou a ler, emocionada.

— Huni — ela suspirou, parecendo tomar coragem —, muita coisa aconteceu para que chegássemos até aqui. Não preciso mencionar todas as encrencas nem dores de cabeça em que te meti, né?

Ela realmente não precisava. Tanto eu quanto metade das pessoas ali já sabíamos tudo, graças à tia Ana. Pude perceber pela risadinha que todos soltaram e pelo grito que Luna deu ao lado das outras madrinhas, bradando um "Não mesmo".

— Eu não prometo ser a melhor esposa do mundo, nem que nunca vou te magoar, e muito menos que vou parar de pegar no seu pé no trabalho... — continuou. — Não é nenhum segredo que algumas decisões fazem sentido na minha cabeça, mas aparentemente não fazem parte do senso comum. Apesar de tudo, prometo que, ainda que eu falhe e erre muitas vezes, vou sempre reconhecer e te pedir desculpas...

Ela estava tão linda. Enquanto Malu recitava aquelas palavras que aqueciam meu coração, assisti a seus lábios se moverem, nervosos, e sua mão direita tocar vez ou outra a coroa de flores em tons pastel em seus cabelos. E me certifiquei, claro, de manter a atenção no que ela dizia, para não perder uma palavra sequer. Eu queria me lembrar daquele momento com o máximo de detalhes que pudesse. Queria poder gravar e fotografar aquela cena com os olhos e guardá-la para sempre só pra mim, em meu coração, como uma relíquia.

— ... ainda que eu não seja a melhor esposa do mundo, darei o meu melhor pra te fazer sorrir todos os dias, e, ainda que não possa pegar leve com você no trabalho, posso roubar uns chocolates da gaveta da Luna pra te entregar de vez em quando e levar a culpa por você.

Os convidados riram, mas Luna não achou essa graça toda. Ela odiava quando eu pegava seus chocolates, e eu passara a fazer isso com frequência só para irritá-la. O troco por todas as vezes que ela me chamara de bunda-mole ou pegara no meu pé. Agora, não só eu como também Paola, que havia sido contratada pela BookTour, tínhamos como missão acabar com seu estoque de açúcar.

— Obrigada por ter me tirado do quarto do medo tantas vezes e por ter acreditado em mim. Obrigada por ter me orientado por onde seguir, me ensinado a me amar, a perdoar e também a dar o melhor de mim. Como ferro afia ferro, você, Park Jae Hun, me faz uma pessoa melhor. E eu sou, sem dúvida, a mulher mais sortuda deste mundo.

Foi a vez dela de chorar. E eu sequei suas lágrimas mornas com a palma da mão, com muito cuidado para não borrar a maquiagem. Eu não queria me meter em encrenca. Malu ergueu uma mão até seu rosto e a pousou sobre a minha.

— Obrigada por ter sido o meu melhor amigo e a minha família, por ter cuidado de mim quando pensei estar sozinha e por ter me mostrado todas as pessoas que eu tinha ao meu lado. Espero que você seja capaz de me aguentar pelo resto da vida, porque não tenho pretensão nenhuma de te deixar outra vez. *Eu te amo*. Pra sempre sua, Maluzinha.

Ela me deu um sorriso lindo e largo, o qual retribuí antes de pegar da mão do pastor a pasta com os meus votos.

— Maluzinha — comecei, a voz um pouco embargada pelo choro que eu não conseguia controlar —, vivendo tanto tempo ao seu lado, aprendi a enxergar o mundo com seus olhos. Aprendi a ser uma pessoa melhor e a lutar pelo que queria. Você segurou minha mão quando me senti deslocado, inventou um idioma só nosso com mímicas quando não falávamos a mesma língua, me ensinou umas gírias maneiras e a comer café com pão. Me ensinou que o mundo pode e vai tentar me derrubar de muitas formas, mas que preciso ser forte e manter os pés no chão. Me mostrou que, ainda que eu caísse, você estaria ali pra me levantar, que não há obstáculos que eu não possa superar com você ao meu lado. — Fiz uma pausa rápida para secar os olhos e fungar. — Que não há sonhos grandes demais quando se deseja algo de todo o coração e que, se eu acreditar, posso fazer acontecer. Obrigado por me proteger dos garotos da escola por tanto tempo e por matar as baratas pra mim.

Paola gritou "Mas é um bundão mesmo" e todo mundo caiu na risada, inclusive Malu e eu.

— Obrigado por mudar de ideia sobre ter um aquário em casa, porque desenvolvi pavor de vida marinha depois daquele tubarão, mesmo que seja seu sonho de infância ter um peixe pra chamar de Nemo. Obrigado por acreditar nos meus sonhos antes que eu fosse capaz de concebê-los e por sempre cuidar de mim. Agora é a minha vez. Quero fazer tudo por você. Te amar, te cuidar e te proteger.

Meu coração batia forte como nunca antes; era uma emoção avassaladora demais para que eu aguentasse, mas não via a hora de pular para o *sim*.

— Te prometo, Malu, que, enquanto eu estiver ao seu lado, nada vai te machucar. Te prometo que, mesmo que tenha crises, estarei com você. Prometo todos os dias te lembrar de quem você é e de por que eu te amo; te colocar para cima todas as vezes que não conseguir sair da cama, nos dias em que suas costas doerem ou nos dias em que você achar que não merece estar na vida de ninguém. — Segurei uma de suas mãos e abaixei a pasta. Eu não precisava ler a última parte, porque já sabia de cor. Sempre soube. — Acima de tudo, prometo nunca soltar a sua mão. Não estou me casando com você para ser feliz, mas para te fazer feliz, porque nada me traz mais alegria e prazer do que te ver bem. Eu te valorizo mais do que a mim mesmo, e isso é amor. Estarei aqui,

Malu, hoje e no fim dos tempos, pra te amar e proteger, como sempre fiz. *Eu te amo muito mais*. Para sempre seu, Huni.

Ao fim dos meus votos, dei um beijo em sua testa e ela caiu ainda mais no choro. Eu também. A plateia, os padrinhos, as madrinhas e o pastor, todos estavam aos prantos.

— Tá legal. — O cabeça-de-espelho fungou e então secou o rosto com um paninho xadrez. — Isso foi ótimo. Sem mais delongas... *Malu Guimarães* — disse, dando ênfase ao nome que, ele já havia entendido, era como devia ser dito —, você aceita Park Jae Hun como seu legítimo esposo, promete amá-lo e respeitá-lo até que a morte os separe?

— Sim! — respondeu Malu, confiante.

— Park Jae Hun, você aceita... — Ele piscou algumas vezes e então estreitou os olhos. — Você aceita *Malu Guimarães* como sua esposa, promete amá-la e respeitá-la até que a morte os separe?

— *Com certeza absoluta!* — respondi, mais que animado, sem pensar duas vezes. Ora, aquilo era tudo que eu mais queria!

A plateia riu com a empolgação, e o pastor também.

— Foi o que pensei — disse ele. — Sendo assim, Malu Guimarães e Park Jae Hun, pelo poder a mim concedido diante da lei e debaixo dos céus, eu os declaro marido e mulher. O noivo pode beijar a noiva!

O refrão de "Effortlessly", de Lo-1 e Samantha Davidson, foi tocado pela banda ao lado do altar, numa voz feminina e doce. Eu me aproximei de Malu e, sem delongas, a segurei pela cintura.

— Eu te amo — sussurrei.

Ela se aproximou do meu ouvido, me arrepiando por inteiro.

— Eu te amo muito mais! — sussurrou de volta.

Então eu selei seus lábios num beijo quente e apaixonante, mas não escandaloso o suficiente para matar meus avós do coração. Eu guardaria o melhor para mais tarde.

Era isso, estava feito! Dali em diante seríamos um só.

Nós nos viramos para meus pais e, numa mesura de noventa graus, mostramos respeito e gratidão por tudo, depois fizemos o mesmo com os pais de Malu. Não estaríamos juntos se não fosse por eles, se não tivessem aberto mão de tanta coisa para não nos separar na adolescência.

Confetes dourados foram lançados de todos os lados, a banda começou a tocar "Koh", da dupla 92914, numa versão mais animada, e nós enfim desfilamos juntos pela passarela, ao som de assobios e aplausos.

Ao passar para o lado de fora, sendo surpreendido por uma chuva de arroz sob o céu azul, pensei em como tudo havia valido a pena.

Eu não tinha dúvidas de que, se tivesse que passar por tudo aquilo de novo e roubá-la do altar *no dia do seu casamento* outra vez, eu faria isso.

Impresso no Brasil pelo Sistema Cameron da Divisão Gráfica da
DISTRIBUIDORA RECORD DE SERVIÇOS DE IMPRENSA S.A.